Het land van rood en zwart

INEZ VAN DULLEMEN
Anna Bijnsprijs voor Proza 1989

Vroeger is dood (kroniek, 1976)
Een ezeldroom (roman, 1977)
Het gevorkte beest (roman, 1986)
Een kamer op de Himalaya (verhalen, 1991)

Leverbaar bij Em. Querido's Uitgeverij B.V.

Inez van Dullemen

Het land van rood en zwart

ROMAN

Singel Pockets

Eerste druk, 1993
Vierde druk, 1996

Singel Pockets worden uitgegeven door
Uitgeverijen Singel 262
Amsterdam, Antwerpen

Uitgave in samenwerking met
Em. Querido's Uitgeverij B.V.

Omslagontwerp: Geert Franssen
Foto: Gertrude Blom
Foto auteur: Hans Vermeulen

ISBN 90 413 0007 4 / CIP / NUGI 300

Inhoud

– reiziger
later, als ik niet meer in leven zal zijn
zoek mij, zoek mij dan hier
tussen de stenen en de oceaan

hier zal ik zowel gevonden worden
als verloren
hier zal ik zowel steen zijn
als stilte

Pablo Neruda

I

Een lied aan dove oren

Nu zie ik dit alles voor het laatst, dacht ze, naar de stad kijkend met haar verdofte oudevrouwenblik en tegelijkertijd met de verrukte ogen van een halve eeuw geleden toen zij deze kleine koele bergstad in Chiapas voor het eerst was binnengereden. De twee beelden van de stad schoven in haar hoofd over elkaar heen, wonderlijk identiek nog altijd alsof de tijd was blijven stilstaan.

De begrafenisstoet had de kathedraal en de groenmassa van de kamferbomen op de plaza achter zich gelaten en bewoog zich nu voort door het warme zonlicht dat een infuus van nieuw leven aan de stad scheen te geven. De enige die door dat infuus niet meer tot leven gewekt zou worden was Hilario, haar oude muildierdrijver die in zijn zeepgroene plastic doodskist achter in de laadbak van de pick-upwagen voor haar uit reed. Jij zult niet meer achter de staarten van de muildieren aan gaan, Hilario, dacht ze. Ik ga nu achter jou aan en dat is het laatste wat wij in dit leven nog van elkaar zullen zien... Tussen de oude vrouwen die samengepakt rond de doodskist in de laadbak zaten herkende zij de gezichten van doña América, doña Mári en Concha de keukenmeid, allen afkomstig uit haar Jaguarhuis. De weduwe van de afgestorvene genoot van oudsher het voorrecht naast de chauffeur in de pick-up te mogen zitten.

Zij volgde in het zog van het dunne rouwmuziekje dat de ingehuurde koperblazers en trommelaars produceerden; in de gevels verschenen hoofden, soms met trossen tegelijk, die meedraaiden in de richting waarin de stoet zich voortbewoog, honden blaften achter vergrendelde deuren of renden bassend op de platte daken heen en weer alsof zij hun soortgenoten in de stad wilden oproepen Hilario een laatste vaarwel achterna te zenden.

De stoet trok langs het roze huis van de Tortillería del Cerillo waar Bety iedere ochtend in een schone doek tortillas ging halen en langs la Casa del Chocolate waar zij samen zo graag een kop schuimende chocolade dronken met vanille erin naar oud Azteeks recept en waar zo lang haar heugde Paco en Lorenza, twee oude geelkoppapegaaien, woonden. Overal in de muren zag je luiken en deuren in alle mogelijke kleurschakeringen: terrarood, okergeel, turkoois-blauw, blauw in de tint van de kleine ronde meren in het oerwoud waar Frans en zij in hun gelukkige dagen overheen gevlogen waren in hun junglevliegtuigje...

De processie vervolgde zijn weg over de platte zeskantige straatstenen naar de Mercado waar de hoedenparade, de sjaalparade en de babyparade van de hoogland-Indianen in volle gang was. Graatmagere maar opgewekte honden liepen overal doorheen en besnuffelden terloops hun broeders in de begrafenisstoet.

Gertrude overdacht dat zij nergens ter wereld liever geleefd zou hebben en liever dood zou gaan dan hier, in Cristóbal de las Casas, een speldeknop op de kaart van Mexico, de stad van de eeuwige lente.

Nu geraakte de optocht buiten de stad en volgde een klinkerweg waarin in mozaïekwerk van witte steentjes reusachtige voetafdrukken waren ingelegd, zodat het leek of de dood al vooruit was gesneld om hun de weg te wijzen. Met de trompetters op kop trokken zij voorbij de cactuspalissaden, voorbij de rivier waar iemand aan de oever riet zat te snijden in de diepe schaduw, over de weg met de kuilen en ezeldrollen, de weg die de weduwen en wezen gaan, de weg naar het kerkhof.

Bij de poort gekomen scharrelde alles wat in de laadbak zat naar beneden om de laatste etappe te voet af te leggen. De plastic kist werd op een zestal schouders getild om boven de hoofden uit als een cocon of koninginnebij meegevoerd te worden naar de allee met de zwarte cipressen, nog altijd begeleid door het klagend rouwmuziekje. Als een palmpasenoptocht ging de processie de dodentuin binnen, kinderen droegen op stokjes geprikte limoenen met rode bloemetjes versierd – rood omdat de dode al oud was, wit was voorbehouden aan de angelitos, de zondeloze kinderen.

Samen met Bety, ieder met een karmozijnrode bos gladiolen in de hand, volgde Gertrude de kist. Dit hele luidruchtige en toch op een of andere manier gedempte ochtendgebeuren speelde zich voor haar af als een oude film die al vele malen was afgedraaid, ze had de gewaarwording mee te lopen in haar eigen begrafenisstoet.

Op zijn plaats van bestemming gekomen werd de kist nog even opengemaakt alsof de nabestaanden er zich van wilden vergewissen dat de dode niet de benen had genomen alvorens hij voor alle eeuwigheid zou worden opgeborgen. Snikkend spreidde de weduwe een doek over Hilario's versteende gezicht en de doodbidder sprenkelde wijwater uit een colaflesje over zijn lijk, terwijl de kistranden met zout en as werden bestreken. Zo werd de dode toebereid voor de dis van de Grote Eter.

Ten slotte moest de kist het gat in. Zoals uiteindelijk iedereen dat gat in moet, dacht Trudi. Maar de zeepgroene doos wilde de opening van de zerk niet binnen omdat de grafmonumenten te dicht opeen stonden, en er ving een soortgelijk gehannes aan als wanneer je een ouderwets ledikant door een te smalle deur of langs de bocht van een trap wilt manoeuvreren. De kist werd half in en weer uit het gat getrokken en op zijn zij gekanteld. Er werd geredeneerd en met een touwtje gemeten tot eenparig besloten werd dan maar een hoek van buurmans grafsteen af te bikken. De trompettist stak een sigaret op, het begon zacht te regenen, de doodgraver trok een stuk plastic over zijn sombrero, in de handen doofden de meegebrachte kaarsen, iemand roerde specie aan in een oud biskwieblik en de metselaar stond met zijn troffel in de hand om de zerk weer te dichten.

Trudi klom omhoog langs de eucalyptusbomen die ze in al die jaren groot had zien worden en die hun jaartelling en eigen geheime banen van leven verborgen achter hun vezelige bast. Zij hield een rode gladiool in de hand, die ze had uitgespaard op Hilario's grafbloemen. Aan weerszijden van de weg stonden marmeren en granieten bouwsels, sommige in de mysterieuze vorm van piramiden of obelisken, andere als miniatuur kathedralen of kapellen – dit waren de protserige mausolea die de nakomelingen van de Spaanse veroveraars die naar Mexico waren gekomen om rijk te worden voor zichzelf gebouwd hadden. Trudi kende vele van de illustere in steen gegrifte namen: Familia Ferrera Esponda, Familia Urbina Cruz, Familia Hermelinda, en zij bedacht met geamuseerde voldoening dat al die namen mettertijd door zon en regen weggevreten zouden zijn, zodat al die hovaardige doden even anoniem zouden worden als alle doden vanaf het begin der tijden. Mogelijk zou de natuur een handje helpen door een aardbeving te organiseren, zodat alle botten en namen door elkaar zouden tuimelen, of misschien zou ooit de jungle terugkomen om als een groene boa constrictor deze dodenstad te verzwelgen zoals zij dat met de oude Mayasteden had gedaan.

In de heldere berglucht klonk geklop van houwelen en gepraat van doodgravers. Van waar zij stond kon ze de hele gravensymfonie overzien in haar mengeling van kleuren: wit, azuur en roze – een miniatuurstad in een nest in de bergen. Strooien schotelhoeden vormden als paddestoelen een heksenkring rond het dodenhuisje, daaronder hurkten donkere mannen die een dodenwake hielden. Ergens anders werd er in geblutste emmers water uit een grafkelder gehoosd, een paar mannen zaten te eten met hun tasje met tortillas naast zich op een grafzerk – er was veel emplooi, de doden waren goede werkgevers.

En achter deze miniatuurstad vol praalgraven strekte zich de jungle uit die het thuisland was geweest van de twee stokoude geelkoppapegaaien Paco en Lorenza in het Chocoladehuis, en van Bor Yuk en zijn kinderen.

Tussen de mausolea speelde een mestiezenkind.

'Wie ben jij?' vroeg het kind, zijn hoofd een beetje scheef houdend om de gestalte van Trudi aan een onderzoek te onderwerpen. 'Wat doe je met die bloem?'

'Die breng ik naar iemand van wie ik heb gehouden,' zei Trudi. 'En wat doe jij hier?'

'Ik kom hier vaak,' zei het kind. 'Het is hier leuker dan waar ik woon. Ik houd van deze huisjes. Ik speel dat ik rondreis door de wereld…'

'Dat is mooi,' zei Trudi.

Ze stond daar met haar gladiool in de hand. 'Heb je geen broertjes en zusjes?' Als je niet wist dat je dood moest gaan, zou je altijd een kind blijven, dacht ze.

De jongen wees met zijn hand naar het achterste gedeelte van de dodentuin waar de praalgraven het hadden moeten afleggen tegen simpele houten kruisen op aarden terpen: 'Daar liggen twee van mijn broertjes.'

Opeens rende het kind tussen de zerken weg.

Zij bukte zich om haar gladiool op de platte steen te leggen waaronder Frans lag – Pancho, zoals de Lacandón-Indianen hem liefkozend hadden genoemd. De gladiool vlamde als een verfspat op het grijs van de rotssteen waarin de beeltenis van een jaguar was gegrift. Ze ging zitten. De steen voelde warm onder haar hand alsof het gebeente daaronder warmte naar haar uitstraalde. Er begon een donzige vacht op de jaguar te groeien van korstmos en minuscule onkruidjes die zich in de haarscheurtjes hadden genesteld en zich haastten om de kleine beddingen waarin zich stof en water hadden verzameld te koloniseren. Zij vraten aan zijn naam, veranderden die van BLOM in BICM. Niet langer krabde zij de steen schoon zoals ze dat jarenlang gedaan had, integendeel, ze had plezier in de vacht van de jaguar.

Frans Blom - Arqueólogo Mexicano
9 de agosto - 23 de junio
1893 - 1963
Copenhague - San Cristóbal
Dinamarca - Chiapas, Mexico

Wat ligt hier nog? vroeg zij zich af, een paar botten, meer niet. *Hoe weet je wanneer de dood intreedt en het leven ophoudt? Het ogenblik waarop die metamorfose plaatsvindt? Van Denemarken naar Mexico, dat is slechts een kleine stap, maar van het leven naar de dood, naar de koude schoot van de aarde?*

Haar vingers tastten over de ronde vlekken in de flanken van de jaguar. Als ik blind was, dacht ze, zou ik nog zijn vorm herkennen. Herinner je je, Frans, het lied dat Bor zong?

> *Kleine broeder,*
> *Hoor je niet dat ik jouw lied zing?*
> *Ik zing het vuur uit je muil,*
> *Ik zing de tekening in je vacht,*
> *Ik zing de vonk in je gele oog.*
> *Hoor je niet hoe ik zing aan je oren?*

Nu ben ik het, jouw wijfjesjaguar, die zingt voor je dove oren...

Ze sloeg met de gladiool op de steen zodat de bloemblaadjes als druppels bloed uiteenspatten, ze voelde opstandigheid in zich opwellen, alsof zij hem te voorschijn wilde roepen om hem bij de schouders te grijpen en door elkaar te schudden, alsof zij hem ter verantwoording wilde roepen... *Vroeger werd je pas dood verklaard als je begon te stinken en te rotten, maar misschien ben ik zelf ook al dood. Er is niemand meer die mijn hand vasthoudt, niemand die mijn woorden begrijpt. Moet ik hier soms jaar in jaar uit blijven wachten?*

Aan het hoofdeinde van zijn graf stond het Kruis van Palenque, de levensboom van de Maya's, want zij had geweigerd hem een christelijk kruis mee te geven. Dit was de tactvolle oplossing geweest waarmee ze vriend en vijand tevreden had weten te stellen.

Een steen. Geen grafhuis met torens of ramen, geen opschrift Perpetuidad, geen beeld van Jesucristo zoals overal rondom, nee, hij had verkozen een heiden te blijven. Enkel een platte steen. Van zijn rotsen, van zijn leven. Hier lag hij in de dodentuin van de armen, te midden van dat vreemde gekerstende volk.

Zij stond op. Keek naar de lege plek naast de zerk die op haar komst wachtte.

Wat een bespottelijke pretentie om hier onder een zerk te willen liggen – en wie zal mij bewenen, Frans? Ik ben een kinderloze vrouw in een vreemd land, zonder bloedverwanten. Ik weet niet of ik zin heb om samen met jou in dit stenen litsjumeaux te liggen. Is het niet beter te verdwijnen zonder een spoor achter te laten?

Over de heuvels in de verte kwamen lichtblauwe wolken aanrollen, zwaar van de middagregens. De donder praatte binnensmonds in een reeks lange mompelingen.

'De donder groet je, Frans,' zei ze. 'De regens komen, we moeten naar huis.'

In het bad

Bety goot badschuim uit de flacon in het water en meteen steeg daaruit de bitterfrisse geur van naaldwouden en alpenweiden op. Ieder kwartaal stuurde Trudi's inmiddels ook al hoogbejaarde broer traditiegetrouw een zending reukartikelen uit het Berner Oberland naar Chiapas in Mexico alsof hij een luchtbrug van geuren in stand wilde houden tussen haar geboortegrond en haar nieuwe vaderland. Het oplossende schuim verzachtte de contouren van Trudi's stokkige benen en de lege plooi van haar buik.

'Ik wil niet als een kadaver blijven voortleven,' mompelde de oude vrouw.

Bety zeepte haar rug in met rozenzeep, masseerde het door zon gebruinde schildpadnekje, waste het haar dat in dunne plukken op de schedel groeide, en de oren: het hardhorige linkeroor en het scherp toeluisterende rechter.

Gertrude hield de ogen gesloten. Het warme water ontspande haar spieren en maakte haar week, het doortrok de geopende poriën met aromatisch vocht, deed haar zintuigen opengaan en gedachten opwellen uit een vergeten onderzees gebied. Ze onderging de strelingen van de waterstroompjes en moest terugdenken aan de eerste keer in haar leven dat zij de liefde had bedreven, een zelfde gevoel van lome bevrediging als na de liefde beving haar ook nu. Maar nu moet ik me met minder tevreden stellen, dacht ze.

'Ik heb een vrouw gekend,' zei ze tegen Bety, 'die bij het

ruiken van een bepaalde rozegeur altijd een bevrijdingsge-
voel kreeg omdat juist die rozen in bloei stonden toen zij uit
het kamp bevrijd werd…'

Zij onderbrak zichzelf beseffend dat Bety, behalve van horen zeggen, niets van die wereldoorlog afwist. Het was een
oorlog geweest die zich had afgespeeld in een van haar eigen
vele levens, aan de overkant van de oceaan.

'Herinner je je nog hoe Bor de badkuip noemde?' vroeg
Bety. 'El cayuco blanco, de witte kano…'

'Omdat hij nog nooit een badkuip had gezien,' zei Trudi.

'Hij brak de knop van de kraan eraf, de eerste keer dat hij
zich baadde…'

'Hij kende de kracht van zijn handen niet, of de geringe
weerstand van de dingen waarmee hij moest leren omgaan…'

'Wat zeg je Trudi?'

'DE DINGEN WAARMEE HIJ MOEST LEREN OMGAAN.'

'Hier, doe je gebit in.'

'Waarom…?'

'Doe je mond open.'

Het gebit viel uit Bety's glibberige hand en verdween als
een getande roze vis onder het geurige badschuim uit het
Berner Oberland. Bety voelde met haar handen over de benen en langs het lichaam van de oude vrouw, begon te lachen: 'Herinner je je die keer dat je je gebit verloor in Najá
toen je je waste in de beek? De hond, riep je, de hond is ermee weggelopen. En al die Indianen gingen in de beek rond-
ploeteren om jouw gebit te zoeken.'

De oude vrouw moest lachen bij de herinnering.

'Iedereen werd opgetrommeld,' zei Bety.

'Knijp me niet zo…'

'Hier heb ik het. Doe het in je mond.'

Trudi manoeuvreerde het gebit haar mond binnen en zei met een beter articulerende, plotseling autoritaire stem: 'Denk je dat het een pretje is om zonder gebit op expeditie te gaan? Ik herinner me hoe Frans en ik in een noodweer terechtkwamen en moesten overnachten in de finca Cucalhuits, een lang witgepleisterd adobehuis, dicht bij de plek waar de rivieren Santa Clara en Plátanos bij elkaar komen. Vroeger verbouwden ze daar suikerriet voor een clandestiene brandewijnstokerij, maar nu is het een koffieplantage…'

'Wat heeft dat met je gebit te maken?'

'Het hoofdgebouw was half ingestort door een aardbeving, we moesten in een van de bijgebouwen slapen. Daar waren dikke ratten, die hoorde je de hele nacht rondrennen en schreeuwen als zuigelingen. Ik had mijn bovengebit in een plastic zakje op de tafel gelegd, maar toen ik in de ochtend wakker werd waren mijn tanden verdwenen.'

Haar nog mooie eigen tanden blootlachend wikkelde Bety een handdoek om Trudi's hoofd met het witte bosje armzalige haren.

'Ik was in paniek, zocht overal, tilde onze bagage op, speurde met een zaklantaarn in donkere hoeken, maar mijn tanden bleven spoorloos. Frans vond mijn gebit. Waar denk je? In de ingang van een rattehol. Een rat had het zakje zijn hol willen binnenslepen, maar het gebit was in de dwarste blijven steken.'

'Ik herinner me dat verhaal.'

Ik vertel alles tien keer, dacht de oude vrouw, ik ben net een mallemolen waarvan steeds dezelfde paardjes voorbij draaien, mijn leven draait en draait maar rond. Omdat er geen toekomst meer is…

Bety ging naar de keuken om een verwarmd badlaken te halen en zo lag zij voor een korte poos aan zichzelf overgelaten. De zeep zonk naar de bodem van de badkuip. Zelf leek zij ook op die zeep, zij smolt weg; haar botten tekenden zich af onder de dunne huid, het vlees daaronder weggesmolten, ook het kroezige haar dat vroeger een koperkleurig matje op haar pubis had gevormd was nagenoeg verdwenen, uitgezonderd hier en daar een enkel haartje dat nog overeind stond. Die haartjes deden haar aan de boomstaken in de verbrande jungle denken, kaalslag ook hier. *We gaan op elkaar lijken, jungle, onze glorie is verleden tijd.*

Haar borsten lagen als verschrompelde appelen, winterappelen, tegen haar ribbenkast. In de tijd dat ze nog vol en gaaf waren geweest hadden tegen diezelfde borsten de hoofden van haar minnaars gerust, maar zij deed geen moeite om zich de bijbehorende gezichten of lichamen voor de geest te halen. Alleen het hoofd van het kind Kayum drong zich aan haar op – merkwaardig hoe de cellen in haar brein, alsof het uitgeputte batterijen waren, een flakkerend licht produceerden en soms onverhoeds en met een bepaalde willekeur een beeld scherp uitlichtten, terwijl ontelbare andere beelden voor altijd in het duister van de grijze hersenbrij opgesloten zouden blijven. Ditmaal was het dus het kind Kayum: zijn ronde hoofd met de ruige zwarte haardos als de vacht van een klein dier. Hij was het geweest die 's nachts dikwijls gillend wakker werd. Opnieuw hoorde zij de vreemde klaaglijke klanken die aan zijn mond ontsnapten, hoge vogelkreten, maar ook borstklanken: wajeh, wajeh… Door hem in contact te brengen met haar warmte, haar huid, haar hartslag, had zij hem willen genezen van zijn nachtmerries. Zij had hem gewiegd aan haar blote borst en hem aan de te-

pel laten sabbelen, aan die onvruchtbare borst die een leven-
lang enkel als ornament, als lustobject had gediend, maar
waaruit nooit melk was gevloeid. Samen met zijn hulpeloze
deelname speelde zij een spel dat hij opnieuw was geboren
en aan een ander leven ging beginnen. De dikke kinderlip-
pen hadden zich rond haar geactiveerde tepel gestulpt die
strijdbaar rechtop in de tepelhof stond en al sabbelend kalmeerde het kind geleidelijk en sukkelde het in slaap en dan
koesterde zij de illusie dat zij hem in een droom aan zijn dode moeder teruggaf. Maar na verloop van tijd begon zij Kayums dode moeder te verdringen, bande zij die geheel en al
uit haar gedachten in de verwachting dat zij voor haar jun-
glezoon de enige onvervangbare moeder zou worden.

Terwijl ze zo met gesloten ogen in de badkuip lag bekroop
haar het verlangen dat de mallemolen stil zou staan, dat alles
op zou houden en het niet meer nodig zou zijn om nog in
beweging te komen om allerhande beslissingen te nemen,
zodat zij haar lichaam zou kunnen achterlaten, hier in dit
bad waarin haar benen groenig door het schuim heen schemerden lijkend op die dunne groene bloemen die de Indianen buena de noche (goed bij nacht) noemen om zo weg te
varen in de cayuco blanco, Bors witte kano…

Eén keer, jaren geleden – Frans was toen nog niet lang
dood – had zij aan dat verlangen willen toegeven. Zij had
met zorg op geparfumeerd papier – ze hield van stijl – enkele afscheidsbrieven geschreven alvorens in het bad te stappen en met een scheermesje de aderen in haar polsen te openen. Achteroverliggend had zij gebiologeerd naar de smalle
huidwonden gekeken waaruit donker bloed zijn weg door
het water begon te zoeken, uitwaaierend in rivieren met ver-
takkingen – zoals alles in de natuur een zelfde patroon volgt

– bloedstromen die over de rimpelingen heen wipten om tegen de ceramieke wanden van de badkuip te botsen en weer teruggekaatst te worden om zo drijvende eilanden te vormen van bloed, die zich meer en meer uitbreidden en hun weg naar de diepte begonnen te zoeken. Stromen bloed in water. Ontsnapt bloed, ontkomen uit de kerker van haar lichaam. Straks zie ik mijn eigen tenen niet meer, dacht ze. En ze had zich herinnerd hoe ze eens, toen ze aan de oever van de Jataté kampeerde, gezien had hoe jagers een alligator hadden geharpoeneerd. Vechtend voor zijn leven had de alligator zich in de richting van de oever gesleept, een rood spoor achter zich aan trekkend van bloed in water... Altijd zou die herinnering in haar verankerd blijven hoe de alligator, stemloos in zijn doodsagonie, met zijn hoornige staart het water geselde.

Toen ze uit een diepe bewusteloosheid weer bij haar positieven was gekomen, had zij Bety voor haar bed geknield zien liggen, huilend en hardop biddend: 'Santísima Virgen, laat haar niet sterven, laat haar niet als een zelfmoordenares naar de hel gaan...' Zij had Bety de stuipen op het lijf gejaagd door onverhoeds haar ogen op te slaan en te zeggen: 'De hel is goed genoeg voor mij.'

Nog moest ze lachen als ze zich Bety's geschokt gezicht voor de geest haalde. Was er bovendien niet een godin in het Maya-pantheon, Ixtab genaamd, de godin van de Strop, die zelfmoordenaars liefderijk in haar privé paradijsje opnam? De Maya-goden hadden over het geheel genomen meer erbarmen met menselijke zwakheden dan de god van de christenen.

Bety hielp de oude vrouw uit het bad en wikkelde haar in het warme bádlaken alsof zij een kind was. Zelf trok Trudi haar onderbroek aan die van wol was vanwege de eeuwige kou die opsteeg uit de tegelvloeren, zij droeg niet langer kokette lingerie, maar warme degelijke spullen ooit gekocht in Europa, zoals de uit de mode geraakte fil d'écosse kousen die door antieke kousebanden rond de dijen moesten worden opgehouden. Bety maakte de haakjes vast van haar bh die in feite overbodig was geworden omdat haar borsten de cups nog maar half vulden.

'Welke jurk wil je vandaag aan?' luidde de dagelijks weerkerende vraag. 'Die met de blauwe vogels?'

'Nee, de gele katoenen.'

Bety liet de gele katoenen over Trudi's hoofd glijden en zocht er ter completering een lang halssnoer van topazen bij die schitterden met delicate waterkleuren, en zoals altijd voltrok zich de metamorfose: de Lady van de Selva was geboren.

Trudi bekeek zich in de spiegel die boven haar toilettafel hing. Die spiegel had een hemelsblauwe rand van ongeglazuurde klei met boven op de lijst een naïeve terracotta engel met bewimperde oogleden en een volle Indiaanse onderlip. De ogen keken aandoenlijk scheel (scheel kijken was een schoonheidsideaal van de Maya's geweest die dit hadden trachten te verwezenlijken door een kwastje aan het haar van hun baby vast te maken waardoor dat voortdurend tussen zijn ogen bungelde). De Indiaanse engel op de spiegel had van zijn maker plompe christelijke vleugels gekregen en die spreidde hij onhandig uit, maar ver kwam hij daarmee niet omdat zijn lichaam, bij het middenrif afgeknot, aan de lijst zat vastgebakken.

Onder de engel zag Trudi haar eigen konterfeitsel, oud, ongetwijfeld, maar de jaren hadden haar gelaatstrekken met een fijn instrument geciseleerd en daardoor oordeelde zij zich knapper dan zij op middelbare leeftijd was geweest.

Zij keek naar de topazen die op de gele stof van haar jurk vonkten en verzamelde ze in de palm van haar hand. Kurt had haar die gegeven, haar eerste minnaar. Hij had dit halssnoer voor haar laten maken in Luzern – in een andere wereld, een ander leven, een andere era…

Ook Kurt was dood. En zij was veroordeeld om alleen de langdurige beproeving van de ouderdom te doorstaan. 'Seit du begraben liegst auf dem Hügel…' die dichtregel speelde haar door het hoofd, een regel van Else Lasker Schüler, een vergeten dichteres, een bizarre gestalte die door dat woelige vooroorlogse Europa had gedoold. Waar was die gebleven? Wij zijn allemaal uiteengespat destijds, een vloedgolf heeft ons uiteengedreven… Maar misschien zouden wij elkaar niets meer te vertellen hebben… Wij zijn andere mensen geworden. Ik ben net als die afgeknotte engel op de spiegel doormidden gehakt omdat ik een deel van mezelf in Europa heb moeten achterlaten. Maar met de andere helft heb ik geprobeerd verder te vliegen.

Trudi deed de topazen van haar hals (je kon het dat eigengereide oude mens ook nooit naar de zin maken, dacht Bety ontmoedigd) en opende de linnenkast waarvan het hout een citroengeur uitwasemde. In de binnenkant van de kastdeuren waren twee harten uitgesneden met initialen erin – die hadden daar al in gezeten toen Frans en zij de kast in Villahermosa kochten, die twee harten van onbekende gelieften. Omwille van die harten hadden zij die kast willen hebben alsof zij daarmee de schimmen van de twee gelieven onderdak konden bieden in hun huis en op die manier hun liefde aan de vergetelheid ontrukken.

Zoekend naar een sieraad dat haar beter zou bevallen opende Trudi een bijouteriekistje dat lange tijd gesloten was gebleven en haalde daaruit een hanger te voorschijn die van drie in zilver gezette kiezelstenen gemaakt was, simpele kiezels die Bor Yuk voor haar uit de Usumacinta, de rivier van de Heilige Aap, had opgevist. In tegenstelling tot de fraai geslepen topazen waren er aan de vorming van de kiezels geen mensenhanden te pas gekomen, gedurende honderden jaren waren ze gepolijst door het stromende water, vissen hadden ze bewaaierd met hun doorschijnende vinnen of er hun buik langs geschuurd en alligators hadden er hun hoornige poten op gezet tijdens hun wandeling over de rivierbodem.

Zij deed het grove van touw gevlochten snoer met de kiezels om haar hals.

'De kiezels van de Heilige Aap passen mij vandaag beter,' zei ze.

Via de spiegel zag zij Bety staan. 'Help mij met mijn schoenen. Ik heb geen tijd te verbeuzelen, ik verwacht een gast…'

'Op jouw leeftijd moet je leren geduld te hebben,' zei Bety.

'Geduld is alleen nuttig voor jagers,' gaf Trudi ten antwoord.

Het huis van de Jaguar

Wat betekent een huis? Wat verbindt een mens met een huis, een tuin? François Mauriac heeft het eens zo gedefinieerd: 'Van een huis houden is van een zelfde orde als de liefde.' Zo was Trudi aan het huis van de Jaguar verbonden met banden, zo niet ketenen, van liefde. Na Bolom was ook meer dan een huis, eerder een schepping, een wereld op zichzelf.

In 1950 kreeg Frans van zijn moeder een erfenis die geruime tijd in Denemarken bevroren was geweest en zo konden zij dit huis kopen. Het was reusachtig groot, beangstigend kaal en leeg. Zij borgen hun bezittingen in een van de lege reuzenkamers, gaven een bouwarbeider opdracht om een badkamer te maken en een paar ramen in de gevel aan te brengen en trokken voor een aantal maanden het oerwoud in. Het huis was een haciënda geweest en had aan een zekere Manuel Jesús Penagos behoord die er suikerriet en vruchten verbouwde. Achter de kerk van de Virgen de Guadalupe loopt nog altijd een straat die naar hem vernoemd is: Calle Manuel Penagos, hoewel het voor iedereen een raadsel is gebleven aan welke verdienste Penagos dat te danken heeft gehad. (Overigens woont zijn enig overlevende dochter doña América nog altijd in het huis van haar vader, uit het zicht weliswaar, opgeborgen in een washok op de derde patio waar zij voor alle bewoners de was doet en op een smalle brits slaapt te midden van haar heiligenbeelden en zwerfkatten.) Verhalen doen de ronde dat de haciënda een klooster zou zijn geweest waarin tijdens de woelige dagen van de Revolutie drie dominicaner monniken zouden zijn vermoord, maar hieromtrent bestaat geen zekerheid en Trudi wenste nooit iets over een mogelijk kloosterverleden van haar huis te horen omdat zij een symptomatische afkeer had van alles wat met de clericale wereld samenhing.

Ook nadat Frans en zij de haciënda gekocht hadden bleven de omwonenden het huis gewoontegetrouw la Casa de Manuel Penagos noemen en dat vonden zij onaangenaam want Penagos was dood en zíj woonden er nu in. Maar op een dag in april 1951 ontmoette Trudi toen zij in de jungle op expeditie was enkele Indianen die haar vroegen wanneer señor 'Bolom' zou komen om de geschenken te brengen die hij beloofd had. Aangezien de naam Blom de Indianen niets zei hadden zij die verbasterd tot Bolom, hetgeen in hun oude Maya-taal jaguar betekent. Van die dag af zou Frans in de jungle señor Bolom, meneer Jaguar, heten.

Zo werd de naam van hun huis geboren: Na (huis) Bolom (jaguar). Zij herinnerden zich een vrolijke kleine jaguar die over het fries van de tempelruïne in Tula loopt. Die lieten zij kopiëren en in de pottenbakkersstad Oaxaca in kleurig ceramiek bakken en van die dag af versierde de afbeelding van de jaguar beide zijden van de toegangspoort.

In de loop der jaren onderging het huis een metamorfose. Zo beangstigend hol en kaal het bij de aankoop was geweest zo kleurig was het nu. De heidense god van de Kleur, die door de Azteken aanbeden werd, leek zijn penseel in zijn fraaiste verven te hebben gedoopt om alles rijkelijk aan te strijken, en wat overal elders zou detoneren detoneert niet onder de hemel van Mexico.

In de patio's bloeiden het hele jaar door exotische bloemen met lavendelkleurige, gele en scharlaken kleuren die als vuurwerk over de tegels spatten, aan de voet van de zandgele zuilen die de boogvormige arcaden ondersteunden stonden Trudi's vijfhonderd bloempotten van waaruit klimrozen en passiflora's zich omhoogslingerden, granaatappels hingen met hun kronen naar beneden, palmbomen spreidden hun doorzichtige waaiers in het licht, de wasachtige bloemen van de ficus staken hun sensuele tongvormige vruchtbeginsels naar buiten, vetplanten bulkten als gestolde watervallen uit hun potten, alles groeide met een roekeloze spilzucht, zich door stenen heen borend, arcaden omslingerend of zich in de waterput gooiend. Want alles in Mexico is hevig. De zon brandt op de aarde, de regen komt met loodgrijze luchten en stort naar beneden als water uit een open sluis. Hier tref je geen zachtheid aan, geen lieflijke samensmelting van elementen, geen subtiele geuren, de geur van Mexico suggereert botsing van krachten. Tijdens onweders slaat het elektrisch licht vaak uit en moeten er vetkaarsen worden ontstoken, of het licht gloeit zieltogend in de roodachtig brandende kale peren. Het ene moment valt de duisternis als een donkere jas over je heen, terwijl direct daarop de zon weer schijnt en de rode vogeltjes in het mangobosje hun bedrijvigheid hervat hebben en hun vleugels openklappen als papaverknoppen die plotseling openspringen.

Van de ene patio komt de bezoeker via een poortje in de aangrenzende. De muren zijn terrarood en met houtsnijwerk versierde hemelsblauwe banken staan uitnodigend in de gaanderijen, Maya-hiërogliefen versieren de dorpels van de gastenkamers die alle namen van inheemse volkeren en steden dragen: Chamula, Zinacantán, Selva, Bonampak,

Lacandón, Palenque. Rond de derde patio woont dienstdoend personeel en een verzameling oude vrouwen te zamen met hun gekooide vogels, honden en poezen achter de waslijnen van doña América. Hier zitten ze in de avond met een emmer gloeiend houtskool aan hun knieën, in rebozos gewikkeld, in hun deuropening met elkaar te praten: doña Mári, de verstoten keukenprinses, Bety met haar kleinzoontje Esteban, Concha, de kookster die befaamd is om de wijze waarop zij goudgeel maïsbrood weet te bakken, of couscous van tapioca kan bereiden die volgens haar recept dagenlang in kokosmelk geweekt moet worden.

Aan het einde van de derde patio bevindt zich een muur die de afscheiding vormt tussen woongedeelte en achtererf. Jaren geleden heeft Trudi om haar geadopteerde Lacandónkinderen te plezieren op die muur een fresco geschilderd van vreemdsoortige jungleplanten en bruine kinderen die met roze paardjes spelen in een turkooiskleurige wereld – alsof zij daarmee een doorkijkje heeft willen maken naar de verloren gegane Maya-droomtijd. Nu zijn de paardjes verbleekt tot schimmen, de Lacandón-kinderen zijn opgegroeid.

Wie een sleutel bezit kan via een poortje in die muur in de achtertuin komen waar een bos van griffithdennen staat, veertig jaar geleden als duimgrote kiemplantjes aangeplant, maar nu hoog boven de haciënda uit reikend. Daaronder staat het vol witte lelies, margrieten en campanula's en loopt een kleinstenig pad omhoog naar de hutten die Trudi indertijd voor haar Indianen liet bouwen om ze een onderkomen te verschaffen wanneer zij naar Las Casas kwamen om haar te bezoeken of haar hulp in te roepen bij calamiteiten. De griffithdennen suizen en in de verte doemen de blauwe heuvels van Chiapas op. Bij de waterput staat het gipsbeeld van de schilder Diego Rivera. Un hombre invencibele, een onoverwinlijk man, staat er op zijn sokkel. Hij heeft twee hoofden, twee gezichten aaneengesmeed naar diabolisch Mexicaans voorbeeld, zijn voorkant toont een volwassen man, de achterkant een trol of een kind, lachend, dik, met één oog open en één dichtgeknepen in een bedrieglijke knipoog. Daar loopt Trudi iedere dag langs, langs haar stenen vriend Diego, en het is alsof hij zegt: alles zal verdwijnen, iedere steen van dit huis, elke herinnering in de hoofden van de mensen, de witte lelies staan al klaar om als grafkleed te dienen. Jij hebt een voorzienige geest gehad, Trudi, toen jij zoveel witte lelies plantte. Weet je nog dat ik bij je op bezoek kwam en wij broodjes aten in de vorm van doodskoppen...?

Binnen in het hoofdgebouw heerst koelte, zelfs op smoorwarme dagen. Donkere Spaanse meubels verlenen de vertrekken een atmosfeer van ernst, van inkeer. Tralievensters in koloniale stijl houden de uitbundige wereld van god Kleur op een afstand alsof daarbinnen iets behoed moet worden voor al te grote opdringerigheid. Want Na Bolom herbergt een illusie, de droom van twee mensen die om zich heen een wereld te gronde zagen gaan.

Vanaf het ogenblik dat zij het oog hadden laten vallen op het verlaten Penagos-huis hadden Frans en zij het plan opgevat hiervan een refuge te maken voor de diverse levensvormen en kunstuitingen uit de Maya-jungle die elders verloren dreigden te gaan. Zij wilden een studiecentrum creëren voor archeologen, antropologen, voor schrijvers en studenten als een substituut voor hun verlangen om de werkelijke jungle met haar bewoners en oudheidkundige schatten voor het nageslacht te bewaren. In de loop der jaren had hun ideaal steeds duidelijker vorm aangenomen. Zo hadden zij in een van de vertrekken – door Frans de cueva (grot) gedoopt – een bibliotheek gehuisvest waarvan hun gasten gebruik konden maken bij hun wetenschappelijke research. In een andere ruimte hadden zij een permanente expositie ondergebracht van gebruiksartikelen van de Lacandón-Indianen en opgegraven artefacten van Maya-culturen. De witgepleisterde muren van beide ruimten worden gedomineerd door zwart-wit foto's van het regenwoud en van Lacandones die gehuld in witte tunieken als geestverschijningen te midden van de vegetatie staan en met gelatenheid, zo lijkt het, naar de toeschouwers staren.

Aanvankelijk had Trudi deze foto's gemaakt met het doel daarmee de basiskosten van het huis te helpen bestrijden (Frans ontwikkelde de negatieven in zijn geïmproviseerde donkere kamer), maar wat zich eerst als een lucratieve hobby had aangediend was met de tijd uitgegroeid tot een passie die haar meer en meer in zijn greep begon te krijgen om ten slotte de vorm aan te nemen van een uitputtende obsessie: om als eerste en mogelijk laatste fotograaf alle facetten van de Selva, het Regenwoud, en zijn bewoners in beeld te brengen voordat die voorgoed verdwenen zouden zijn.

Deze passie is nu nagenoeg uitgebrand. Al jaren maakt Trudi geen foto's van mensen meer, enkel nog van bomen, van bomen waar de bijl in wordt gezet, die neergehaald worden of die zwart gebrand nog in een sinister landschap staan.

'Trudi houdt meer van bomen dan van mensen,' zegt doña América in haar washok. En zij weet waarover zij het heeft, want op gezette tijden pakt zij haar bundeltje kleren om uit Na Bolom weg te gaan omdat de Lady haar onheus behandeld heeft of verzuimd heeft te betalen. 'Waar ga je heen?' vraagt Trudi haar dan. En doña América antwoordt: 'Ik ga hier weg.' Waarop Trudi begint te huilen: 'Wil je mij dood hebben?' en dan besluit América maar weer te blijven omdat zij zich niet schuldig wil voelen aan Trudi's dood.

Trudi floreert in een huis vol mensen, schreef Frans ooit in zijn journal intime. Als een wervelende cycloon waart zij door Na Bolom om iedereen tot activiteit te prikkelen en overal onrust te zaaien door grappen, bevelen of scheld-kanonnades, en dat in alle mogelijke talen: Spaans, Duits, Engels of een gebrekkig gesproken Maya-dialect, al naar de gelegenheid dicteert.

Nu, dertig jaar later, is Frans' kleine cycloon nog steeds niet helemaal uitgeraasd. De stem in de vele talen is er nog, de voeten in zachte sloffen brengen de oude vrouw tot in al-le uithoeken: in de achtertuin onder de griffithdennen, dwalend over de paadjes in de dooltuin voor haar rusteloze geest, witte lelies plukkend, of naar de stal die Frans voor de muildieren liet bouwen, om haar paard Metzabok te bezoeken, ze laat hem zadelen voor een rit naar de orendokter in Las Casas. Ze loopt in een rode poncho op dikke vilten rij-laarzen. Ze roept: 'Ik ben bezig, zie je niet dat ik bezig ben...' alsof al die jaren van activiteiten als een lawine op haar neer dreigen te storten en zij die in haar eentje moet tegenhou-den. Ze moet naar de keuken om te kijken of de meiden geen gokspelletje zitten te spelen en hun tijd verbeuzelen met kletsen, of er niet te veel licht en hout verspild worden; naar de eetzaal om te controleren of de tafel al gedekt staat voor het avondmaal, naar de gastenkamers om het beddegoed te inspecteren en te zien of er wel boeketten van campanula's in de vensterbank staan om de gasten te verwelkomen die uit de Verenigde Staten verwacht worden. Je hoort haar imperatieve stem echoën door alle ruimten, zij kondigt haar komst aan zoals een leeuw doet wanneer die brult: 'Wie is daar in de salon? Wie is daar in de cocina…? Wie heeft het licht laten branden in de cueva? Dammit.' En passant plukken haar zwaar beringde vingers verdorde exemplaren uit de bloemen in haar vijfhonderd potten of ze pakt weggewaaid papier op, opmerkingen lancerend over imbecielen die overal hun rommel rondstrooien. Vervolgens komt zij met haar nieuwste aanwinst, een jong hondje, aanzetten dat zij onder zijn kop vasthoudt zodat het als een dweiltje met z'n jonge lubberpoten naar beneden hangt. Dit is Pek de Zesde, de laatste in een rij van generaties Pekken, alle vernoemd naar de goddelijke Maya-Hond van het Weerlicht. Ze vraagt of iemand het beest een plas wil laten doen in de achtertuin.

'Wat een mooi hondje,' zegt een bezoeker om bij haar in het gevlij te komen. 'Wat voor ras is het?'

'Wat voor ras ben jij?' kaatst zij terug.

Zal Pek de Zesde haar nog een laatste troost bieden? Zal dit de hond zijn die haar zal begeleiden in de dood? Zoals de itzcuintli, de Azteekse hond die als gids de doden moest helpen de infernale rivier van de onderwereld over te zwemmen? Zij zet de pup op de grond alwaar hij een plas doet midden in haar bloemenperk om vervolgens opgelucht naar haar toe te dartelen, half omvallend in zijn enthousiasme; ze lacht, ze zegt zielsverrukt: 'Hij kent mij al…' Op een ander moment daalt zij de trap af die van haar privé-vertrekken naar de patio voert, behangen met extravagante juwelen en gekleed in een enkellange wijnrode met gouddraad doorweven robe van een exclusieve stof die niet meer gemaakt wordt. Ze houdt een parasol in dezelfde tint als de jurk boven haar hoofd. 'I told you…' galmt haar stem door de ruimte tegen onzichtbare mensen in de holten van het huis. 'Someone is coming…'

Someone is coming… dit is het Leitmotiv van haar dagen. In haar brein tast zij naar de naam, de gestalte. Een eindeloos defilé van gasten uit haar hele leven trekt aan haar voorbij, belangrijke en onbelangrijke, bevriende en niet-bevriende, beminde en gehate, vergeten en nooit vergeten gasten. Someone is coming… Wie? De grote onbekende? Een weldoener uit de Verenigde Staten? El Presidente? God? Frans? Een onzichtbaar iemand voor wie zij paraat moet zijn.

El Presidente komt op bezoek

Op de patio zag zij haar Lacandón-Indianen in plastic stoelen zitten: Pedro Carranza met een dikke pruim tabak achter zijn kiezen en zijn vrouw Nuk gekleed in een flodderige bloemetjesjurk die haar opeens degradeerde tot een burgerlijk vrouwmens. Onder de laurierboom bij de haciënda-poort zaten Mateo en zijn zoon pijlen en handbogen te snijden voor hun toeristenhandeltje – met iets onderworpens in hun houding, als bedelaars kwam het haar voor, hun tunieken groezelig. Waren dit haar Hach Winik? De Ware Mensen, zoals zij zich zelf genoemd hadden toen zij nog in hun ondoordringbare wouden leefden? Nu staken hun voeten in die vermaledijde kaplaarzen waarin de huid week werd en geïnfecteerd raakte. (Nadat één Lacandón met kaplaarzen was komen aanzetten was het dragen van dit schoeisel onder de mannen een ware epidemie geworden.) En dan die lange zwarte haren, doffe ongewassen luizenbossen…

Deze aanblik maakte haar, toch al slecht geluimd en geplaagd door de reumatische pijn in haar knieën, opeens woedend. Zij liep op Mateo af en gaf hem een venijnige tik met de steel van haar parasol.

'Ga van die poort vandaan. Wil jij eten van de bloeddollars van de Norteamericanos en de Spanjaarden die jou je land afhandig hebben gemaakt?'

Met niet-begrijpende blik keek hij naar haar omhoog.

'Waarom antwoord je niet?'

'Als de Lady wil dat ik hier wegga, dan ga ik weg.'

Hij keek naar haar als van een afstand, zijn gezicht leeg, met een stenen blik in de zwarte pupillen. Wie was hij helemaal dat hij haar op een dergelijke onbeschaamde manier kon aankijken?

'Wil je rijk worden? Wil je worden zoals de Norteamericanos?'

'Ik zou wel rijk willen worden,' antwoordde Mateo. 'Maar ik zou geen gringo willen zijn.'

'Waarom niet?'

'Ik zou me niet op mijn gemak voelen…'

'Voel je je nu dan op je gemak?'

Onduidelijk handgebaar. Hij was op zijn hoede voor haar sarcastische toon.

'Heb je geen trots?'

Zonder te antwoorden pakte hij zijn pijlen bij elkaar en liep van haar weg.

Geërgerd klapte zij haar parasol open. Wat een grotesk vraagspelletje had zij met hem gespeeld. Welk een idiotie… Wat betekende trots? Had zij er niet zelf de hand in gehad dat zij afhankelijk waren geworden van geld, medicijnen, van haar bescherming? Kwamen zij niet in steeds groteren getale naar Na Bolom met hun kwakkelende kinderen, ouden van dagen en hun albino's? Ze moesten naar de dokter, de tandarts, hun tanden begonnen te rotten vanwege de hoeveelheden suikerwaren die ze verorberden, de albinovrouwen wilden naar de kapper om hun oranje haren zwart te laten verven, hun kinderen waren vergeven van de wormen, hadden ontstoken amandelen, eeuwig zaten ze in geldnood (in de jungle hadden ze geen geld nodig gehad), zij verzochten om onderdak. Verzochten? Welnee, ze namen eenvoudig hun intrek.

In de comedor zaten de gasten aan de lange tafel van gepolitoerd meranti onder de vliegende jaguar van stro en lappen die aan de zoldering hing en heen en weer zwaaide in de luchtstroom die van de cocina naar de patio trok. Lichtflitsen weerkaatsten in de spiegeltjesogen in zijn kop van papier-maché. Wie om zich heen keek zag overal jaguars: jaguars uit hout gesneden, in potterie, in de vorm van gevlochten matjes, braaf en geplet onder de vrolijk gekleurde schalen van faience; jaguars geschilderd op de muren of geëtst in houten bordjes: nazaten van de vergoddelijkte heerser van het oerwoud wiens adem alleen al dodelijk heette te zijn, maar die hier gedomesticeerd was, huiselijk, dom, aandoenlijk.

Het spiegeloog van de vliegende jaguar reflecteerde een soort Laatste Avondmaal met Trudi fraai uitgedost als een farao, een levende dode, aan het hoofdeinde van de tafel. Zij liet nooit verstek gaan. Zelfs wanneer ze ziek was verscheen ze, leunend op de arm van Bety; de dag waarop zij haar plaats aan het hoofdeinde niet meer zou innemen, zou zij dood zijn.

Aan weerszijden van de tafel zaten tussen de overige gasten de donkere mensen die zij als haar familie beschouwde: de Lacandón-Indianen, kinderen incluis. Zij had altijd staande gehouden dat bruin de natuurlijke kleur van de mens is en het mooist harmonieert met zijn omgeving. Hoe dikwijls had zij niet uitdagend geciteerd:

> God schiep de mens.
> De blanke was te weinig doorbakken,
> De zwarte was aangebrand,
> De bruine was precies goed.

Begeleid door een geroezemoes van klanken in diverse talen vond er een ordeloos heen en weer geloop plaats van vrijwilligers in witte tunieken of spijkerbroeken, die schalen uit de keuken brachten of borden verwisselden. Omdat er die ochtend hele stoeten van Lacandones onaangediend uit hun jungle naar Na Bolom waren gekomen had Trudi snel orders aan Concha doorgegeven dat er meer tamales bereid moesten worden, desnoods gevuld met restjes vlees en groente die van gisteren waren overgebleven. (God geve dat de keukenmeisjes niet alles mee naar huis hadden genomen. Na Bolom was een huis als een olifant, dacht ze, die moest vreten, vreten...)

De Lacandones spraken en lachten luidkeels in hun eigen taal – te lawaaiig, vond de Lady. Zij probeerde ze tot kalmte te manen, maar haar stem ging verloren in het rumoer. Een Maya-baby'tje met een gebreid petje op het hoofd veroorzaakte vrolijke commotie door met zijn handjes in de soep te pletsen, Nabor, de zieke albinovrouw die haar pillen niet wilde slikken omdat zij een diepgeworteld wantrouwen tegen pillen en dokters koesterde, hing met het hoofd bijna in haar bord, tastte met haar lippen het brood af, terwijl haar witte wimpers boven de lichtschuwe ogen op en neer fladderden. Onbeholpen sneed zij voor haar kind een meloentje in stukken, zo ongecoördineerd en ruw dat het geen haar scheelde of zij had een van zijn vingertjes gehalveerd. Om haar schouders had zij een badhanddoek geslagen om zich te wapenen tegen de kilte in de comedor, naast haar prijkte haar man in zijn nieuwe body-warmer, aangeschaft van zijn verdiensten in de souvenirhandel. Terwijl eetgerei kletterde en stemmen dooreen gonsden liet iemand in het Indianengezelschap een onfortuinlijk lange knetterende boer zodat de buitenlandse gasten opschrokken en schichtig naar de bron van dit onbetamelijk geluid keken.

'Een boer laten is een teken van wellevendheid, net als bij de Chinezen,' zei Trudi. 'Zij laten horen dat het hun goed smaakt.'

Iedereen lachte, behalve de Indianen die geen Engels verstonden.

Schalen en spijzen vormden veelkleurige patronen op het witte tafellaken (Trudi prikte met haar vinger in het damast en zei tegen Bety dat dit morgen verschoond diende te worden), er was fazant in zwarte mole-saus, salades, tamales met rode pepers, goudgeel maïsbrood en guavas in purperen siroop. Rond zijn as draaiend weerkaatste de jaguar met zijn spiegeltjesogen segmenten van de zeer uiteenlopende disgenoten rond de eettafel: dames uit Wisconsin die bezig waren de weeftechnieken van de Maya's te bestuderen, een Engelse professor die een verrassende gelijkenis met Bernard Shaw vertoonde en die zich in de droomsymboliek van de Lacandón-Indianen specialiseerde, een joodse jongen uit Brooklyn die vrijwilligerswerk deed en hand- en spandiensten verleende in de tuin en de stallen, twee hoogblonde Zweedse meisjes die zich in het Spaans wilden bekwamen – en daartussen zaten de antieke ruiggehaarde Maya-koppen. Maar ook in de laatste groep viel weer onderscheid te maken tussen de Lacandones die hun tradities nog in ere hielden, in katoenen tunieken gekleed gingen en hun haren nooit knipten, en hun oerwoudbroeders die gekerstend waren, Spaanse namen hadden aangenomen en moderne shirts en spijkerbroeken droegen – de laatsten allemaal afkomstig uit het meer zuidelijk gelegen Lacanjá, waar de protestantse missionarissen danig hadden huisgehouden.

Te midden van al die personen zag Gertrude de vertrouwde gestalte van haar pleegzoon Kayum zitten, met zijn hoofd enigszins tussen de schouders getrokken. Een ogenblik meende ze dat het Bor, Kayums vader, was die daar zat, want wanneer je zo oud bent geworden begin je de generaties door elkaar te halen. Maar die hoge schouders had Kayum altijd al gehad. Ook was hij kleiner van gestalte dan Bor terwijl een ingedeukte oogkas zijn gezicht lichtelijk mismaakte. Toen hij een kind was hadden schooljongens in Las Casas hem voor 'een beest uit de jungle' uitgemaakt en hem met stenen bekogeld. Dat had hem bijna een oog gekost. Zij was met hem naar Villahermosa gereisd om het oog te laten opereren. Daar had zij hem in een groot wit ziekenhuisbed moeten achterlaten. Toen hij maanden later in Na Bolom terugkwam sprak hij uitstekend Spaans en was hij zijn Mayataal zo goed als vergeten.

Tussen al die gezichten, bekende en onbekende, miste Trudi dat ene: dat van haar oude vriend Chan K'in Viejo, de laatste sabio, die nog leefde in Najá. Al in geen jaren meer was hij uit zijn jungle naar de stad gekomen, hij bleef waar hij was om nog een prevelement te houden tot zijn vrijwel vergeten goden.

De gast voor wie zij extra had uitgepakt zat aan Trudi's rechterhand: de president van Pemex Oil uit Tuxtla, die in een smetteloos wit kostuum gestoken, als een elegante schimmel boven de overige gasten uit torende. Oude banden verbonden haar met Pemex, al daterend uit de tijd dat Frans stafkaarten voor de oliebaronnen maakte en in ruil daarvoor de beschikking kreeg over junglevliegtuigjes waarmee hij naar zijn verborgen archeologische steden kon reizen. Nog altijd poogde Trudi de relatie met el Presidente warm te houden in de hoop Amerikaanse dollars van hem los te krijgen om haar Na Bolom-huis te kunnen blijven financieren of bomen te laten aanplanten in de verbrande jungle.

Zij maakte el Presidente attent op de staat waarin de gebitten van haar Indianen verkeerden. 'Vroeger aten die mensen geen suiker en hadden een prima gebit,' zei ze. 'Kijk nu eens naar ze.'

De Pemex-blik gleed vluchtig langs de door cariës aangevreten tanden en loodkleurige vulsels tussen de Lacandón-lippen.

'De beschaving komt niet enkel met weldaden,' mompelde el Presidente. 'Een mens moet ermee leren omgaan.'

Opeens voelde zij hoe het warme puppylijfje van Pek de Zesde zich onder tafel tegen haar voeten vlijde en vertederd dacht ze: die houdt tenminste van mij... Er siepelde lauw vocht langs haar enkel, maar zij verroerde zich niet. Met verflauwde interesse luisterde zij naar al die flarden van gesprekken die geen samenhang schenen te hebben, al die klanken die een zangerige brij vormden, in de lucht bleven hangen en dan weer stilvielen in het algemeen gekauw. Nabor en haar kind hielden hun roze ogen meestentijds neergeslagen: donkere mensen die per abuis in de witte bleekwas waren gegaan – hun monden stonden voortdurend halfopen als van vissen die naar lucht happen, alsof die witte huid onvoldoende ventileerde.

'Het verschijnsel van de albino wordt veroorzaakt door inteelt,' vertelde zij aan de professor die de droomsymboliek bestudeerde. 'De stammen wonen ver uit elkaar en de groepen zijn te klein geworden.'

Zij sloeg haar zilverblauwe oogleden naar hem op: 'Ze

trouwen met de dochters van hun broer, ze trouwen met hun kleinkinderen... U moet begrijpen, zij zijn nog maar met zo weinigen...'

Onverhoeds vloeide er weer mededogen met de restanten van haar Lacandón-familie door haar verschrompelde oudevrouwenhart dat, naar het haar voorkwam, steeds killer was geworden. Zij gooide een fazantebotje onder de tafel voor Pek, zij hoorde het tussen zijn tanden kraken, voelde de kou aan haar door hem beplaste voet, ze antwoordde niet op de vraag van de professor, haar ene oor hardhorend en het andere Oostindisch doof – zo bleef ze even vertoeven in een lege geest. Niet lang evenwel, want haar bovendeel zat nog kaarsrecht boven het tafelblad uit, haar bejuweelde vingers naast haar bord, en ze kon het niet helpen dat haar ogen alles zagen, de minste ongerechtigheid. Zij zag de vork waarmee Maguerita, het tienjarig dochtertje van Nuk, zich uitgebreid op het hoofd krabde en meteen stoof zij op: 'Ga naar de keuken, Maguerita, en eet daar je bord leeg. En laat je hoofd door Juanita behandelen tegen luis...'

Simultaan rezen Nuk en haar dochter van de tafel op en verlieten onder stil protest de eetzaal. 'En jullie ook,' voer de Lady uit tegen de resterende Lacandones. 'Zorg ervoor dat jullie goed gewassen hier aan tafel komen zodat jullie geen infecties verspreiden.'

Zij ving een signaal uit Bety's ogen op: beheers je... wees niet zo tactloos.

Nee, tact was nooit haar sterkste kant geweest en nu, in haar ouderdom, was er iets remmingloos in haar gevaren en ze dacht: ze tolereren me nog in mijn eigen huis, ze tolereren mijn wangedrag... Het gebabbel van de Lacandones was eensklaps verstomd als dat van een zwerm papegaaien waarop je een geweerloop richt. De Wisconsin-dames trokken hun welzijnsvlees onopvallend een weinig terug van de bruine blote armen en haardossen van hun tafelburen. Trudi keek naar Nabor en zei zacht, haast smekend: 'Je moet je pillen slikken, Nabor.'

Een glimlach (schimplach?) gleed over het gezicht van de Pemex-directeur: 'Ik zie dat u veel zorgen hebt, señora Gertrude. U moet op alles letten en dat op uw leeftijd.'

'Mijn leeftijd, ja… die is goed genoeg om onder de grond te gaan.' Haar imperatieve vinger wees naar de vloer.

(En ze dacht: meneer el Presidente in uw smetteloos witte pak voor wie ik fazant in mole-saus heb laten bereiden in mijn keuken en groen geglaceerde taarten met bloemen versierd, u bent het produkt van een steriele tijd, u bent een diepvriesprodukt. Hebt u ooit de jungle betreden anders dan voor een bliksembezoek met een Pemex Oil-vliegtuigje en met uw hooggehakte secretaresse aan uw zijde? Meneer el Presidente, heeft mijn fazant u goed gesmaakt? En wat vindt u van mijn afgestorven Hach Winik? Interessant niet, zoals zij hun snottebellen aan hun servet afvegen? Zij hebben geleerd wat beschaving is, ze hebben geleerd hoe met mes en vork te eten, hoe te bidden, te profiteren, te liegen, te versjacheren… Jij, meneer el Presidente, hebt de eer aan tafel te zitten met twee soorten schimmen: met mij, de schim van een dame die geboren werd in het Berner Oberland, en de schimmen van hen die zich ooit Hach Winik, de Ware Mensen, noemden. Ik heb gekozen voor de god van de Hach Winik. Toen ik in de jungle woonde heeft mijn oude vriend Chan K'in mij zijn god Hachäkyum, de schepper van het regenwoud, doen kennen en het is diens boodschap geweest die mij toen als een bliksemflits getroffen heeft, de boodschap dat de mens in harmonie met de natuur moet leven of ten onder moet gaan... Maar wat deert dat jou? Jouw god is god Olie, en onze twee goden kunnen niet samen regeren... Veertig, vijftig jaar geleden toen ik nog een wilde jonge vrouw was met een speelse kont, zou u naar mij gesnakt hebben, meneer el Presidente, naar mijn rossig haar en de zomersproeten op mijn neus en naar mijn benen die een paard konden omklemmen als de benen van een man. Om in mijn bed te mogen liggen zou u handenvol dollars over hebben gehad, Pemex-dollars waarmee ik mijn jungle en mijn Lacandones van de ondergang had kunnen redden. Maar die macht bezit ik niet meer, ik ben een mummie geworden en als nederige mummie bied ik u mijn geglaceerde taarten aan in de hoop dat u een aalmoes in het collectebusje zult gooien dat aan de poort van mijn Jaguarhuis hangt. ...Hachäkyum, dat jij mij niets gelaten hebt, niet eens een paradijs zo klein dat het in een cactuspot zou passen.)

Maar alles gaat zoals het gaat. Haar benen dragen haar lichaam nog en met de punt van haar parasol wijst ze naar voorwerpen in stoffige vitrines, haar commentaar klinkt korzelig: 'Een wierookpot geboetseerd in de vorm van een hoofd. Het hoofd van de god aan wie zij hun offers brachten. Dit is een etenskalebas. Weefwerk – nee, katoen verbouwden zij niet, zij weefden hun tunieken van boomvezels, dit is een huehuetl, een pauk waarop zij met hun handen sloegen, en dit hier een trom vervaardigd uit een holle boomstam, die gaf een verdragend droevig geluid...' (Hoe vervaald, ontzield zien die voorwerpen eruit zoals ze daar in hun stofnesten liggen, spinnen weven draden tegen het glas van de vitrines, bezoekers halen brillen te voorschijn om onleesbaar geworden opschriften te ontcijferen. Daar moet ik iets aan doen, denkt ze, ik moet opdracht geven...) Maar de buiksprekersstem binnen in haar blijft voor de bezoekers zijn lesje opdreunen: 'De Lacandones waren vrije mensen. Vrij omdat zij nooit een meester hadden gekend, nooit onderworpen waren geweest. Toen de Spanjaarden kwamen, zijn zij het Regenwoud binnengevlucht en hebben daar eeuwen in afzondering geleefd. Onderdanigheid kenden zij daarom niet. Ook de vrouwen waren vrij, zij gaven zich uit vrije wil aan de mannen die hun bevielen.'

Zij strekt haar wijsvinger, bedekt met een enorme ring in de vorm van de Azteekse adelaar: 'Dit hier is een weefgetouw van vóór de Spaanse verovering. Weinig vrouwen kunnen daar nog mee overweg. Wij hopen hier een school te kunnen stichten om die vorm van weven voor het nageslacht te behouden.' (Geestdriftig buigen de Wisconsin-weefdames zich voorover om het weefgetouwtje aan een nader onderzoek te onderwerpen, onderwijl vaktermen uitwisselend.) Maar een duiveltje binnen in de Lady dwarsboomt de geprogrammeerde buiksprekersstem en zegt: 'Toch komt die school er niet. Er is geen geld, en geen van die Lacandón-vrouwen wil nog met dat antieke ding aan de gang. We kunnen ze beter een breimachine geven.' (Ongelovige teleurstelling bij de weefdames.)

'De mens went gauw aan het nieuwe. Dertig jaar geleden kwamen de Lacandones vanuit de jungle te voet hiernaar toe. Zij draaiden aan de kranen en waren verbaasd. Waar kwam dat water vandaan? vroegen zij zich af. Gas. Waar kwam dat vuur vandaan? Zij zochten overal. Maar alles went. En al gauw wilden zij die nieuwigheden zelf ook hebben. De verandering kwam het eerst van de man, want die is onderweg, die ziet de wereld, de laatste jaren is er zelfs family planning geïntroduceerd bij de Lacandones.'

Stemmen door elkaar: 'Daar zult u zeker trots op zijn.'

'Een goeie ontwikkeling.'

'Fantastisch dat die mensen ook een aandeel krijgen van de welvaart.'

Zij zegt: 'De weg heeft alles veranderd. Maar voor mij betekent de weg vernietiging.'

(*Dat heb ik al eerder gezegd, die mensen heb ik al gezien… waar was dat?*)

'Mag ik u mijn echtgenoot voorstellen?' vraagt een van de dames. 'Hij is dichter.'

De dichter: 'Ik ben benieuwd hoe de Lacandones de verhouding tussen beeldtaal en woordbetekenis hebben geïnterpreteerd.'

Trudi: 'Welke beeldtaal? Die hebben ze niet, die is al lang verloren gegaan. Elke Indiaan die lezen en schrijven kon werd door de Spanjaarden om zeep geholpen – beproefde methode om een volk klein te krijgen.'

'In 1987 willen wij een tentoonstelling organiseren over de uitstervende Maya-volkeren.'

'Zoudt u op een congres in Chicago willen spreken?'

'Ik ben journalist bij de *Washington Post*. Staat u mij toe dat ik een foto van u maak?'

Camera's in aanslag. Veel Amerikaanse stemmen. Zweedse schonen, snobs, artiestenluizen, in alle talen lachende en vleiende nieuwe jongemannen – el Presidente, onder de arcaden in haar schommelstoel gezeten, rookt sereen een havannasigaar.

'Wilt u tussen de oleanders gaan staan?'

'Wilt u uw gezicht iets naar links draaien?'

'Met dat hondje… dat is aardig…'

'Kunt u komen aanlopen vanuit de poort, met die Indiaan in die witte jurk op de achtergrond? Glimlacht u…'

In een spasme glijdt een glimlach over haar gezicht en bevriest in de gewenste plooi. *Ach, pajarito, ik ben ook een gekooide vogel, ik moet te kijk staan en mijn liedje zingen…*

Klik, klik, klik. (Je zou tevreden over mij zijn, Frans, ik doe het allemaal voor Na Bolom, voor dat huis zo groot als een olifant die moet vreten, vreten.)

Maar dan voltrekt zich het onverwachte en toch verwachte altijd weerkerende fenomeen: de cameralenzen en blikken die zich op haar vestigen, vullen haar aderen met warmte, tillen haar op uit haar neerslachtigheid, haar geforceerde glimlach verzacht zich, wordt zelfs charmant met een spoortje van de oude verleidelijkheid. Even zwemmen wil ze in die strelende aandacht, even zwelgen in de roem van Grand Old Lady. Een oude Cleopatra zonder een rijk en zonder haar Frans, maar ontwijfelbaar nog altijd de legendarische Lady van de Selva.

2

Kinderjaren in Wimmis

Het kleine meisje was dikwijls te vinden op het perron van het houten stationsgebouwtje met zijn vriendelijk ogende ruitjesramen waarvoor bakken met geraniums waren opgehangen. Vier keer per dag, tweemaal vanuit het oosten en tweemaal vanuit het westen arriveerden de stoomlocomotieven met hun sleep reiswagons om onder gesnerp van wielen en gesproei van vonken halt te houden bij het dorp Wimmis. Het dorp lag als een waakhond voor de nauwe ingang van het dal Nieder Simmental, en aan weerszijden van het smalspoor rezen steile steenpuisten van bergen omhoog, de versteende tweeling Burgfluh en Simmenfluh. Gefascineerd spelde het kind de namen van de plaatsen die de trein op zijn tocht aandeed: Oey, Erlenbach, Oberwil, Boltingen. Zij spiedde naar de reizigers die van de hoge treeplanken afdaalden met hun valiezen en hengselmanden, alsof zij van de gezichten iets kon aflezen van de opwindende oorden waar zij vandaan kwamen. De dampende locomotief met zijn manshoge wielen en het kolenwagentje in zijn zog kwam haar voor als een gigantisch beest dat alleen door zijn twee dompteurs: de machinist en de zwart beroete stoker, in toom gehouden kon worden.

Op het perron stond een bordje met het magische woord Abfahrt. De stationschef die 'Trudi van dominee' goed gezind was gaf haar soms een bundeltje verlopen en met de kniptang bewerkte reisbiljetten. Die verstopte zij in een doos onder haar bed. De stoomlocomotief was haar afgod, zo iets als een vriend die voorbij stoomde en haar groette en haar verbond met alle ver verwijderde plekken op aarde, een soort dier dat kolen vrat als een hongerige leeuw en daardoor reuzenkracht verkreeg om door bossen en zwarte tunnels te daveren. 's Avonds in bed luisterde zij naar het hortend fluiten van het ijzeren beest dat naar nooit geziene dorpen en steden reisde, een geluid dat een pijn doend verlangen in haar wakker riep naar de wereld buiten Wimmis. Op een dag zou zij met haar moeder naar Bern reizen om bij haar grootvader, de klokkenmaker, te gaan logeren. Dat was een verre verre reis, zo ver als Amerika, pochte zij tegen haar schoolvriendinnen, je moest overstappen in Spiez.

Met dat smalspoor dat zich door het Berner Oberland slingerde was het begonnen, haar reis naar het avontuur, naar de strijd, naar de eenzaamheid. Treinen zouden haar leven lang een rol van gewicht blijven spelen, ze zouden haar over de grenzen transporteren, zij zou op spoorwegemplacementen bivakkeren en slapeloze nachten in wachtlokalen doorbrengen. Partir c'est mourir un peu, maar Trudi zou die Franse zegswijze op zijn kop zetten, want voor iemand met haar temperament was het tegendeel waar: niet weggaan betekende voor haar stilstand, stollen, je leven paralyseren. Al jong wilde ze weg uit die nauwe plooi in het dal van Wimmis, waar 's winters amper de zon scheen, weg uit de beklemming van dat kleine dorp in de schaduw, waar de bewoners achter ruitjesramen zaten te koekeloeren om te zien wat er zoal gebeurde wat afweek van het dagelijkse, gluurders die zich verveelden. 'Memento mori', stond er te lezen op de klokketoren van de Sankt Martinskirche die als een vermanende vinger omhooggestoken werd tegen het duister van de Simmenfluh. De dagen werden ingedeeld door de stem van de klok, dof en treurig wanneer er een epidemie in het dorp heerste en er bijna dagelijks een rouwstoet onder langs de kerk trok, haastig en gealarmeerd wanneer een uitslaande brand de lucht rood kleurde – hetgeen regelmatig voorkwam als de warme föhn uit het zuiden blies –, uitnodigend bij de kerkdiensten of vrolijk en gedecideerd voor de inzegening van een huwelijk. In die dagen was er een lichtgewicht klokkenluider die aan het touw de lucht in werd getrokken wanneer hij de klok tot zwijgen moest brengen. Er hingen ook twee kleinere klokken in de toren die op hoogtijdagen tot klinken werden gebracht en door twee jongens uit de gemeente bediend mochten worden. Die taak vervulde de jongens met trots en Trudi was jaloers toen haar jongere broertje Hansi op zekere dag tot hulpklokkenluider werd uitverkoren. Later werd de menselijke trekkracht door elektrische stroom vervangen, maar het samenspel van de klokken scheen niet meer hetzelfde te zijn als vroeger, en godzijdank vond die verandering plaats na de dood van de ondermaatse klokkenluider.

Zij was een klein dik meisje – 'das Bummerli', noemden de dorpskinderen haar – met peilende ogen en blonde stijve vlechten; zij haatte het om dik te zijn want haar zus Johanna was slank, zij had een hekel aan haken en breien en verstopte zich in het dichte gebladerte van de kastanje achter de pastorie om aan dat stompzinnige karwei te ontkomen. Hooggezeten in de kruin kon zij in het oosten de besneeuwde bergen van de Blümisalp zien liggen, als een gefixeerde witte zee die een roze gloed van avondzon opving. Een vrije vogel vloog hoog over de besneeuwde toppen. Die kende de grenzen niet, noch de loerende ogen, niet het 'fatsoen' en wat een

meisje geacht werd te doen of te laten. Haar vader, de dominee, moest waken over het fatsoen en diende daartoe zelf het
voorbeeld te geven, hij moest waken tegen onzedelijk gedrag
en dito kleding, tegen vloeken, drinken, nachtbraken en
dobbelen en alle mogelijke vormen van bedrog en overlast.
Otto Lörtscher, zoon van de klokkenmaker uit Bern, was
een van die zwaarmoedige dominees die zich altijd aftobden
met de vraag of zij wel een waardig dienaar van hun Heer
waren. De dood van zijn eerstgeboren zoon had hem bijna
tot vertwijfeling gebracht omdat hij daarin de straffende
hand van God zag en daarom was hij steeds hogere eisen
aan zichzelf gaan stellen en dientengevolge ook aan zijn ge-
zinsleden en parochianen.

Hoe was deze wilde bloem, de kleine Gertrude, aan die
loot van het hypochondrische Lörtscher-geslacht ontsproten? Alsof er een mutatie had plaatsgevonden in het erfelijk
materiaal. Soms keek vader Otto naar zijn dochtertje en zei:
'Je lijkt niet op je moeder. En ook niet op mij,' haar daarmee
een gevoel gevend of zij een vreemde was, een ondergescho-
ven kind misschien. Dit prikkelde haar fantasie en haar re-
calcitrantie. Van meet af aan beschouwd als een buitenbeen-
tje begon zij die rol te aanvaarden en zelfs uit te spelen en zo
ontbrandde – aanvankelijk ondergronds, maar al spoedig
openlijk – de strijd tussen de dominante vader en het eigen-
zinnige kind. Hij strafte haar vaker dan rechtvaardig was alleen al vanwege de blik in haar ogen die hij moeilijk verdroeg en waarin hij een uitdagende, kritische uitdrukking
meende te zien. Hij deelde geen lijfstraffen uit, maar sloot
haar zonder eten op in een berghok op de bovenste verdieping van het Pfarrhaus onder het luifelvormige dak, of bij
ernstiger vergrijpen in het washuis dat apart van de pastorie

bij de bron stond en dat in de winter steenkoud was. 'Daar ben ik zo hard van geworden,' placht zij later te zeggen. 'Ik ben immuun voor kou, hitte, honger…'

Het berghok had een raampje dat uitzag op de Blümisalp in het oosten. Zij beeldde zich in dat zij kon vliegen. Nu stijg ik op, zei ze tegen zichzelf. Er was maar weinig voor nodig, niet meer dan een licht afzetten op de punten van haar voeten en ze vloog uit het raam, WEG, over de weilanden en de kerk, de boerenhuizen en de school met zijn geniepige ruitjesramen. De lucht was zo zacht als een donzen matras, zij was zo licht alsof een onzichtbare zijden draad haar omhoog trok, zij voelde dat ze door de lucht kon scheren als een vogel. Ze vloog over de oude citadel op de Burgfluh waarin de uilen zich overdag schuilhielden die zij 's nachts kon horen roepen, of die ze in het maanlicht in de kastanje zag zitten terwijl ze met hun koppen zaten te draaien. Zij keek neer op de roodbonte Simmentaler koeien met hun zware bellen rond hun nek, en op de mensen die zo potsierlijk aan de aarde zaten vastgekleefd, terwijl zij kon vliegen…

Op een dag nam haar verbeelding een loopje met haar: met wiekende armen sprong zij van de vensterbank de diepte in. Een sprong, impulsief, zoals zij dat in haar leven iedere keer opnieuw zou doen, een sprong die geen grenzen in acht nam. Zij kwam terecht in het dichte bladerdak boven de serre en bleef daarin hangen, een been verwond door het glas van de overkapping. De hulp van de koster werd ingeroepen om haar met een ladder te bevrijden. In de witbetegelde badkamer bette de moeder haar wonden met mercurochroom en bedekte de sneden met verbandgaas. 'Mamma, luister…' zei het kind, 'ik moet je iets vertellen, iets belangrijks.' Want ze wilde haar deelgenoot maken van haar droom te kunnen vliegen, maar toen zij het benepen gezicht van haar moeder zag bestierven haar de woorden in de mond. 'Hoe moet ik het je vader zeggen?' zei de moeder zuchtend.

Trudi was zeven toen er op een zomerdag een klein rondtrekkend circus in Wimmis zijn tenten opsloeg. Daar zag het kind een aap die een kameel bereed en een berentemmer die zijn beer liet dansen – uitheemse verschijningen uit *Duizend-en-één-nacht*, plotseling neergestreken in het dorp tussen de bergen. Zigeuners, zei men met een intonatie van afkeuring in de stem, leeglopers, dieven, daar moet je mee uitkijken. De vreemde vrouwen droegen bonte rokken en rinkelende armbanden, een fiedelaar deed ze dansen, en schoorvoetend dansten ook enkele dorpsbewoners mee. Een dwerg met een krijtwit gezicht en een scharlaken mond waarvan het rood over de randen heen bloedde, blies op een trompet en bokste met de beer. De dieren waren grote artiesten die applaus kregen. Plotseling viel de wereld van Wimmis aan diggelen, de wereld van het fatsoen, van karige woorden, vreugdeloos gebed en bezadigde Simmentaler koeien met hun bellen dongeledong. Een acrobatenmeisje met lang haar maakte buitelingen op een galopperend paard en er hingen prikkelende geuren in de lucht van schmink, zweet en de ranzige vetlucht uit de berevacht... Maar op de ochtend van de derde dag was deze fata morgana even plotseling verdwenen als ze gekomen was. Waarheen was die kleine stad van woonwagens, kunstenmakers en betoverende dieren verdwenen? Koortsachtig zocht zij de grond af naar een bewijs dat het circus er werkelijk geweest was, ontdekte een vlokje berevacht tussen het gras, mest van de lama, karresporen, een zilveren lovertje. Met het lovertje en het plukje berehaar in de vuist geklemd rende zij in het karrespoor, zag over de brug over de Simme als laatste de kameel verdwijnen, vastgebonden aan de achterste woonwagen. Zij haalde ze in, danste erachteraan. Ik wil zigeuner worden, dacht ze.

Het zou niet de enige noch de laatste keer zijn dat zij zou verdwijnen en moest worden opgespoord. De bergen oefenden een andere onweerstaanbare aantrekkingskracht op haar uit. Als tiener begon ze daarin rond te zwerven, steeds verder, steeds hoger. Toen ze veertien was nam zij een buurjongen mee met het plan daar boven op de Alp te overnachten – maar op een gegeven moment wilde hij terug naar huis, vertelde zij later, en ik kon die stomkop niet overreden samen met mij verder te gaan. *'Abenteuer erlebt man nicht unbedingt an der Seite eines Mannes…'*

Fascinatie ging ook uit van de middeleeuwse citadel op de helling van de Burgfluh, niet ver van de pastorie, waarin een kerker was gebouwd. Trudi tuurde vaak omhoog naar de getraliede raampjes in de hoop daarachter de gestalte van een veroordeelde te kunnen ontdekken. Boven in de toren, vertelde men in het dorp, bevond zich het zogeheten *moordenaarsgat* waarin vroeger moordenaars aan een lang touw naar beneden werden gelaten om op de bodem van de toren in hun eigen drek te creperen, als ze al niet eerder door de ratten waren opgevreten. Samen met de kostersdochter Marie, haar vriendin en trouwe vazal, klauterde Trudi langs de vele trappen naar het moordenaarsgat omhoog met de bedoeling erin af te dalen of op z'n minst aan de weet te komen of daar op de bodem nog doodskoppen van moordenaars lagen. Een afdaling bleek problematisch, het touw dat zij bij zich hadden was daarvoor veel te kort. Bij een tweede poging namen de kinderen oud papier en lucifers mee en wierpen het vlammende papier in de diepe schacht met het oogmerk de toren van binnen te verlichten. Plotseling vloog er onder snerpend gepiep een wolk van opgeschrikte vleermuizen uit het moordenaarsgat omhoog, als waren het wrekende geesten van de jammerlijk omgekomen misdadigers. De beesten raakten verward in de haren van de meisjes, de scherpe klauwtjes verwondden hun gezicht zodat ze in paniek hun rokken over hun hoofd sloegen om zich te beschermen.

'Weet je nog?' zouden de vriendinnen tegen elkaar zeggen toen ze driekwart eeuw later hand in hand in het Altersheim van Marie zaten, beiden met een lang leven achter zich, de een nooit buiten de grenzen van het Berner Oberland gekomen, en de ander na ontelbare omzwervingen aan de andere kant van de aardbol – hun ogen glinsterend bij de herinnering, hun lach plotseling weer die van kleine meisjes, Trudi vloekend: 'Herrgottsdonner,' terwijl zij de tranen van haar wangen wiste.

'Jij was altijd de generaal,' zei Marie, 'jij was de koningin. Ik moest gehoorzamen en Hansi ook.'

'Toen Hans geboren werd,' zei Trudi, 'wilde ik niet meer leven. Ik ben naar de tuin gegaan, heb een schop genomen en ben gaan graven. Ik wilde mijn eigen graf graven. Als ik dood was zou mijn vader misschien van mij gaan houden. Wij moesten immers altijd bloemen op het graf van ons dode broertje leggen, Johanna en ik. In de herfst brachten wij eikels en kastanjes, alsof hij een eekhoorn was, voorraad voor de winter.

Ik ben gaan graven. En toen was ik plotseling vergeten waarom ik groef, ik stond gebiologeerd naar de grond te kijken, getroffen door het gewriemel dat onder de stenen die ik omkeerde vandaan kwam, ik zag allerlei kleine beestjes, het wemelde ervan, en door die kleine beestjes vergat ik het weerzinwekkende wezen dat plotseling in onze woning was verschenen en door mijn vader op de arm werd gedragen…'

'We speelden verstoppertje tussen het wasgoed dat aan lange lijnen achter de Pfrundscheune was opgehangen. Soms maakten wij onze kleren kapot of vies, maar jij zei altijd: das macht doch nichts…'

'De zuster van jouw moeder stierf in het kraambed. Wij hadden nog geen flauw benul wat een kraambed inhield. Wij stonden samen bij de kist. De dode baby was haar in de arm gelegd…'

'Ze leek op de Madonna met het Christuskind,' zei Marie.

Trudi declameerde:

> 'Dreifach ist der Schritt der Zeit.
> Zögernd kommt die Zukunft hergezogen,
> Pfeilschnell ist das Jetzt verflogen,
> einzig still ist die Vergangenheit.'

'Schiller…' zei Marie, 'dat moesten we uit het hoofd leren.'

'Ons "nu" is bijna opgebruikt, we hebben enkel nog de stilte van het verleden.'

'Dat is de domineesdochter die spreekt.'

'Zou mij daar toch iets van aankleven?' zei Trudi lachend.

'Je kunt je nooit helemaal ontdoen van je opvoeding.'

'Het is me altijd een raadsel gebleven hoe mensen in een god kunnen geloven die ze zelf bedacht hebben en die ze hebben toegerust met hun eigen menselijke eigenschappen zoals hypocrisie, autoritair gedrag, onverzoenlijkheid, starheid.'

'Het is alsof ik je over je vader hoor praten,' zei Marie.

'Toen de breuk tussen ons definitief was heb ik hem een brief gestuurd. Daarin schreef ik: "Alle dingen die je mij geleerd hebt, vader, zijn voor mij niet langer van waarde."'

'Dat moet hem veel verdriet hebben gedaan.'

'Van al die uren, dagen van verdriet kan geen minuut ooit worden teruggenomen, schreef hij in zijn antwoord. Jij hebt een smet op mijn leven geworpen die niet meer kan worden uitgewist.'

Marie: 'Hij vond dat jij en Kurt niet met geld konden omgaan.'

Trudi: 'Wij waren altijd platzak. Wij hielpen de Sociaal Democratische Jeugdorganisatie oprichten, we stortten geld in de stakerskas. Mijn God, Marie, de wereld stond in brand. De Russische Revolutie was uitgebroken, er was bittere armoede overal. Wij woonden toen in Bern. Vader was armeninspecteur van het kanton Bern geworden, een belangrijke post. Hij moet toch ook de armoede hebben gezien? Mijn moeder gaf werklozen, weduwen en hun kinderen soep en brood in haar keuken. En ze zei tegen die mensen: "De Goede God zal jullie verder helpen. Huil niet, kinderen, de Goede God helpt alle mensen." En zij deed de buitendeur achter ze dicht.'

Marie: 'Ik heb zo weinig van de wereld begrepen. In Wimmis bleef alles bij hetzelfde. Ik heb je erg gemist toen jullie naar Bern verhuisden, ik heb je altijd verdedigd als er over je geroddeld werd. Ze vertelden dat je in mannenkleren rondliep en in de gevangenis had gezeten.'

Trudi: 'Ik heb zo'n krankzinnig leven gehad… In Florence liep ik mee in een protestdemonstratie tegen de Duce vanwege de moord op de socialistische partijleider Matteotti.

Voor het eerst werd ik geconfronteerd met het feit dat iemand om zijn idealen in koelen bloede vermoord kon worden. Ik werd opgepakt en kwam in de gevangenis terecht. Daar werden er foto's en vingerafdrukken van mij genomen, ze dachten dat ik een spion was. Tot mijn verbazing waren ze tot in details geïnformeerd over mijn politieke activiteiten. Ik ging in hongerstaking maar werd na twee weken naar het ziekenhuis gebracht en moest mijn hongerstaking opgeven. Na een aantal dagen kwamen twee keurige heren mijn cel binnen om mij te vertellen dat ik vrij was. De keurige heren begeleidden mij naar het station, ze droegen mijn koffer en reden met mij mee naar Chiasso. Daar, even over de grens, stapten wij uit. De heren namen afscheid en lieten mij alleen. Dat was de eerste keer dat ik als ongewenste vreemdeling over de grens werd gezet.

Ik telegrafeerde naar mijn vader of hij mij reisgeld kon sturen. Ik ondertekende met: Gertrude. Zijn antwoord luidde: "Ik heb geen dochter Gertrude." Ik liep langs het meer van Lugano, de zon brandde, ik was nog zwak van mijn hongerstaking. Werklui die bezig waren om elektrische leiding langs de spoorbaan aan te leggen riepen mij toe: "Bella signorina, sta in vacanze?"'

'Wat een geschiedenis… Maar mooi was je. Je vond altijd wel mannen die je uit de nesten hielpen…'

'Over welke nesten heb je het? Ik heb altijd voor mezelf kunnen zorgen. Mannen heb ik daar niet bij nodig gehad.'

'Zo bedoelde ik het niet. Maar in het dorp zeiden ze…'

'In het dorp… Dom geklets dat ik in een broek rondliep, er minnaars op na hield, gescheiden was van Kurt. Als je vroeger, hier in dit bekrompen land, als vrouw op de voorgrond trad, politiek geëngageerd was en je onafhankelijk opstelde, dan gold je meteen als een manwijf of een hoer. Ik scheidde van Kurt, maar wij zijn altijd goede vrienden gebleven. Ik trouwde hem omdat wij dezelfde politieke idealen hadden, en ook om mijn ouders dwars te zitten.'

'Ik vond Kurt een aardige jongen...'

Trudi lachte schaterend: 'Herrgottsdonner...'

Bevreemd dacht ze: waarom lach ik? en keek naar haar vriendin in het verzorgde Altersheimkamertje, tussen pluchen stoel, theegerei, koekoeksklok, alles zo status-quo, het repertoire van Marie zo beperkt, zo roestig geworden. Ze wees naar het uurwerk: 'Daar ben ik uit weggevlogen, uit die koekoeksklok.'

Schichtig wendde Marie haar zware bovenlichaam naar de klok en weer terug naar Trudi: 'Ik hou van je, Trudi.'

'Dat weet ik.'

'Laten we over vroeger praten, toen we kinderen waren...'

'Ja.'

'Op een dag liep jij de zigeuners achterna...'

'Dit is de laatste keer dat ik bij je ben, Marie.'

'Jij was altijd een vrolijk kind, altijd vrolijk...'

De oude vrouwen bleven nog even samen, hand in hand, hun kindertijd als een fossiel op de bodem van hun geest, beseffend dat ieder haar eigen weg moest gaan naar de dood. Ze stonden op om afscheid te nemen, de een leunend op een wandelstok met een gemzehoornen handgreep (aandenken aan vader Lörtscher, die had Trudi haars ondanks uit de boedel aanvaard: een stok, een stut), de ander overeind gehouden door een metalen kruk. In de deuropening van het Altersheim omhelsde Trudi haar vriendin.

'Overmorgen gaat mijn vliegtuig. Ik kom nooit meer terug naar Europa.'

'En je eigen land? Betekent dat niets meer voor je?'

'Welk eigen land?' vroeg Trudi. 'Ik ben Mexicaans staatsburger.'

Ik vlieg weg uit de koekoeksklok

Al die tijd had er tegenover mij in de treincoupé een man gezeten die angstvallig een versleten bruine city-bag tegen zich aan geklemd hield en het beeld van mijn dode kater kwam plotseling in mij bovendrijven. 'Kaspar Hauser' had ik hem gedoopt omdat hij god weet waar vandaan bij ons was komen aanlopen. Toen wij op vakantie in Locarno waren werd hij door een dolle hond gebeten en hadden wij hem moeten afmaken. Om mij te troosten was Kurt op het idee gekomen om Kaspar Hauser te laten opzetten, maar het resultaat was verschrikkelijk. De kater was plotseling drie keer zo groot geworden. Kurt hield het opgezette beest op schoot toen wij met de trein terug naar Zürich reisden.

Door de zenuwen kreeg ik opnieuw de slappe lach en ik zag hoe de man tegenover mij met nerveuze bevreemding naar mij keek, terwijl hij nog steeds dat bruine ding op zijn knieën vastklemde.

Alles wilde ik achter mij laten, alle stijve Zwitserse gezichten met volle wangen, alle weldoorvoede koeien in hun grazige weilanden rond de pittoreske dorpjes. Herinneringen flitsten door mijn hoofd, herinneringen die ik gelijktijdig probeerde uit te bannen, koortsachtig zag ik beelden door het raampje aan mij voorbij schieten en terzelfder tijd probeerde ik ze voorgoed te laten verdwijnen.

Ik was door de SPD uitgenodigd om in Berlijn te komen spreken op de Internationale Vrouwendag en wist dat ik niet terug zou keren. Uit eigen vrije keuze had ik mijzelf verbannen, voorgoed brak ik weg uit de beklemming van mijn koekoeksklok, ik was op een breukpunt in mijn geschiedenis aangeland, de grens tussen de twee landen vormde het geografisch breukvlak in mijn bestaan. Mijn ouders leefden nu aan de andere kant van de grens in een andere tijd, een andere wereld, de klok die in Wimmis de twaalf slagen van middernacht zou slaan zou voor mij geen nieuwe dag inluiden. Gedachten spoelden door mij heen. Ik voelde een onuitsprekelijk verlangen de sporen die ik in dat land had achtergelaten uit te wissen, zelfs het feit dat ik daar ooit geboren was. Ik bewoog mijn hand over het glas van het coupéraam alsof ik daarmee Wimmis van de kaart van mijn herinnering kon wegvegen, tegelijk met de pijn die het mij deed om met mijn verleden te breken. Ik wenste niet terug te denken aan een kindertijd ingeperkt door onzinnige regels en verboden, aan de noodzaak me onberispelijk te gedragen tegenover de bezoekers van de pastorie, het eeuwige 'Knicks machen', zoals de kniebuiging ter wille van het respect genoemd werd, de gepoetste schoenen, de strikken aan het uiteinde van mijn vlechten – met hoeveel grimmige voldoening had ik mijn haar kort geknipt –, ik wenste niet meer terug te denken aan de landerigheid en de verveling in de schoolbanken, de meester die met een liniaal op je vingers sloeg wanneer regelafstand en voorgeschreven ruimte tussen de letters niet aan zijn voorschrift voldeden. Ik had mezelf leren schrijven toen ik vier was – ik imiteerde Johanna die al naar school ging – en tekende een rode das rond de nek van iedere letter omdat het winter was en mijn letters het koud hadden. Letters waren mijn vrienden, woorden betoverden mij met hun magisch vermogen een andere wereld op te roepen. Op school verloren mijn letters hun karakter en moesten in regimenten staan, de woorden werden dof en alledaags. School werd een toenemende kwelling door verveling en onbegrip. Buiten de lesuren stelden de onderwijzers geen enkel belang in hun pupillen. Als de hoofdmeester kwam en onderzocht hoe ver wij met rekenen waren leek het of alle sommen die ik geleerd had in mist oplosten en moest ik in de hoek gaan staan met mijn handen op mijn rug. In die dagen was mijn hart nog een zachte, pas gerijpte kers, maar dat was juist het probleem, mijn opvoeding maakte dat ik de harde pit voelde. Toen ik aan mijn klasgenoten vertelde dat ik in het circus op de kameel had gereden, verklikten zij dat aan de schoolmeester en moest ik voor straf vijfhonderd keer schrijven: ik heb gelogen, ik heb gelogen, ik heb gelogen.

In de pastorie verstopte ik mij vaak achter de kast in de mangelkamer en trok een beddesprei over mij heen om mij te onttrekken aan alle hatelijke verplichtingen. Dan hoorde ik na verloop van tijd mijn naam roepen, eerst door de meid, of door de timide stem van mijn moeder, vervolgens door die van mijn vader. Dan hield ik mij stil tot voeten de mangelkamer binnenstommelden, een hand de sprei van mij aftrok. 'Wat voer je hier uit?' vroeg een stem. 'Ik ben op reis,' gaf ik ten antwoord.

Nu ben ik ook op reis. Ik heb het smalspoor van het Berner Oberland verlaten, ik stoom Duitsland, die grote Moloch binnen, een land vol tumult, vol Hakgeklap en Lange Benen. Het land van de anderhalf miljoen doden uit de eerste wereldoorlog, nog altijd met de kreet Lebensraum op de lippen, het land van Rosa Luxemburg, mijn lichtend voorbeeld, vermoord, verdronken in het Landwehr Kanal. Ik ga werken voor de *Neue Zeit* waarvoor ook zij en haar kameraad Karl Liebknecht gewerkt hebben. Dwars door de natte sneeuw die langs het raampje stuift zie ik haar gezicht zoals dat jaren geleden in de krant stond: een aangevreten, opgeblazen maangezicht na drie maanden in het water van het Landwehr Kanal te hebben gelegen tussen het gore afval van de stad. Dat was wat resteerde van het kordate vriendelijke gezicht met de kleine kuise strohoed op het opgestoken haar. Een pacifiste, een vrouw zoals ik. Een fervent tegenstandster van geweld. *Socialisme heeft het niet nodig om zijn eigen idealen te vernietigen door bloedige daden van geweld*, waren haar woorden geweest.

Ik stoom weg van de Simmenfluh en de Simmentaler koeien en ik ben op weg naar het land van Rosa, naar de revolutie. Omdat de deur van het ouderlijk huis voor mij gesloten was had ik nog een laatste ontmoeting met mijn moeder gearrangeerd in een Konditorei in Bern. Dat ook zij afwijzend stond tegenover mijn leven en mijn ideeën, deed me verdriet. Later heb ik pas begrepen hoe onwezenlijk mijn keuze voor haar geweest moet zijn. Hier zat ik tegenover haar: haren kort geknipt, een jonge gescheiden vrouw die de Internationale zong, in protestoptochten meemarcheerde onder een spandoek. Met blosjes op de wangen van agitatie alsof zij bang was betrapt te worden bij deze laatste samenkomst met haar dochter, zat zij daar, handen samengeknel rond haar tasje, het hoofd gedekt door een zelfde model strooien hoed als die het hoofd van Rosa Luxemburg gedekt had.

'We moeten met de kinderen beginnen,' zei ik tegen haar. 'Wij moeten de kinderen leren dat oorlog moord is, ze moeten worden doordrongen van aversie tegen moord.'

'Waarom zijn je gedachten altijd zo vol van oorlog en moord?' vroeg zij.

Ik was het koekoeksjong dat zij in haar nest had grootgebracht. Alles wat zij aan zekerheid, fatsoen, veiligheid en geloof had opgebouwd, had ik halsstarrig verworpen. En hier zaten wij tussen de gebakjes en de kopjes thee, zij wilde die veilige barrière tussen haar en de wereld vol geweld en onrecht niet slopen, zij wilde de roomsoezen van het Geloof op haar tong blijven proeven: *Bidden jullie, kinderen… de Goede God helpt alle mensen. Jullie moeten geloven, dan wordt alles goed…* De stakers van de lucifersfabriek in Wimmis waren toentertijd uit hun woning gezet en zij had ze brood en soep gegeven.

'Soep en brood zijn niet voldoende, moeder,' zei ik, beseffend dat haar vraag en mijn antwoord langs elkaar heen schenen te glijden hoewel ze op een dieper vlak een raakpunt hadden. Beduusd staarde zij naar haar half opgegeten kersen-slagroomgebakje, schoof het van zich weg alsof zij het besluit nam zich voortaan alle geneugten te ontzeggen.

'Vrouwen kunnen de politiek beter aan de mannen overlaten,' zei ze. 'Je zult je veel vijanden maken, kind.'

'Die heb ik al,' gaf ik ten antwoord. 'Alleen iemand die niks onderneemt heeft geen vijanden.'

De ruiten in de treincoupé waren bevroren. Ik ademde warme lucht tegen het glas vanuit het diepst van mijn longen. Een dooigat ontstond en door dat gat, als door een gat in de tijd, zag ik mijzelf weglopen, onmogelijk klein, een dwerg, weg uit de benauwenis van het ouderlijk huis, mijn voetstappen in de sneeuw achterlatend.

Onder de hielen van de oorlog

Is een mens definitief gevormd als hij de drempel naar de volwassenheid overschreden heeft? Is hij uitgekristalliseerd als hij de leeftijd van dertig jaar heeft bereikt? Ik geloofde daar niet in. Naarmate ik mij verder van mijn verleden verwijderde voelde ik nieuwe mogelijkheden en hoedanigheden in mij ontwaken, zoals okselknoppen van bomen die aangeraakt worden door de vitaliserende kracht van de zon. Mijn nog ongebruikte energie reageerde, gaf antwoord op de stormachtige krachten die op mij inwerkten. Ik had zo'n enorme energie dat ik hele nachten kon doorwerken, dan vroeg ik als de morgen aanbrak aan de klok of hij vermoeid was, ik vroeg aan de nacht of hij goed geslapen had, ik voelde me opgenomen in een omhoogwellende golf van hoopvolle opwinding. Woorden waren mijn werktuigen, mijn wapens. Ik schreef artikelen voor socialistische bladen in Bern en Zürich, maar ook in Duitsland, ik voelde mij oorlogscorrespondent. Nieuwe ontdekking aan mezelf, weer zo'n slapende okselknop die tot ontwikkeling kwam, was mijn talent als podiumspreekster. Ik voelde hoe ik mijn toehoorders als aan touwtjes kon bewegen, ze tot geestdrift of agressie kon opwekken – een macht die mij haast beangstigde omdat het dezelfde macht was die ook onze tegenstanders gebruikten en somtijds kwam het mij voor dat de mensenmassa een pot met bonen was waarin je al roerende beweging kon brengen naar links of naar rechts, zoals het je zinde. Dikwijls waren mijn toehoorders aan het einde van mijn speech zozeer in vuur en vlam geraakt dat zij mij vroegen: wanneer beginnen wij te vechten, wanneer gaan wij de barricaden op? en dan moest ik ze kalmeren door uit te leggen dat de nazi's ons in stukken zouden scheuren.

De nazi's, die er aanvankelijk padvinderachtig onschuldig hadden uitgezien in hun bruine pakken en met hun vaandels en vlaggetjes, ontwikkelden zich tot een monsterachtige hydra die zowel bovengronds als ondergronds naar alle kanten tegelijk uitdijde en zijn tentakels uitstrekte naar iedere mogelijke tegenstander.

Nazi-sympathisanten begonnen zich onder mijn toehoorders te mengen om rellen uit te lokken en ik kreeg van de Socialistische Partij een bodyguard toegewezen om mij te beschermen. Treinen vervoerden mij door heel Duitsland van de ene bijeenkomst naar de andere. Vooral vrouwen wilde ik mobiliseren, vrouwen voor sociale rechtvaardigheid, vrouwen tegen oorlog. Hoeveel identiteiten heb ik niet gehad?

Ik raakte verzeild in een tweede huwelijk, trouwde met Ernst Fleismann nadat Hitler aan de macht was gekomen, omdat ik hoopte door dat huwelijk in Duitsland te kunnen blijven en mijn activiteiten voort te kunnen zetten. Maar toen de Rijksdag brandde in februari van datzelfde jaar moest alle oppositie tegen de nazipartij ondergronds gaan. Ik stuurde kopieën van mijn artikelen over de nazi-terreur naar nieuwsbladen in Zwitserland, ik postte die steeds vanuit verschillende locaties rondom Berlijn. Ik stond maandenlang op de zwarte lijst en moest iedere nacht van onderkomen verwisselen. Lopend door de straten in Berlijn zag ik overvalwagens vol vrienden die door de nazi's opgepakt waren. Ik wendde mijn hoofd af. Je kon op straat met niemand van je bekenden praten, niemand groeten, want de nazi's lieten dikwijls een verdachte vrij om hem te schaduwen en op die manier zijn kameraden en partijgenoten te kunnen arresteren. Ik verfde mijn haren koperrood, wisselde opzichtige kleren af met saaie, droeg de ene dag een bril, de volgende niet, ik was verschillende vrouwen in een. Tijdelijk vond ik onderdak in het tuinhuis van een schilder. Carl von Ossietsky, de uitgever van *Die Weltbühne* waarvoor ik artikelen had geschreven, werd gearresteerd. Bertolt Brecht vluchtte uit het hospitaal in de Augsburgerstrasse waar hij een niersteenoperatie zou ondergaan en verdween met zijn vrouw naar Zwitserland. In mijn tuinhuisje bereikte mij op een dag een briefje: Kleiner Vogel Kukuli, flieh den grauen Norden, flieh… Toen wist ik dat er geen tijd meer te verliezen viel.

Toch wilde ik nog naar een voordracht van Walter Mehring om hem te waarschuwen, maar toen ik daar aankwam kreeg ik een tip: verdwijn. Daarboven is de Hakenkreuz-Hilfpolizei met een arrestatiebevel voor jou en Mehring. Twee dagen later zat ik in de trein met een paspoort van een vriendin die sterke gelijkenis met mij vertoonde.

Ik zit in de trein op weg naar Parijs. Niemand weet waar ik ben of wie ik ben. Boven mij zie ik de greep van de noodrem. NOTBREMSE, GRIFF NUR BEI GEFAHR ZIEHEN, JEDER MISSBRAUCH WIRD BESTRAFT. – ALLARME, TIRARE LA MANIGLIA SOLO IN CASO DI PERICOLO.

Notbremse, tirare la maniglia… trek eraan, in godsnaam. Waar is de noodrem van Europa, van de beschaving? De rode handgreep ziet er afgeschilferd uit alsof hij veel gebruikt is, maar nee, hij is verouderd door onbruik. Boven mij discrete leeslampjes die sterker gaan branden naarmate de trein sneller rijdt, onder mij het diepe dreunen van de wagenstellen over de rails. Ineens staan we stil aan een verlaten perronnetje, een vreemd tikken is hoorbaar in de coupéwand alsof het hout krimpt, afkoelt, wennen moet aan stilstand. Deutsche Reichsbahn, Visitation! 'Ik heb geen papieren,' fluistert een man die naast mij heeft gezeten, hij opent de wagondeur en springt het duister in. Zo onhoorbaar mogelijk trek ik de deur achter hem weer dicht. Een hond begint te blaffen – je wordt geboren als jager of als vlees waarop gejaagd wordt, er is geen andere keus... wie zei dat maar weer? Een van mijn Genossen. Hij kocht een revolver om zich te kunnen verdedigen, het geweldloze verzet was waardeloos, zei hij. En hier zit ik, enkel beschermd door rood haar en valse pas, gezocht wegens hoogverraad, ik moet de aandrift beteugelen eveneens dat duistere gat van de nacht in te springen. Ik staar op het glimmend metaal van de rails. Zoveel treinen, zoveel bestemmingen, ik denk terug aan het verlokkende smalspoor in Wimmis, een wrede hand knelt zich rond mijn hart. Alle passagiers moeten uitstappen, ik kleum op het verlaten perron, houten wagondeuren staan open, het zilveren stoomkleed van de locomotief licht op in het lantaarnlicht. Zelfs adem in de kou is bewijslast... De honden janken, bevelen knetteren in de nacht als vuurzoekers. Voor het eerst in mijn leven voel ik wat het betekent verloren te zijn. Ihr Name bitte! Mijn pas gaat van hand tot hand. In de verte zie ik de man zonder papieren afgevoerd worden tussen geüniformeerden met honden.

Hoe kort geleden is het dat Ernst Fleismann en ik afscheid van elkaar namen in Berlijn. We dineerden op de Kurfürstendamm onder kristallen luchters alsof wij twee verliefden waren – vertoon van verliefdheid is altijd een prima dekmantel gebleken. We gingen naar een nachtclub. Om Berlijn nooit te vergeten, zei Fleismann ironisch. Opeens bevonden we ons in een hitsige wereld, een binnenstebuiten gekeerde oorlog met op het podium halfnaakte revuemeisjes met huzarenmutsen op het hoofd, parels over de witte huid van de tengere borst en glitters tussen de benen, amazones van de nachtwereld, heroïsche, sensuele en tegelijkertijd kwetsbare verschijningen. Verkrachtbare verschijningen. Wij dansten wang aan wang, onze sensualiteit tot het uiterste geprikkeld door wanhoop. Berlin, dein Tänzer ist der Tod... Notbremse, tirare la maniglia... Oude knapen, efeben met kopstemmen en tuttige pruiken draaiden rond in trage walspas, vrouwen die banden over het voorhoofd droegen, vrouwen in het zwart, poolvos rond de schouders, fataal, verwelkt... Wie van ons zal overleven?

De pas wordt mij teruggegeven. Bestudeerd onverschillig neem ik hem aan, hul mij in mijn gelogen identiteit. Gered voor deze nacht.

Toen ik in 1939 uit de Verenigde Staten terugkeerde, waar ik een internationaal congres van Vrouwen tegen Oorlog had helpen organiseren, bleek Frankrijk aan Hitler verkocht te zijn door Pierre Laval. Ik herinner me het zonlicht in de Parijse straten, de radio's die schetterden door openstaande ramen, het blaffen van autoclaxons. Samen met vreemden luisterde ik naar dat houten kastje waaruit een onbekende stem het onheil aankondigde. De Fransen hadden nog hoop dat de Maginot-linie het zou houden, minimaal een half jaar, zeiden de optimisten.

Op een dag arresteerden Franse agenten alle politieke vluchtelingen die zij konden vinden en werd ook ik opgepakt. Een week lang zaten we in gevangeniscellen opgesloten zonder dat wij iets te horen kregen over ons verdere lot. Tergend langzaam verstreken de uren tot de celdeuren weer opengingen en wij naar een station vervoerd werden waar het perron door militairen was afgezet en wij naar een gereedstaande trein gedreven werden. Welke bestemming had die? Ik weigerde ook maar een vin te verroeren en moest naar de trein gedragen worden waar ik weinig zachtzinnig in gegooid werd. De deuren werden vergrendeld. De trein reed de grauwe voorsteden van Parijs uit, maakte omwegen, bleef staan op een zijspoor, werd gepasseerd door militaire konvooien waarvan de donkere geschutslopen langs ons coupéraampje schoven als onheilsboden door een overigens mooi en vredig landschap. Niemand van ons praatte, wij waren de woorden kwijtgeraakt, maar met wat voor eigenaardig mengsel van gedachten en gevoelens reisden wij. Wij, die op de bres hadden gestaan voor de vrije wereld, die ons hoofd hadden geriskeerd, werden nu afgevoerd als ongewenst tuig. Ik denk dat die dag het zaad van de bitterheid in mij gezaaid werd. Er was een duister vibreren in mij dat zich nu eens als treinkoorts, dan weer als wanhoop of eenvoudige woede aandiende. En dat zat, zo kon ik aflezen van de gezichten, niet alleen in mij, maar in elk van mijn reisgenoten.

In de nanacht van de tweede dag hield de trein ergens halt. De wagondeuren werden geopend, felle lampen schenen naar binnen en men sommeerde ons uit te stappen, dat wil zeggen: alleen de vrouwen, de mannen moesten in de spoorwagons blijven. Met welk een gevoel van verlatenheid zag ik de achterlichten van de trein in de duisternis verdwijnen. Ik voelde mij alsof ik mijn graf in stapte en een steen van zwijgen, van vergetelheid met een doffe plof over mij heen viel. Gedurende onbepaalbare tijd moest het groepje vrouwen waartussen ik mij bevond in het aardedonker een vrij steile helling op klimmen. Op een gegeven moment strekte ik mijn hand uit en voelde hoe mijn vingertoppen met iets scherps in aanraking kwamen: prikkeldraad.

Niemand weet waar wij ons bevinden, wij zijn zoek geraakt. IJzeren hekken sluiten achter ons dicht. Houten barakken, ondoorzichtige raampjes, kil licht. De vloer kraakt en schommelt, lichtgewicht bouwsels omhullen ons, pesterig blaast een gure wind 's nachts door de kieren, de winter is in aantocht. We eten uit blikken borden, krijgen een lepel en een vork, maar geen mes, we eten vlees dat meer vet dan vlees is, en harde bonen. Iemand loopt prevelend rond, half kránkzinnig, een toneelspeelster doet iedere dag kniebuigingen en declameert: 'To be or not to be that is the question', of acteert de rol van Desdemona, een joodse vrouw uit Brussel prevelt Hebreeuws terwijl zij in een oud boek leest. We worden te werk gesteld en moeten balen stro versjouwen voor Franse koeien, we gaan gekleed in wijde lubberbroeken waarvan de pijpen te kort zijn. Al die vrouwen die waar dan ook geboren zijn, in een verschillend klimaat, onder verschillende omstandigheden, met verschillende huidskleur, verschillende taal...

Ik zend signalen de wereld in, brieven als postduiven in alle windrichtingen, naar de Zwitserse consul in Marseille, naar de ambassadeur in Parijs, naar Franse partijgenoten die nog op vrije voeten zijn, zelfs naar premier Laval. Vage antwoorden, beloften waaien binnen. Gods molens malen langzaam, maar die van bureaucraten doen dat in overtreffende trap. Daarentegen bereiken ons berichten over de oorlog. Na een onheilspellende stilte is het plotseling zover, Franse Marianne valt bezwijmd in de armen van haar Duitse overweldiger. Met onze hoofden in een dikke tros van wel tien, twintig tegelijk hangen we boven een Franse krant waarop wij de vijandelijke tanks zien binnenrollen over de historische straatkeien van de Champs-Elysées. Gehelmde soldaten steken met het bovenlichaam uit de pantserwagens omhoog als triomfantelijke centaurs met een ijzeren onderlichaam, lachende Duitse officieren staan onder de Arc de Triomphe – die garanderen hier de veiligheid, staat er in *France-Soir* te lezen. Op foto's zien wij de geoliede glimlachen en de handdrukken die Hitler uitwisselt met Molotov en Stalin. We druipen af als honden, zoeken een plek – waar anders dan in onze ellendige stapelbedden? – om alleen te zijn, een stilte als van de dood daalt op ons neer, op ons, de communistische en socialistische vrouwen, pacifisten, strijdsters in de Spaanse Burgeroorlog, Italiaanse activisten tegen het fascisme. We worden geconfronteerd met de futiliteit van onze strijd en de machteloosheid van de Mogendheden om de oorlog te vermijden.

We blijven leven op een onwerkelijk eiland, de Duitse vloedgolf bereikt ons niet, nog niet, we blijven in onbezet Frankrijk ons onnut bestaan voortzetten, in ons interneringskamp Rieucros.

Door bemiddeling van de Zwitserse autoriteiten kom ik vrij. Ik wil ogenblikkelijk de grens over of scheep gaan naar Amerika, maar voordat het zover kan komen, begint er een schimmig spel met papieren en stempels. Ik heb een uitreisvisum nodig, ik begeef mij naar de prefectuur, ik behoef een borgsom om mijn pas te kunnen laten verlengen, mijn papieren worden bestudeerd en besnuffeld, een juffrouw met een brilletje op, ijskoude schoolfrik, die beslist over je lot. Wir vermitteln nur. Woher gehören Sie? Welche Partei? Keine Partei, zeg ik. Dichte rijen vluchtelingen voor mij voor het loket. Dit visum is toch geldig? Nicht gut… Ce n'est plus valable – in alle talen. Plus valable, niet meer geldig, je leven, je identiteit…

Zal er in Marseille een telegram voor mij liggen? Zal ik een Amerikaans visum krijgen, ik heb vrienden in New York, ik telegrafeer, ik sta voor loketten van postkantoren. De lokettiste – oorlog of geen oorlog keurig gekapt, het gladde Fransozensmoeltje licht bepoederd – vingert de binnengekomen brieven en poststukken door, schudt het hoofd: niets. Mademoiselle, u kunt zich toch vergissen nietwaar? maar dergelijke mamselles vergissen zich nimmer, dat zie je aan het verbaasd opentrekken van de ogen.

Ongeloof, woede, lusteloosheid vervolgens. Waar is mijn vechtlust, mijn drang om te overleven die mij nog nooit in de steek heeft gelaten? Sedert Rieucros ben ik iets van mezelf kwijt, ik besta en besta niet, ik besta misschien het meest in al die elkaar voortstuwende angstige lijven, al die onrustige ogen, ik zwem in die grijze stroom vluchtelingen die door Europa wordt uitgespuugd. De Fransen kijken de kat uit de boom, regelen als witgehandschoende verkeersagentjes de vluchtelingenstromen, maar zullen zich niet de vingers branden. Ambtenaren die bij de openbare diensten werken knipmessen voor iedere gezagsdrager – dat zit er diep bij hen ingegrift.

Mijn pas is verlengd en de borgsom betaald, maar nu rijst

er een nieuw obstakel: met een burgerlijke pas kom ik de grens niet over, daar is een militaire vergunning voor nodig. En zo tref ik mezelf opnieuw aan voor een tafel waaraan ditmaal Franse officieren zitten die mijn papieren aan een onderzoek onderwerpen en elkaar een passage aanwijzen en iets tegen elkaar fluisteren. Een van de heren schraapt zijn keel en leest met verveelde stem een bepaling voor die op mij van toepassing schijnt te zijn. Reizigers in het bezit van een Duitse pas mogen het land niet verlaten, zo heeft de bezetter het bij de wapenstilstand verordonneerd. Waarom? Moeten wij de overwinnaar ter beschikking blijven staan? Wil hij ons gebruiken? In een concentratiekamp opsluiten? Hoe raak ik mijn oneigenlijke identiteit weer kwijt? Ik moet mijn Zwitserse nationaliteit zien terug te krijgen, de nationaliteit die ik zo lichtzinnig van mij had afgestroopt. Rond mij zie ik gezichten van vluchtelingen waaruit alle veerkracht is verdwenen, verwarde lippen uiten onverstaanbare nederige woorden. Wij zijn smekelingen, laat dat eindelijk eens tot je doordringen, het wordt tijd dat je je bekwaamt in de kunst van het smeken. Ik bezit immers een verleidelijke oogopslag en de Fransen zijn nog altijd gevoelig voor vrouwelijk schoon…

De nerveus trillende sfeer van de stations en de havens, smeltkroezen van alle mogelijke nationaliteiten. Hier arriveren mijn lotgenoten met een koortsig licht in hun ogen en armenvol verhalen. Of met stomheid geslagen. Alles stort zich naar de boten, naar de zee als een stroom lemmingen. In het ongeluksjaar 1940… Stuka's vliegen laag over de stad, laten zich onbeschaamd bewonderen onder dik geronk, roofvogels cirkelend boven hun prooidieren. Er zijn al Duitsers gesignaleerd in de stad, wordt er gefluisterd, ze spelen een spelletje met ons. Iedereen is op zoek naar de laatste boot. Straks slaap ik misschien onder een vreemde sterrenhemel, maar deze hemel boven mij is de meest vreemde, de stand van de Grote Beer de meest bedreigende.

Wat is het dat geluiden in een haven anders doet klinken dan in de bergen? Hoewel ze mij er toch aan herinneren, aan mijn bergen in het Simmental. Soortgelijke geluiden die zich laten vertalen als signalen van mogelijke vrijheid. Gekrijs van meeuwen boven zee, ver nostalgisch fluiten van schepen die wegvaren, de geuren van de haven, ziltheid van de zee, de mossellucht, teerlucht, lucht van vis en olie. De hoop straks uit de fuik weg te kunnen varen door dat gat naar de ruimte, naar het andere eind van de wereld. Al die bedrijvigheid tussen elementen die bewegen of juist vastgeklonken en aangemeerd liggen – en jijzelf nog steeds vastgeklemd tussen de wachtenden in de rij. Rijen voor de ambassades van Canada, Mexico, Uruguay, de Verenigde Staten. Je hoofd koel houden, wegen en omwegen zoeken, je aanvallen op de autoriteiten doseren, misschien komen de gebeurtenissen opeens in een stroomversnelling, ten goede. Of juist ten kwade? Zien dat je langs die geüniformeerde mannen komt met je ongeldige, verlopen of vervalste papieren, je verwisselde identiteit, op zoek naar iemand die corrupt is, omkoopbaar vóór of achter het loket met dat ene uiteindelijke doel: het stempel in je paspoort, het felbegeerde uitreisvisum naar de vrije wereld. Steeds opnieuw proberen we de gestelde grenzen te overschrijden, te forceren, nu eens zus en dan weer zo. Pakjes bankbiljetten in krantenpapier verwisselen van eigenaar. Ik hoor stemmen te midden van een Babylonische spraakverwarring. *Ik ben geen nazi, ik ben een ver-*

*volgde… Bent u leraar? Waarvandaan? Aus Sachsenhausen
herausgekommen… Je suis Suisse… croyez moi… Wilt u naar
Portugal? Een transitvisum? Bent u bij geval Einstein? Dan is
er nog wel een uitreisvisum te versieren – gelach. Naar toneel-
spelers is geen vraag. Ce n'est plus valable…*

Sommigen zijn al langdurig onderweg, vanuit Duitsland,
Polen, zijn verzwakt en ondervoed, allen rukken aan de
ambtelijke tralies. De hotels en herbergen zijn overvol, mensen slapen op perrons, op havenkaden, op de trappen van
ambassades. Plotseling een lont in een kruitvat: razzia naar
mensen zonder papieren, geren, gehijg over de kaden, over
de dekken van de schepen, mensen met koffers op hun
schouders, baby's in de armen, ik zie een vrouw met wie ik
enige tijd ben opgetrokken, nog afkomstig uit Rieucros, haar
borsten schudden onder haar jurk als twee panische dieren,
terwijl zij rent. Een aantal onfortuinlijken wordt opgepakt –
een Duitse stem zegt: 'Die Franzosen apportieren brav' – en
in een legertruck weggevoerd in de richting van de dodelijke
fuik.

Dan ben ik plotseling in het bezit van een stempel.

Verwisseling van continenten

Omdat het een donkere nacht was, een nacht zonder maan, is Europa door mijn dromen blijven rondspoken als een zwart continent. Dan zag ik het drijven met zijn grillige landtongen en schiereilanden in het water van de Atlantische Oceaan, met zijn rug vastgeketend aan het onmetelijke achterland van Rusland, Siberië, Azië. Zwart. Omdat de brand van de wereldoorlog eroverheen was gegaan. Ik had mijn stem hees gepraat en mijn kop leeg gedacht om de mensen te waarschuwen voor de waanzin van de opkomende barbarij, ik voelde me een muis die door te piepen een lawine had willen tegenhouden. Maar de lawine was gekomen en had alles begraven. De muis was uitgepiept.

Het laatste dat ik bij mijn vertrek zag waren de kadelichten van Lissabon. Het immense schip stoomde de zee op, de duisternis van mijn toekomst binnen. De lichtjes op de kade leken mij met ironische twinkeling een laatste groet toe te zenden: vaarwel Trudi, dwarskop, was liever in je vredige Wimmis gebleven... Als een dunne film scheen Wimmis zich uit te spreiden over de glasachtige golven: de bossen en bergweiden waardoor ik zwierf als kind, het dorp aan de voet van de Simmenfluh, de pastorie met achter de ruiten twee grijze hoofden die naar elkaar knikten en prevelden: zij heeft nooit naar raad willen luisteren. Nu is zij voor ons verloren... Maar de zee slokte dit beeld op, slokte ook de laatste lichtjes van de kade op en zo werden wij van elkaar geschei-

den, Europa en ik, mijn land, mijn vrienden, mijn lotgenoten, Europa dat verdoemd was. Ik voelde woede om mijn
onmacht. Pijn omdat ik het in de steek liet, ertussenuit
kneep.

Ik bevond me aan boord van een Spaans schip, een lelijke
antieke schuit, ontworpen rondom de eeuwwisseling om
driehonderd passagiers comfortabel te vervoeren, maar die
nu was volgestouwd met achthonderd vluchtelingen en bal-
lingen uit heel Europa en bovendien nog met boeren uit de
dorre streken Galicië en Castilië die naar Venezuela emi-
greerden met de hoop op een betere toekomst. Met drie andere vrouwen deelde ik een kastgrote hut zonder patrijs-
poort en met enkel een tralieraampje waardoor bedorven
lucht siepelde afkomstig uit de ingewanden van het schip
waarin de minder fortuinlijken sliepen. Iedere ochtend werd
ik gewekt door het landelijk gekraai van hanen, vechthanen
die op weg waren naar dood of glorie in Caracas of Havana,
en het hinniken van een wit paard dat bestemd was voor de
president van de republiek van Santo Domingo. De lucht
was verstikkend door heetwaterpijpen die vanuit het binnenste van het schip langs de waterdichte schotten van onze
hut liepen. Mijn lotgenoten en ik zaten opeengepakt als
slachtvee dat geen andere keuze had dan te verduren, zonder
te weten welk lot ons wachtte aan de overzijde van de oceaan. Als een schaduw reisde de angst met ons mee dat wij
getroffen konden worden door torpedo's en zonder verweer
te zamen met het witte paard en de vechthanen in de diepte
zouden verdwijnen. Alleen de slaap bevrijdde ons kortstondig van onze angst en onze droefheid. Het was een oneindige reis van negenentwintig dagen.

We voeren over het warme lint van de Equatoriale Golf-
stroom waarover de zon het hele jaar schijnt en waar het
water zonder ophouden zijn zachte veranderlijke kleuren
schildert, nooit woest, nooit onheilspellend: de open oceaan
die een mystieke gemoedstoestand oproept bij degene die
eroverheen staart. Toch verlangde ik eerder naar een woelige
chaos, meer in overeenstemming met mijn eigen gevoelens
dan deze serene vijver. Dag na dag tuurde ik over het zich
vervormende oppervlak waarover een pad van scherfjes
zonlicht zich vernauwde naar de horizon toe. Ik reisde met
lichte bagage, vroeger had ik nooit geweten hoe licht die kon
zijn. De hele santenkraam die een mens om zich heen verza-
melt en waarmee hij zichzelf voor de gek houdt was als stof
weggeblazen. Ik bezat niet meer dan een extra paar schoenen, wat kleren, een boek en een Spaanse grammatica waarmee ik mij op mijn toekomstig thuisland voorbereidde. *La
Mexique, terre Indienne* heette het boek geschreven door ene
Jacques Soustelle.

Om in alle rust te kunnen lezen klom ik op een dag naar
het hoogste punt van het schip, en daar in de hoogte, uitge-
tild boven de mensenmenigte op de scheepsdekken, was het
dat de oceaan voor het eerst zijn ware gezicht aan mij openbaarde: daar lag hij, als een perfecte lichtende schijf omcir-
keld door de horizon, zonder ook maar één smet van menselijke aanwezigheid. Alleen ons schip lag als een vliegen-
vuiltje op die iriserende spiegel. Vanaf dat moment veranderde mijn neerslachtigheid gaandeweg in iets wat je opwinding zou kunnen noemen. Ik had geen idee wat het lot met
mij voor had, maar ik voelde dat niet alleen mijn wereld,
maar ook ikzelf een drastische verandering onderging. Zelfs
wanneer ik in de bedompte hut lag, kokhalzend van het naar

stookolie smakende eten dat ons werd voorgeschoteld, luisterend naar het dreunen van de scheepsmotoren en de onduidelijke geluiden van de opeengepakte anonieme mensenmassa in het inwendige van het schip, bleef ik mij bewust van die alles overheersende aanwezigheid buiten de scheepswanden: de perfecte discus van transparant water die de curve van de aarde vertoonde en in zijn onbereikbare diepten het verzonken legendarische Atlantis verborg als een nog niet onttakelde laatste droom van de mensheid. In die trage dagen van de overtocht die door niets gevuld schenen te worden, werkte de zee op mij in als een drug, een geneesmiddel. Zij nam Europa van mij weg, zij liet het vervagen en wiste het uit zoals een natte spons letters op een lei.

Op de eenentwintigste dag trok ik in een opwelling mijn schoenen uit, waar de modder van Europa nog aan vastgekoekt zat, en wierp die met een grote boog over de reling. Hier heb je mijn oude schoenen, zei ik tegen de zee. Ik wil op nieuwe zolen verder gaan. Een symbolische handeling, hoewel als offer van geringe betekenis want mijn schoenen waren niks meer waard, de zolen hingen erbij en ik bezat nog een paar touwschoentjes, gekocht op het strand van Béziers en al die tijd meegesjouwd, vastgeknoopt met hun veters aan mijn koffer. Op die zolen van touw zou ik de 'terre Indienne' van Soustelle binnengaan, beloofde ik mezelf.

Naarmate wij dichter naar het vreemde continent toe stoomden veranderden de luimen van de zee. Voor mij strekte zich nu een tinkleurige vlakte uit zonder een enkel spoor van schuim op de golfkruinen van de zich eindeloos verheffende watermassa's. Het schip leek voort te ploegen op een oceaan ergens op de maan. Een enkele maal werd het glasachtige oppervlak opengebroken door de koppen van vliegende vissen die als kleurloze waterjuffers een aantal meters parallel aan ons schip voortvlogen om vervolgens weer in de diepte te verdwijnen.

En opnieuw veranderde de oceaan. Maar toen was hij al geen oceaan meer, maar een waskom woelig water: de Golf van Mexico, waarin de beruchte Norte tekeerging met rukwinden die zich als miniatuurcyclonen gedroegen. De kapitein meldde dat wij mogelijk twee dagen buitengaats zouden moeten blijven liggen in de baai van Vera Cruz. Tegen de tijd dat de kustlijn in zicht kwam, waren de kwajongensachtige winden echter uitgeraasd. Ik hing over de reling om naar de tierra caliente uit te zien, het weelderige tropische laagland waarachter zich de majesteitelijke top van de witgemutste Orizaba moest aftekenen. Maar er ontrolde zich niets anders voor mijn ogen dan een dunne strook land met ergens de samenklontering van lage huizen en een onbeperkte lucht daarboven. De kustlijn kon niet veel veranderd zijn sinds Hernán Cortés hier voet aan land had gezet. Hier had hij het heilige kruis in de grond geplant om de plek te markeren waar de nieuwe stad: la Ciudad de la Vera Cruz moest verrijzen.

Terwijl ik ontgoocheld naar die weinig imposante stad van het Ware Kruis stond te staren vulde de lucht zich eensklaps met een aanzwellend zonderling gerucht. Tegen een decor van roze wolkeveren kwam een zwerm papegaaien voorbij vliegen, babbelend en wemelend in alle kleuren van de regenboog, zich kennelijk amuserend met het maken van een luchtreisje voor het slapen gaan: de Nieuwe Wereld kwam mij een welkomstgroet brengen. Ik dacht: ik ben op de plaats van mijn bestemming.

3

Voordat de Machtige Mannen kwamen was er gezondheid, devotie; geen ziekte, koorts of pijn in de borst. De mensen liepen met hun hoofd opgeheven. Maar de vreemdelingen kwamen en richtten alles te gronde.

Zij onderwezen angst. Zij deden de bloemen verwelken, zij zogen de levenskracht uit onze bloemen opdat die van hen zouden gedijen.

Niet langer waren er priesters die ons konden onderrichten. En het tweede tijdperk ving aan, begon over ons heen te rollen en was de oorzaak van onze ondergang. Zonder priesters, zonder wijsheid, zonder moed, zonder schaamte.

Er bestond geen grote wijsheid meer, geen onderricht meer van de ingewijden.

De goden die hier waren aangekomen bleken waardeloos. De vreemdelingen waren alleen gekomen om de zon te castreren. En de kinderen van hun kinderen zijn onder ons blijven wonen, en wij ontvangen enkel hun bitterheid.

Klacht uit de annalen van Chilam Balam

Mexico 1941-1942

In Europa had ik eens een foto in de krant gezien van een aantal in het wit geklede schimmen. MENSEN IN HET OER-WOUD ONTDEKT luidde de kop van het artikel. Deze mensen hadden zich eeuwenlang verborgen gehouden en waren dermate vatbaar voor infecties dat een ordinaire verkoudheid van een geciviliseerde indringer hen al deed sterven. In de loop van de tijd hadden allerhande verdichtsels omtrent deze regenwoudbewoners de ronde gedaan, ze zouden half aap half mens zijn, vrouwen zouden vier borsten hebben, ze zouden agressief zijn en iedere binnendringer doden, of juist zo schuw dat je ze nooit te zien kreeg.

De eerste aanwijzing van menselijke aanwezigheid die ik op mijn tocht door de jungle zag waren maïsveldjes die tegen hellingen lagen die zo steil waren dat alleen acrobaten ze zouden kunnen bewerken. Opeens zag ik in een lichtstraal die uit het hoge bladerdak viel een vreemd menselijk wezen tussen gigantische varens, doodstil en gekleed in een witte hemdjurk. Met bonzend hart steeg ik van mijn paard, bond het vast en naderde de gestalte te voet. Niet wetend wat anders te doen legde ik mijn hand op mijn hart, en sprak de enige Maya-woorden die ik machtig was: 'Utz im pusical' – mijn hart is goed. Een tijdloos moment handhaafde de gestalte, waarvan ik niet wist of die tot het manlijk of vrouwelijk geslacht behoorde, zijn onbeweeglijkheid, boog toen op zijn beurt en antwoordde: 'Utz im pusical…'

Naar de klank van zijn stem te oordelen moest de witgejurkte een man zijn. Ruige haren vielen tot over zijn schouders, zijn gezicht was rond (in de loop der jaren zou dit steeds ronder worden, als een maan, bespannen door de glanzende bleekgele huid), zijn neusvleugels waren wijdgespreid, de ogen gitzwart onder zware wenkbrauwen die boven de neuswortel samenkwamen.

In het boek van Soustelle had ik gelezen dat de Maya's van mening waren dat iedere sterveling een alter ego of tweelingziel bezat die in de jungle woonde. Die tweelingziel was meestentijds in een dier, maar kon ook in een mens geïncarneerd zijn en de levensloop van de een was verstrengeld met die van de ander. Op dat ogenblik besefte ik niet dat hier tegenover mij de regenwoudbewoner stond die ik in toekomstige jaren mijn alter ego zou noemen.

'Ik herinner me de dag dat de Lady kwam.' Die woorden zou Chan K'in met zo'n regelmaat herhalen, naderhand zelfs ten overstaan van journalisten en filmcamera's, dat de emfase ervan mijn komst tot iets als een historische gebeurtenis scheen te maken. En misschien was dat ook zo.

Chan K'in, toentertijd nog in de kracht van zijn jaren, was de spirituele leider van zijn volk: de t'o'ohil. Zijn stam was al uitgedund door de geweren of de bacillen van de blanken en mestiezen die in de jungle rondscharrelden. Toch bood het regenwoud nog beschutting aan de afstammelingen van de Maya's. 'Toen de aarde nog vochtig en ongerept was, was het leven overvloedig,' zei Chan K'in.

Bij de komst van de Spanjaarden waren verschillende Maya-volkeren het regenwoud binnengevlucht. Uit Yucatán, Guatemala? Niemand die het weet. Kleine gemeenschappen vestigden zich in de Selva, werden onderhouden door datzelfde Selva-woud en vormden daarmee een symbiose. Zij kapten open plekken in het bos waarop ze zaaiden en oogstten om, wanneer de dunne junglegrond uitgeput was, een eindje verderop te gaan nadat zij hun oude akkers met vruchtbomen beplant hadden die vogels aantrokken, die op hun beurt zaden verspreidden of als prooidier dienden. Jaren later keerden zij weer naar hun oude akkers terug, een systeem dat 'la milpa que camina', het maïsveld dat wandelt, genoemd werd. De t'o'ohil, die de mythen en legenden nog kende en zich met de goden van het woud kon onderhouden, wist wanneer er gekapt, gezaaid en geoogst moest worden. Vroeger leefden zij in grote dorpen, maar de moordpartijen die de Spanjaarden en latere indringers aanrichtten, deden hen uiteengaan om in kleine familiegroepen opnieuw te beginnen. Ze trokken zich terug in de onbereikbaarste uithoeken van de jungle en vormden daar kleine eilanden van overlevenden.

Nee, ik was niet bang voor ze. Je weet toch hoe het is met angst? Als je bang bent voor het geweer gaat het geweer af. En de Lacandones, van hun kant, accepteerden mij met grote natuurlijkheid. Ik denk omdat ik een vrouw was, kleiner van gestalte en lichter van huid dan de rubbertappers en houtkappers die zij hadden leren vrezen omdat die stalen en verkrachtten of – wanneer het in hun kraam te pas kwam – hun rijdieren op de milpa's loslieten zodat de oogst vertrapt werd. ('Laat de ellendelingen tot in alle eeuwigheid verdoemd zijn,' zou Frans zeggen.)

Ik verbaasde mij erover hoezeer deze mensen deel uitmaakten van het bos, van het licht- en schaduwspel van de vegetatie, hun stemmen deden denken aan het melodisch gekabbel van de kleine watervallen in de riviertjes, ze smolten weg in het omringende, wisten zich onhoorbaar voort te bewegen zonder dat er een takje knapte onder hun voet. Merkwaardig voor mensen die de grond bewerken hadden ze smalle sensibele handen; hun blote voeten waren welgevormd, niet in hun groei belemmerd door schoeisel.

Aanvankelijk was ik voor hen zo iets als een mascotte. De Lacandón-vrouwen vermaakten zich door mij woorden te leren, lachend van plezier bij de door mij nagebootste klanken. Zij bezaten een tamme beo die een taal sprak die niemand meer kende, woorden van mensen die dood of gevlucht moesten zijn en die zij niet konden thuisbrengen. Misschien beschouwden zij mij als iets soortgelijks: een speelding waaraan je klanken kunt ontlokken. Bij de eerste ontmoeting bevingerden ze mijn haren en mijn huid, trokken aan mijn mannenoverhemd en broek om aan de weet te komen wat daaronder zat. Nee, ze lieten me niet graag gaan, ze hielden mij min of meer gevangen, en ik liet dit gebeuren, als in een droomtoestand. Ze namen mij mee uit wandelen, ze lieten mij orchideeën zien en andere bloemen van een bizarre schoonheid, ik ontdekte een bloem die op het gezicht van een stier leek, besprenkeld met puntjes in diverse schakeringen bruin. We plukten de bloemen en de vrouwen maakten er een geurende ketting van die ze mij om de hals hingen, ik voelde me een witte offerkoe. Ik droeg de ketting verschillende dagen zonder dat die zijn oorspronkelijke frisheid verloor.

In de lange tropische nachten lag ik in mijn hangmat te luisteren naar de liefdeszang van de roze en groene kikkermannetjes die een wijfje trachtten te overreden om naar het miniatuurvijvertje in een bromeliahart te komen waar zij hun sperma hadden afgezet. Het kwam mij voor alsof mijn Europese zelf verdoofd was, terwijl een andere Trudi ontwaakte in een betoverend kinderboek.

Het regenwoud ontpopte zich als een uitbundig maar doodserieus carnaval waar alle feestgangers gemaskerd schenen. Camouflage en je gedeisd houden zijn de meest toegepaste overlevingsstrategieën: nachtmotten bootsen kikkers en kikkers bootsen bladeren na, sfinxvlinders geven zich uit voor kolibries, orchideeën veranderen hun uiterlijk om op geslachtsorganen van bijen te lijken en grote vies ruikende vlinders zwenken als geelbruine vaatdoekjes tussen het geboomte. De Lacandón-kinderen vingen ze om mee te spelen. Ze slingerden een hagedis bij de staart in het rond totdat het beest als een projectiel uit een katapult wegschoot, zijn staart in de hand van de slingeraar achterlatend. Zij speelden met slagschepen van kevers die zwart-wit dessins op hun schilden hadden, verrassend lijkend op de dessins op antieke Maya-potterie.

Op een dag ging ik in het meer van Najá zwemmen. Het lag achter een zes meter hoge kraag van bepluimd riet. Ik moest het slingerpad, el camino secreto, volgen dat over sompige grond liep en hier en daar met boomstammetjes was versterkt. Al eerder had Chan K'in mij laten zien hoe diep het moeras daaronder was, hij had een bamboestengel afgesneden en deze naast het boomstambrugje in het groenige drap neergelaten om de diepte te peilen. Die was dieper dan een man lang is.

Ik worstelde me door het riet, liep dwars door een wolk koolwitjes om ten slotte de plek te bereiken die als aanlegsteiger diende van de cayucos, uitgeholde boomstammen van mahoniehout, kano's die al vele generaties waren meegegaan. Het meer van Najá lag er wazig bij, alsof het zich in zijn teruggetrokkenheid onzichtbaar had willen maken, het oppervlak glad als een spiegel.

Er was zoveel tumult geweest in mijn leven dat ik de weldaad van absolute stilte vergeten was, de stilte van mijn kindertijd die ik was kwijtgeraakt toen ik de deur van mijn ouderlijk huis achter mij dichttrok. De stilte die rond de toppen van de Burgfluh en de Simmenfluh hing; als je daar een woord fluisterde hoorde je dat van ver terugkomen met een spelonkachtige klank.

Ik had het warm. Ik trok al mijn kleren uit en stond met mijn witte benen en Zwitsers lijf, een Fremdkörper, aan de rand van de dichte jungle. Ik dacht niet aan krokodillen, slangen of ander oerwoudgespuis, ik ging gewoon het water in. Dat verraste me door zijn kou in tegenstelling tot de tropisch warme lucht, de kou suggereerde diepte. Ik bleef rondzwemmen tot ik het bloed in mijn aderen voelde verkillen. Mijn oren gonsden, kleine visjes sprongen boven het watervlak uit.

Witte vrouw van ver gekomen, zo noemden zij mij. Of de Xunan, de Lady... *ik herinner me de dag dat de Lady kwam.* Ik was gekomen. Maar wie was het die gekomen was? Niemand sprak de taal van de oorlog, van Europa. Daarginds reden de treinen met joden naar de vernietigingskampen en vielen bommen op verduisterde steden, kinderen waren opgegroeid tot moordenaars, hielgeklak, gehoorzaamheid en lange benen... in 1933 hadden beulen alle tien de vingers van de dichter Erich Mühsam gebroken en vervolgens lachend aan hem gevraagd of hij niet een gedicht voor hen wilde schrijven; mijn vriend Ernst Toller had zich aan het koord van zijn badjas in een douchecel opgehangen. Wegwassen, wilde ik dat alles, wegwassen, in dit oeroude water in een witte vlek op de kaart, niemandsland, niemandswater... Ik kende de taal van het verzet, de strijd, de taal van de angst en de gestolen liefdesuurtjes, van het afscheid, ik kende de taal van de woede. Die taal was hier niets waard. Ik brabbelde Maya-woorden, bootste vogelgeluiden na. Mijn taal was ik kwijt, mijn functie, mijn zelfbeeld.

Ik dook naar de diepte waar waterplanten mij probeerden te vangen in een glibberige omhelzing, ik hield mijn adem in om te trachten de beweginglloosheid die mij naar de bodem deed glijden te verlengen... treinwielen dreunden in mijn hoofd, bleke gezichten staarden naar me van achter het prikkeldraad van Rieucros, handen strekten zich wuivend, smekend. Wegwassen wegwassen... Ik werd bevangen door een gevoel van verdoving, half stikkend kwam ik weer naar de oppervlakte. Daar lag het meer in zijn onverstoorbaarheid – ik voelde me of ik ten tweede male gedoopt was. Ruggelings liet ik mij naar het midden van het meer drijven met alleen de blauwe lucht boven me, mijn hoofd leeg, een reiger zeilde als een wit schip langs het uitspansel, visjes sabbelden aan mijn benen.

Toen ik terugzwom zag ik dat zich vrouwen en kinderen rond mijn bundeltje kleren hadden verzameld en werd ik mij bewust van mijn poedelnaakte toestand. Stilzwijgend, met gebiologeerde blikken volgden ze mijn verrichtingen. Misschien verwachtten zij ieder ogenblik dat ik door het water verzwolgen of door een krokodil naar beneden zou worden gesleurd als wraak van god Känän'ash, god van de Meren en Wouden, omdat ik het heilige meer met mijn witte

vrouwenlichaam verontreinigd had – bovendien zijn de Lacandones de zwemkunst niet machtig.

Intuïtie gaf mij in een vrolijke groet te roepen en doodkalm op de oever te klauteren. Eerst weken ze achteruit, begonnen vervolgens te giechelen, zo onderdrukt dat het niet
meer dan geritsel leek in het bepluimde riet. Het duurde
evenwel niet lang of ze begonnen aan mij te plukharen. Ze
knepen me in de billen en trokken uitbundig aan mijn te-
pels, ze lieten mijn borsten schommelen alsof het kerstklok-
ken waren; wilden zij zich ervan overtuigen dat ik een
vrouw van vlees en bloed was, een vrouw zoals zij?

Mijn hoofd was gekroond door een groeisel van waterhyacinten, ik plukte een bloem uit mijn haar en gaf die aan een
naakte baby die op de arm van zijn moeder zat. Onbeweeg-
lijk, de bloem in zijn dichtgeknepen vuistje, staarde hij naar
mij uit enorme koolzwarte ogen, en ik staarde terug, door
de knieën buigend om op gelijke hoogte met hem te komen,
hij zoog mijn beeltenis door zijn pupillen naar binnen. Wie
of wat dacht hij dat ik was? Hoe vertaalden de hersenen in
dat kleine hoofd het beeld dat op zijn netvlies viel? (Later,
als zijn moeder hem een legende zal vertellen, iets in de
trant van: toen kwam er een geest uit het water met geel
brandend haar, of: zij was de dochter van een schildpad en
een watergeest… dan denkt hij misschien aan mij.)

Oude Nouk werd geïntrigeerd door mijn lippenstift en dus
verfde ik haar lippen rood. Rood is de sacrale kleur – kleur
van het oosten waar de zon iedere dag herboren wordt –
toch geloof ik niet dat dit iets uitstaande had met het succes
van het lippenrood. Alle vrouwen wilden een zelfde behandeling ondergaan, ze bekeken zich in mijn zakspiegeltje en

schaterden. De vrolijkheid echode in het oerwoud. Ze kregen mijn lippenstift en spiegeltje en ook wat geparfumeerde gezichtspoeder waarop zij erg gebrand waren en dat nauwgezet in een uitgeholde noot werd opgeborgen. Bedaard, met eenvoudige gratie, bijna alsof het een eerbetoon betrof aan hun persoon, namen zij mijn kleine geschenken in ontvangst, terwijl zij mij op hun beurt drie alligatortanden schonken. Dat hele ritueel van elkaar over en weer geschenken geven: jij geeft van jouw rijkdom, ik van de mijne – een kwestie van eer – zou zich later talloze malen herhalen. Iedere keer wanneer ik in de hieropvolgende jaren plunjezakken vol voedsel, zaaigoed, machetes en medicijnen uit Las Casas kwam brengen, kwamen zij steevast met een stuk of wat eieren of papajas aandragen.

Of ik tortillas kon maken? vroeg Nabor, de vrouw van de bejaarde Quent'in. Bij mijn ontkenning toonde zij zich verbaasd. Hoe kon ik mij zonder die vaardigheid in leven houden? Was ik getrouwd? Hoe kwam het dat ik zonder echtgenoot hier rondzwierf?

Inwendig moest ik lachen bij die vragen. Ik voelde me een zaadpluis die over de oceaan was geblazen.

Ik leer Chan K'in nader kennen

'Ruik je de geur van de bomen?' vroeg Chan K'in mij. 'Zij ruiken meer levend dan mensen. De bomen houden hun lichaam rechtop en stil, maar ze kijken toe en luisteren met hun bladeren. En ik hoor ze tegen mij zeggen: "Ben jij dat die daar voorbijgaat, Chan K'in? Goed, loop kalm voorbij, we zullen je niks doen…"

De hele tijd groeien de bomen en luisteren, en als je een boom omkapt zonder hem vergiffenis te vragen, dan zullen de bomen wraak op je nemen, op een dag in je leven, gedurende de nacht…

Je moet de zaden eten voordat ze de grond raken, zo kun je de bomen horen leven en voelen.'

Door zijn woorden begon ik te begrijpen dat bomen wezens zijn die met elkaar kunnen communiceren, die elkaar signalen kunnen geven bij gevaar zoals de nadering van parasiterende insekten of bij weersverandering of de komst van de mens met zijn bijl. Het regenwoud is een schemerige droomwereld, de wereld van het irrationele, het onbewuste, er leven daar andere krachten.

Zelf heb ik in het regenwoud altijd een intense atmosfeer bespeurd, een verbinding met andere levensvormen, alsof er tussen hen en de mensen die daar wonen onzichtbare verbindingsdraden bestaan. Chan K'in maakte mij duidelijk dat de bomen de vrede van de waterwezens garandeerden gedurende het droge seizoen. Wanneer de waterwezens nergens schaduw vinden beginnen zij elkaar lastig te vallen en tevens de mens.

De bomen en Chan K'in Viejo hadden elkaar hun hele leven gekend. Een boom omhakken was een kwelling voor hem vergelijkbaar met het afhakken van zijn eigen been.

Op een heldere nacht vertelde Chan K'in mij dat de melkweg het spoor van Gods voetstappen is door het firmament en dat de vele naamloze kleine sterren de goddelijke voorraad vertegenwoordigen van zaden van bonen en maïs en alle planten die de mensen kunnen eten. 'Kijk, het licht,' zei hij, naar de bergen in de verte wijzend. 'Nu komt Okna, de maan, te voorschijn, zij is de beschermster van de zwangere vrouwen. Weldra zal ook ik tot haar bidden omdat mijn vrouw Koh een baby gaat krijgen.'

Ik leerde hoe na de geboorte van een kind de vader de placenta en de navelstreng op een schaal naar een plek in het woud brengt om die vlak bij een boomstomp te begraven. Dan zingt hij een lied: *Goden van het woud, beschut en bewaak de stoel van het kleine kind, opdat de zwijnen en wilde honden die niet zullen vinden. Want waarop zal mijn kind in de hemel zitten als hij sterft? Slechts dit is zijn zetel, bewaar die dus goed voor hem.*

De Lacandones geloven dat de oude Maya-tempels gemaakt werden door bovennatuurlijke wezens die zij K'uh (goden) noemden. De goden zouden vroeger op aarde hebben geleefd en hun huizen zijn nog altijd te zien. Niet alleen vereren zij de grote Maya-ruïnes, maar ook diepe bergkloven langs de meren, en de grotten die als begraafplaatsen werden gebruikt door de stammen die hier al voor de Lacandones woonden. De beenderen die daarin liggen zijn van de K'uh afkomstig. De K'uh deden voorkomen alsof zij gestorven waren, maar hun geest was diep in het gesteente van de grotten gedrongen en in de bodem van de meren. De oppergoden die in de grote tempels woonden daarentegen, zoals die van Palenque en Yaxchilán, waren naar de hemel opgestegen. Vandaar dat de priesters alleen via de wierook van copal, 'voedsel voor de goden', zei Chan K'in, met hen konden converseren. 'U y-aöh K'uh', zo heette het huis van de goden. Na verloop van tijd begreep ik dat deze benaming zowel duidde op het kleine godshuis, de hut waar Chan K'in zijn wierookpotten bewaarde en zijn religieuze ceremoniën hield, als op de heilige grotten en tempelruïnes waarin de geesten van de goden gewoond hadden. Naar deze laatste maakten de Lacandones enkele malen tijdens hun leven een pelgrimage en op een dag zou Chan K'in mij meenemen op zijn dagenlange voetreis naar Yaxchilán.

Als vrouw mocht ik Chan K'ins sacrale hut niet betreden, maar in een maanlichte nacht hoorde ik zijn stem uit het heiligdom komen, stijgend en dalend in een gezongen gebed dat klonk als een zonderling belcanto, vol schrille klanken afgewisseld met sonore tonen die door de stilte van het bos dreunden. Ik kon de verleiding niet weerstaan om hem bezig te zien en liet mij uit mijn hangmat glijden om naar zijn palmbladkapel te sluipen.

Chan K'in zat alleen op de vloer, een vuur van pijnhout verlichtte de hut, flakkerende silhouetten makend van de voorwerpen die aan de dakspanten bungelden, terwijl de groteske hoofden van de wierookpotten een leven van zichzelf schenen te hebben gekregen in het onrustige rode licht.

Tussen hun geprononceerde lippen van klei staken dikke sigaren van zelfgeteelde tabak en een pluimpje copalwalm steeg op uit de opening van hun schedel. Afgeslagen reuzenhoofden leken het, of hoofden waarvan de lichamen in de grond begraven zaten. Blijkbaar hadden de oude goden die in aarde en gesteente woonden zich door zang en een goede sigaar naar de oppervlakte laten lokken om in aimabel samenzijn de problemen van de t'o'ohil aan te horen. Het enige dat ik van Chan K'in kon zien was zijn hoofd dat in de wierookwolken scheen uit te dijen alsof het aan een groter personage behoorde. De intense geur van brandende copal drong mijn neusgaten binnen en ik moest me bedwingen niet te hoesten.

Ik begreep dat Chan K'in een privé-kwestie met zijn goden te bespreken had, misschien ruzie tussen zijn vrouwen, of zijn wens dat zijn nieuwe kind een zoon zou zijn. (Merkwaardig genoeg heetten al zijn vrouwen Koh: Koh de Eerste, Koh de Tweede, die beeldschoon was en een klassiek Mayaprofiel had, en later kwam daar het kindvrouwtje Koh de Derde bij.)

Op een dag verklaarde Chan K'in mij dat alle goden geboren waren uit de blauwe waterhyacint, en dat verbaasde me want hij had me al diverse andere scheppingsverhalen verteld en hoe zouden zulke machtige wezens uit zo'n bescheiden bloem geboren kunnen zijn? Mogelijk improviseerde Chan K'in, mogelijk werd zijn fantasie aangevuurd door de pracht van de waterhyacinten die in die dagen blauwe tapijten over het meer uitrolden. Maar het spreekt vanzelf dat hij gelijk had: zijn goden worden elk moment in elk levend wezen geboren en tegelijkertijd ontspringen ze aan de kosmos, ze zijn niet gebonden aan tijd of plaats.

'Chan K'in,' vroeg ik, 'heb je wel eens gehoord van Jezus Christus?'

'Ken ik niet,' antwoordde hij onverschillig.

'Is Hachäkyum goed?'

Hij staarde teder naar de diepe groene jungle, de lucht, het meer.

'Ja', zei hij, 'hij heeft de wereld, de bomen, de heuvels, de maïs, tabak, jaguars en alle dieren gemaakt. Hij heeft ons gemaakt, de Hach Winik.'

Hij keek naar mij: 'Jou heeft hij niet gemaakt. Metzabok, de maker van de zwarte regen, die heeft jou gemaakt. Metzabok maakt ook machete, geweer, paarden en alle dingen die wij hier niet hebben.'

'Metzabok is niet goed zoals Hachäkyum?'

'Nee. Hachäkyum maakt ons niet ziek. Hij stuurt K'ak. Als ik koorts heb brand ik copal voor K'ak.'

'Hebben jouw goden en de mijne iets met elkaar te maken?'

'Ja. Hachäkyum verkoopt tabak en ocelothuiden aan jouw god, en jouw god verkoopt zout, machetes en kruit voor geweren aan Hachäkyum... Kisin is de god van de Onderwereld: hij neukt met de aarde, slaat de bomen neer, smijt de rivieren in het rond. Op een dag zal de wereld aan zijn eind komen. Kisin laat de tijgers los uit de hemel waar vele van hen wonen en die zullen alles verwoesten. Ook de zwarte regen en de wind zullen komen met grote woede. Wanneer dit zal gebeuren? Niemand weet het... Als er niemand meer is die weet hoe je tot de goden moet bidden zal de wereld sterven...'

Maar eerst zou Petrona, Chan K'ins oudste zuster, sterven. Ze werd niet ver van haar hut begraven en haar familieleden bouwden een afdak over haar laatste rustplaats en lieten voedsel achter in aardewerk potten voor de lange reis die pischan, de ziel, moest afleggen naar de onderwereld.

'De ziel gaat eerst onder de aarde,' zei Chan K'in, 'maar klimt later omhoog naar Kan, de hemel. Daar zijn veel huizen van steen zoals in Yaxchilán.'

Er werd de dode een bosje mensenhaar in de hand gegeven.

'Waarom?' vroeg ik aan Koh de Eerste, die belast was met het gereedmaken van de dode voor haar laatste reis.

'Dat is voor de luis,' gaf Koh de Eerste ten antwoord. 'De luis zal haar bijten als zij niks voor hem bij zich heeft.'

In de andere hand van de dode legde zij een bot. Ze deed een poging de stramme vingers eromheen te buigen, maar dat lukte niet erg.

'Het bot is voor de hond,' zei ze. 'Die moet haar helpen de grote rivier over te steken. Heb je geen bot bij je dan komt de hond niet. Dan komen de alligators om je te verscheuren...'

'Pas op dat je je bot niet verliest!' zei ze lachend tegen de dode Petrona.

Op zoek naar Hachäkyum

Er viel geen luchtstroompje te bespeuren in de schotelvormige vallei, het scheen een oord dat zich buiten het bereik van de wind bevond. In het hoge gras opzij van het pad was een Indianenfamilie bezig sprinkhanen te verzamelen voor hun avondmaal. Aan een touw droegen zij een zak voor hun buik om de oogst in op te bergen. Een van de kinderen liet mij daarin kijken en ik zag vochtig gespring in kleuren geel en bruin. De vrouw gaf mij een handvol van die beesten alsof het snoepgoed was. 'Geroosterd boven het vuur, lekker knapperig,' zei ze. Ik stopte ze in mijn broekzak met het voornemen ze te laten ontsnappen zodra de Indianen uit het zicht waren. Of zou Chan K'in ze als een delicatesse beschouwen?

Hij had gezegd: wacht op mij bij Ojos de Agua. Het meer was gekrompen tot een modderig moeras, het was de tijd van de droogte. Koraalrode cactusvruchtjes, groot als rozijnen, hingen boven mijn hoofd. Met een stok prikte de Indianenvader behendig een paar vruchtjes voor mij af en zijn familieleden hielden het hoofd in de nek om zijn verrichtingen gade te slaan. Rinsig zoet waren ze op mijn tong.

Dagenlang waren wij al onderweg, woordloos over ongebaande wegen, de verwarrende tapirwegen. Chan K'in liep voor mij uit op zijn waaiervormige voeten, de beweging van zijn benen verborgen door de lange tuniek zodat hij leek voort te glijden door het gras, en ik altijd maar achter dat wit van zijn hemdjurk aan zoals een jonge ree achter de spiegel van de hinde. Zonder taal, in een andere taal dan de gesprokene. Mijn paard had ik achtergelaten in het kamp bij Chunk'unché. Chan K'in had een hekel aan het paard en gedurende het droge seizoen was dit een uitputtende trip voor een viervoeter. Chan K'in was nooit anders dan te voet naar Yaxchilán gereisd, zich een weg banend met zijn machete en vogels en wild dodend met zijn pijl en boog. Aan het begin van onze voettocht kwamen wij nog langs een enkel houthakkerskamp, een laatste menselijke oase, vol bedrijvigheid, gevloek, getier en gezeul van ossen met boomstammen. Chan K'in liep daar in een bocht omheen. Maar mij gaf hij toestemming erheen te gaan. Ik snakte naar koffie. Zoals in een legertros vind je in een dergelijk kamp altijd mestiezen- of Indianenvrouwen die voor hun kerels koken, wassen en hun benen spreiden. Ze gaven mij koffie en een vrijwel vleesloos kippetje, waar een haveloos kind van een jaar of veertien een exorbitante prijs voor vroeg. Zij was zwanger, zag ik.

'Blijf nog,' zeiden de vrouwen.

'Ik heb geen tijd,' gaf ik ten antwoord.

'Por qué?' vroegen ze. 'Hay más tiempo que vida…' Er is meer tijd dan leven.

Zij wuifden mij na: 'Adiós señorita…' Eendagsvliegjes in de tijdloze groene schaduwwereld van het woud.

Ik moest geslapen hebben. Chan K'in zei dat wij moesten wachten tot de maan zou zijn opgekomen zodat wij in de koelte van de nacht de vlakte konden oversteken. De bijna volle maan roteerde langs de hemel, licht en duisternis paarden met elkaar in diepe stilte. Aan weerszijden van het voetpad namen olifantsoorplanten en struiken de meest fantastische spookachtige gedaanten aan, kleine dieren zwierven over het pad, verdwenen spoorloos in de ondergroei. De lucht werd koel – koel als de Uzzi die ik in mijn riem gestoken had en die ik onder mijn vingertoppen voelde als een klein koud beest.

'Het is er eentje uit de tweede wereldoorlog,' zei de ranchero die mij het wapen gegeven had. Om de revolver te demonstreren loste hij een schot boven de rivier. Toen ik het ding in mijn hand nam, werd ik de dood gewaar. Ik voelde dat de Uzzi gedood had, dat het een geroutineerde ouwe doder was. Het leek me verschrikkelijk om in staat te zijn tot het veroorzaken van dood. Ik wilde hem niet accepteren. Maar de ranchero zei: 'Je kunt die blaffer beter meenemen, señorita, als je alleen op stap gaat.'

De atmosfeer werd vochtig, de bladeren glinsterden van dauw. Bomen wandelden op ons toe, ademden vocht uit – de rivier kon niet ver meer zijn. Ik inhaleerde de vertrouwde geur van het regenwoud, een geur die uit duizenden groeten en signalen was samengesteld.

In de maanlichte schemer lichtten geesten van bloemen op. Witte vleermuizen rustten in de vouwen van grote bladeren die zij half om zich heen hadden getrokken: donzige witte bolletjes op een rij, opgekruld, enkel de neuzen en oren zichtbaar, lijkend op zilverwitte wilgekatjes.

Er klonk een soort krakend gekreun, een mompelen of mompelend geneurie dat door de takken van de bomen leek te zweven, een lied zonder woorden ver weg en dan weer dichtbij.

'Hoor je de zielen? Dat zijn de zielen uit het land van de regen en mist... Ze jagen op vlinders en zingen liedjes,' zei

Chan K'in. 'Zij blijven dicht bij de aarde omdat ze opnieuw geboren moeten worden. Ze plagen graag mensen die bij nacht door het woud reizen…'

Zouden het werkelijk zielen zijn? Dat gedempte roepen? Nachtvogels natuurlijk… Maar dat gemompel? Alsof er ergens mensen verborgen zitten die zacht met elkaar converseren?

'Ga jij ook naar het land van de regen en mist, Chan K'in?'

'Eerst ga ik naar Sukunkyum, naar het land van de vleeslozen, maar daarna stijg ik op naar het land van rood en zwart, het land van de wijsheid, omdat ik een t'o'ohil ben en geleerd heb mij met geestelijke zaken bezig te houden.'

'Zou ik daar ook kunnen komen, Chan K'in?'

'Misschien, Gertrudis, misschien… als je een goede leerling van mij wordt.'

Ik zag zijn lachend gebit in de diffuus verlichte ruimte zweven.

Wat doen we hier in deze onbegrijpelijke doolhof van paden en paadjes door dieren ingeslepen? Onder die duistere gewelven van groene kathedralen? Van duizelingwekkende hoogte kwamen vruchten naar beneden vallen – of werden die naar ons gegooid door schepsels daarboven? Wat voor vreemd melodietje klonk daar? Waren we nog steeds niet bij de rivier?

'Wees voorzichtig,' waarschuwde Chan K'in. 'Dat is een vleesetende boom.'

Ik zag een lage boom met lange ranken die over de grond groeiden en op de tentakels van een octopus leken.

'Er zitten scherpe doorns aan,' Chan K'in wees met zijn blaaspijp. 'Als iets of iemand op die doorns stapt krullen de ranken zich op en rollen hun slachtoffer naar de stam toe, de doorns scheuren zijn vlees open zodat het bloed eruit stroomt.'

'Drinkt de boom bloed?'

'Hij vangt het bloed op in een opening in zijn stam. Als die boom jou grijpt, kan ik je niet helpen, Gertrudis… Zijn naam is ya-te-veo: ik heb je in de gaten…'

'Blijft er van het slachtoffer niets over?'

'Niks dan botten. Zo lang als een halve maan duurt, zo lang houdt de boom zijn prooi vast, daarna laat hij die langzaam los. De ranken rollen zich weer uit en de boom wacht op een volgend slachtoffer…'

Op mijn huid ontstonden kleine terpjes door een onbedwingbare huivering.

'Het is goed en het is slecht, zo is het woud,' zei Chan K'in. 'Het neemt en het geeft.'

Heimelijk kwam de junglerivier uit het oerwoud gegleden, loodgrijs of bruin als een luie bruine slang, dan weer onverhoeds het licht weerkaatsend als een mes dat flitst in de zon. Bomen bogen zich laag over het water heen, hun takken gesteund door talloze luchtwortels waarop rode bloemen bloeiden. In de ochtendzon lag de Usumacinta gebaad in een roze poeierig licht en kleine poelen lagen uitnodigend te glinsteren tussen de stenen langs de oevers. Mijn verlangen naar het water was zo overweldigend dat ik ogenblikkelijk, zonder op Chan K'in te letten, laarzen en broek uittrok om mijn pijnlijke lichaam aan de rivier toe te vertrouwen. Terwijl hij bleef staan, boog Chan K'in zich voorover tot hij met zijn lippen het water raakte, hij dronk als een hert. Hij glimlachte kort naar mij en waadde stroomafwaarts. Languit ging ik op een van de platte stenen liggen met alleen mijn brandende voeten in het water. Rode vlinders van licht dansten achter mijn gesloten oogleden, een genotvol gevoel hield mij vast in een letargische toestand tussen slapen en waken.

Toen ik bij mijn positieven kwam zag ik Chan K'in op de oever zitten waar hij vissen roosterde boven een houtvuurtje. De wind fluisterde boven de rivier. De hele dag was het windstil geweest, maar nu begonnen de bladeren zacht te bewegen. Uitgelaten als kinderen klauterden papegaaien door de neerhangende takken, babbelend alsof zij spotziek commentaar leverden op de twee menselijke verschijningen in de diepte beneden hen.

Ik voelde me als herboren. Met wellust trok ik het witte vissevlees van de graat. Chan K'in doopte ieder stukje in de hete as, ik volgde zijn voorbeeld en tot mijn verbazing proefde ik dat de vis opeens veel zouter smaakte. Wat wij niet op konden, wikkelde hij in een palmblad dat dichtgebonden werd met een dunne liane en opgeborgen in de zak van boomvezel die hij op zijn rug droeg. Als talisman tegen kwade geesten bond hij mij een stuk geurige boomwortel rond de hals zoals hij er zelf ook een droeg.

In de onderdanige positie van de vrouw achter de man liep ik langs het kronkelige voetspoor de tropische vegetatie binnen. Ik had moeite hem bij te houden. Dagenlang was hij mijn reisgenoot geweest, maar nu leek hij zich aan mijn perceptie te willen onttrekken, hij sprak niet, gaf geen tekenen van enige emotie. Terwijl hij – oneerbiedig gezegd – een klein aapachtig mannetje was, gedrongen van postuur onder dat overdadige ruige haar, scheen zijn gestalte hier in deze omgeving zijn oorspronkelijke waardigheid terug te krijgen, zonder dat zijn verslonsde vuil geworden jurk daar iets aan af deed. In hoog tempo liep hij over het oneffen grondoppervlak door de lichtende jungle vol geritsel van hagedissen en hoenderachtig gespuis. In de groene ondoorzichtigheid vlogen vogels waarvan ik niet kon zien hoe groot die waren of welke kleur ze hadden, ze schreeuwden schel alsof zij ons wilden afschrikken. In de middag was het of er aan de hemel een groot licht werd gedoofd en werd het groene woud plotseling grijs.

'Gaat het regenen?' vroeg ik.

Zonder zijn stilzwijgen te verbreken sneed Chan K'in een blad van de olifantsoor voor mij af. Maar mijn paraplu was al gauw aan flarden door de alom aanwezige twijgen en doorns. Druppels vielen uit de verdikte wolken en een nerveuze föhnwind rukte aan de bladeren. De regen viel harder, warm, een tropische sauna, damp kwam uit de grond als uit vulkanische geisers. Een lang hinnikend geluid trok door de lucht, bubbels sprongen op in plassen als borrelende lava, boven mij wild geworden pruiken van groen, regen recht als gekamd haar, het bos fabelachtig vreemd opeens alsof duizenden monden spuwden en babbelden en slurpten, de aarde beantwoordde het hemelgeweld. Takketak, klonk het salvo van de donder.

Chan K'in wachtte tot ik hem zou hebben ingehaald, draaide zich met een voldane grijns naar mij toe: 'Lluvia… lluvia voor de Lady, een geschenk van regengod Chac.'

Tot op de huid toe doorweekt gaf ik mij over aan de regengod, mijn lichaam en geest werden door hem ingepakt met lauwe vochtige omwikkelingen.

'Alles zingt,' zei Chan K'in, 'ieder levend ding zingt…'

Knorrend van genot zaten groene lorres hun pluimage te schudden in de stortbui.

Door de drijvende mist heen begonnen mijn ogen donkere vormen van bouwsels te onderscheiden die overdadig behaard waren met varens en doorschoten met zaailingen van bomen. Van onder die begroeiing keken zwarte nissen als wantrouwige ogen naar onze nadering. Even meende ik dat boven op de half ingestorte bouwsels mensen bezig waren, lilliputters, doende om stenen los te wrikken. De schepsels keilden de stenen naar beneden en schenen een zonderling bacchanaal te houden, zich naar boven slingerend en zich rekkend en strekkend, terwijl zij zich met fanatieke baldadigheid aan de onttakeling van de Maya-bouwsels wijdden. Met iets dat het midden hield tussen afgrijzen en fascinatie tuurde ik omhoog naar de harige schepsels. Het moesten apen zijn. Heette de Usumacinta niet de rivier van de Heilige Aap? Verdedigden de apen hun territorium? Met beangstigende precisie werd er een kiezelsteen in mijn richting geworpen die op het laatste nippertje afketste tegen een boomstam.

Chan K'in gebood mij te schuilen en liet zijn voorraadzak bij mij achter, alleen zijn pijl en boog nam hij mee. In elkaar gevouwen zat ik tussen de wortels van een oerwoudgigant, ik dacht eraan hoe de Usumacinta zou zwellen tot een woeste stroom. Hoe konden wij ooit daarover terugkeren…? Wat was dit voor gekrijs? Had ik de geesten van het woud uitgedaagd om wraak te nemen? Ik werd uit mijn toestand van verdoving opgeschrikt toen er een lange jammerende kreet door het bos weerklonk: de doodskreet van een mens of een aap? Na een tijd die mij eindeloos toescheen kwam Chan K'in terug met een kapucijnaap bungelend in zijn hand.

'Hij had niet de stem van een geest,' zei hij, 'ik heb goed geluisterd voordat ik mijn pijl richtte.'

Het verontwaardigd gekrijs van de apen was verstomd, het onweer trok weg over de boomtoppen, alleen de zang in vele toonhoogten van de myriaden druppels die van de ene bladeretage op de andere neervielen hield nog geruime tijd aan.

Yaxchilán, de vergeten stad van oppergod Hachäkyum. Eeuwen hadden haar toegedekt onder een groene deken, niemand had meer van haar bestaan geweten. Waarom was zij eeuwen geleden plotseling verlaten? Wie of wat bedreigde of moordde haar inwoners uit? Haar tempels en paleizen lagen verspreid in het rond als vergane scheepswrakken op de bodem van een groene oceaan. De stenen vertelden niets meer van het komen en gaan van mensen noch van hun tragedies, het leven had zich teruggetrokken tot in de verste uithoeken.

Een grote eenzaamheid hing rond de verlaten stad. Zij streek een snaar in mijn binnenste aan als van een droefgeestig instrument. Verwonderd vroeg ik mij af hoe het komt dat de mens de mogelijkheid bezit zo iets grandioos te maken, terwijl tegelijkertijd zijn lot verbonden is met doem, met ondergang of met zijn eigen bezetenheid tot vernietiging.

Alsof hij onweerstaanbaar door iets werd aangezogen, zag ik Chan K'in in zijn witte tuniek omhoogklauteren naar een kleine tempel die tussen de boomkruinen leek te zijn opgehangen.

Terwijl ik hem volgde werd ik me ervan bewust dat de bodem waarop ik liep niet die was waarop ik dacht te lopen: de ondergrond werd gevormd door een piramide die in grootte gelijk moest zijn aan die van Cheops. De bemoste treden waren zo smal dat ze amper plaats boden om je voorvoet neer te zetten, op handen en voeten klom ik omhoog tussen de zilveren stammen van ceiba's die zich met hun wortels in de traptreden verankerd hadden. Boven mij schreeuwden ara's, onder mij lag de nauwelijks te onderscheiden piramide, aangevreten door de tijd: een osmose van wat natuur en mensenhanden ooit gemaakt hadden, het heiligdom voor Hachäkyum. En daaroverheen lag in een aromatische paring het walmend woud in een mengeling van moeilijk te definiëren geuren, van munt en nootmuskaat, stank van rottenis en het scherpe geurmerk van de jaguar. Beneden mij, op wat de plaza van de stad geweest moest zijn, stak een stèle uit de grond omhoog als een vermanende vinger: *Mene, mene, tekel, upharsin...*

Naar adem snakkend ging ik op de verbrokkelde treden zitten en zag hoe een grote zwarte vlinder met iriserende vleugels zich naast mij zette. Ook hij leek amechtig door de steile klim. Langs deze zelfde weg was eeuwen geleden het menselijk offer naar het bloedaltaar omhooggeklommen, waar zijn hart met een mes van obsidiaan uit zijn borst zou worden gesneden om warm en kloppend aan de Zon te worden geofferd. Achter mijn gesloten ogen zag ik die vreemde processie omhoogstijgen van schimmen met volmaakte lichamen en bevederde hoofdtooien: een oeroud en barbaars visioen dat tot in mijn botten doordrong en waarvan ik besefte dat ik het voor de rest van mijn leven met mij mee zou dragen.

Op het hoogste punt van de piramide bevond zich een complex van drie tempels op een plek waar het oerwoud een opening bood. In de diepte daarbeneden slingerde de Usumacinta zich als een lasso rond de ruïnestad, die in haar glorietijd vrijwel onneembaar moest zijn geweest.

Onder een afdak lagen de resten van het bloedaltaar dat

jaren geleden – door de Lacandones? door archeologen? – moest zijn schoongekrabd en nu opnieuw was opgenomen in een proces van overwoekering. Chan K'in wees mij de gestalte van een hogepriester afgebeeld in bas-reliëf. De priester was gekleed in jaguarhuid en speelde op een fluit waaruit aan weerszijden wolken adem – of was het een melodie? – opstegen. Zijn hoofdtooi bestond uit gestileerde bladeren, veren en dieren, en daardoor leek de man zelf een jungleplant geworden, versierd als hij was met al die plantaardige uitwaaierende en zich weer ineenvouwende motieven. Ik zag hoe de mond van de priester openstond alsof hij nog sprak, zijn vlezige onderlip vertoonde sterke gelijkenis met die van Chan K'in. De twee priesters stonden tegenover elkaar: de laatste Maya-priester in zijn smerige hemdjurk tegenover zijn vereeuwigde, in vol ornaat gestoken voorganger.

Chan K'in bood mij een sigaar van eigen makelij aan en hield mij met een galant gebaar een brandende houtspaander voor. Terwijl wij als verzopen katten in stilte zaten te roken, zag ik naast mijn beslikte laarzen zijn bemodderde voeten met wijdgespreide tenen die hem zonder mankeren naar hier gebracht hadden.

Om eer te betuigen aan de oude god moesten er bladeren worden verzameld van heilige palmen of ceiba's om het eerste offer te kunnen brengen in de tempel van Hachäkyum, waar een stenen beeld stond met afgebroken hoofd. Het kolossale hoofd lag op de grond met het gezicht naar zijn hoofdloos lichaam gekeerd.

'Wanneer het hoofd zich weer met het lichaam verenigt,' zei Chan K'in, 'zal deze wereld aan z'n eind komen en zal er een nieuwe wereld ontstaan…'

Ter voorbereiding van het ritueel strooide hij de bladeren op de grond (enkele daarvan zouden zwartgeblakerd door de copal mee teruggenomen worden naar Najá als bewijs dat de goden het offer van Chan K'in aanvaard hadden) en zette daarop de dikbestofte en gebarsten godpotten die onder het afdak van de tempel stonden voor het half ingestorte altaar; een ervan was in gruzelementen gevallen, vermoedelijk door toedoen van een dier. Hij stak de veer van de goddelijke quetzal achter in zijn haar en sloeg zijn rood en zwarte sarape rond zijn schouders. Hij scheen zich niet langer van mijn aanwezigheid bewust, ik zette me schuin achter hem zoals ik Chan K'in junior had zien doen in het godshuis in Najá, Chan K'in legde bolletjes hars in de wierookpotten en ontstak de copal. Terwijl het vuur begon te gloeien boven op de oude as van vorige offerandes, kneedde hij kleine menselijke figuren van de zwarte rubber die hij had meegebracht. Hij nam de miniatuurmensjes in zijn handpalm en fluisterde tegen ze: 'Ontwaak, ontwaak...' om ze vervolgens rechtop in de brandende copal te plaatsen waar ze smeltend in elkaar zakten, gretig verslonden door het vuur. Zo werden ze als afgezanten in de spiralende rook omhooggezonden naar de verblijfplaats van de goden om de boodschap van de t'o'ohil over te brengen.

Chan K'in begon te zingen met een stem die laag en monotoon klonk:

Wij zijn arm en wij hebben geleden.
Dit is uw ceremonie.
Wij bieden die aan te uwer ere.
Wij zijn gekomen om tot u te bidden
En om te wenen in uw huis.

Wij zijn gekomen om tot u te spreken
Hier waar u woont.

Wij zijn arm en konden niet eerder komen.
De hars van de copal is voor u.
Hier is onze offerande.
Laat de wereld niet ten ondergaan.
Laat onze families voortgaan met leven
En tortillas maken.
Genees onze bloedverwanten die ziek zijn
En verhinderd waren te komen.

Ik voelde zijn lied in mij doordringen. Niet zozeer de woorden drongen tot mij door, maar de hypnotiserende zang die uit een verre wereld scheen te komen; ik zag hoe hij balché, die hij in een kom naast zich had staan, over de goddelijke zultlippen van de godpotten sprenkelde. Gebiologeerd keek ik naar zijn vitaal ijzerdraadhaar, luisterend naar zijn stem waarin je zijn antieke geest hoorde doorklinken, een zachtmoedige stem, zonderling contrasterend met dat wilde leeuwehaar en zijn pezige gestalte. Hoeveel jaren waren nodig geweest om een zo grote zachtmoedigheid te doen ontstaan? Of was het iets anders? Was het eerder deemoed? Verslagenheid? Hij sprak zijn goden toe in de pluralis: wíj zijn gekomen te uwer ere… Toch was het enige dat ik voor me zag die ene man in zijn rafelige tuniek die langs de duizelingwekkende piramidetrap naar omhoog was geklommen.

Nadat de godpotten gedronken hadden nam hij zelf ook een teug van de balché en reikte mij de kom aan. De vloeistof smaakte als kruidenthee, een beetje bitter, maar niet vies, ik zag dat er lichtrode bloembladeren in dreven.

Chan K'in begon te dansen met schokkerige pasjes en te zingen met een stem die nu plotseling in de hoogte schoot.

Moge de copalwierook omhoogstijgen,
Copal als een grijze wolk,
Als een geparfumeerde bloem.
Rode bloemen, bloemen van de boom.
O, de copal stijgt omhoog, vervliegt…
Zend ons geen onheil
Daar waar wij leven, laat niemand sterven.
Waak over ons, wij zijn met zo weinigen.

Hij strooide zwarte gedroogde paddestoeltjes in de wierook-potten en snoof met grote neusvleugels de rook op. Na dit te hebben gedaan zette hij zich tegenover mij en legde, alsof het een hostie was, ook een paddestoeltje op mijn tong. Een nanacatl, begreep ik, die een hallucinogene werking heeft en al duizenden jaren bij religieuze rituelen genuttigd wordt. Dit verontrustte mij enigszins, ofschoon het anderzijds mijn nieuwsgierigheid prikkelde. Wat zou de nanacatl mij open-baren?

Er ving een murmuratie aan in de boomtoppen – hadden de apen het gebed van Chan K'in overgenomen? Ik zag de rode zon opvlammen voordat hij door de dampen van het woud werd opgeslokt.

Ik huiverde in mijn natte kleren. Chan K'in liet mij het restant van de balché opdrinken.

'Dit zal je warm maken,' zei hij.

Door een smalle deur bracht Chan K'in mij de ruïne van een paleis binnen waarin het kelderachtig muf rook, maar waar het tenminste droog was. Hij hing mijn hangmat op tegen de achterwand en die van hemzelf bij de ingang. Een loom sussend gevoel had zich van mij meester gemaakt, ik trok mijn laarzen uit terwijl Chan K'in hout sprokkelde voor een vuurtje, hij bracht een dikke boomleguaan binnen, een kleine witgehelmde draak die hij spietste om boven de vlammen te roosteren. Hij trok zijn tuniek uit om die te drogen te hangen. In de flikkerglans van het vuur zag ik hem naakt door de ruimte bewegen. Zonder zijn hemdjurk leek hij aanmerkelijk langer. Werd die suggestie gewekt door zijn magere gespierde benen? En passant plukte hij twee of drie bloedzuigers van zijn kuiten.·

'Tan na che'ech…' zei hij in zijn eigen idioom: jij lacht alleen maar.

Tot op dat moment was ik mij er niet van bewust geweest dat ik lachte, maar nu voelde ik een gelukzalige wollige lach in mijn lichaam rondwaren die in verband scheen te staan met een zacht musiceren dat uit hoger sferen scheen te komen.

Hij begon mij te ontdoen van mijn kleren – die voor hem bizarre manlijke outfit – alsof hij een noot van zijn schil ontdeed om bij het witte vruchtvlees te komen. Automatisch hielp ik hem met de knopen en de ritssluiting, dingen waarmee zijn vingers geen raad wisten, dingen uit mijn wereld van Metzabok. Ik onderging dit (het was maar voor een kort ogenblik) met een schrijnend gevoel omdat hij mij bekeek als een ekster die een ring ziet schitteren. Hij trok een donkerrode volgezogen bloedzuiger van mijn dijbeen, die hij met een behendige draaibeweging losmaakte en in het vuur wierp waar het walgelijke ding sissend verkoolde. Apen die elkaar zitten te vlooien, dacht ik, opnieuw met die lach die uit mijn borst opborrelde.

Ik wilde rechtop gaan zitten, maar voelde mijn ledematen slap als elastiek. Ik realiseerde mij, vanuit een obscure achtergedachte, in welk een absurde richting deze intimiteit zich ontwikkelde. Een man blijft altijd een man, t'o'ohil of geen t'o'ohil... dacht ik. Het banale daarvan overviel me, mijn lichaam herkende de situatie als een herhalingsoefening, maar mijn geest raakte verward in een begoochelend spel. Ik zag mezelf liggen alsof ik toekeek vanuit de hoogte van het gewelf boven mij: Zwitserse vrouw, domineesdochter, naakt, in de meest sacrale Maya-stad in het oerwoud. Herrgott, zo ver van Wimmis... Sprak ik die woorden of stonden ze binnen in mijn schedel geschreven?

'Ne tsoyech...' zei Chan K'in. Je bent mooi.

Zijn eigen lichaam was lichtbruin en glad op het warrelige haar rond zijn geslacht na. Het pikante van mijn witte huid prikkelde hem zo te zien, maar zijn gezicht stond ernstig, bijna als een masker. Mijn hart ging tekeer, ik voelde me bevreesd omdat mijn wil mij ontgleden was, toch was ik niet bang noch afkerig van Chan K'in. Ik onderging gewillig de aanraking van zijn handen op mijn huid. Hij rook naar aarde en vuur. Dat was goed, daar wilde ik bij horen, bij de aarde en het vuur.

'Chen ten ma'tsoy a wiliken?' vroeg hij met een merkwaardige hoffelijkheid. Beval ik je niet? Alsof hij mijn worsteling ried om meester over mijn eigen wil te blijven.

'O, je bevalt me, je bevalt me...' fluisterde of dacht of meende ik.

Ik voelde hoe mijn botten in gesmolten kaarsvet veranderden onder zijn trage onderzoekende vingers, zijn neusvleugels openden zich, zijn volle lippen strekten zich tot een rechte streep. Zachtjes kneedde hij mijn lichaam alsof hij

Metzabok uit me weg wilde masseren, mijn verlangen groeide om grenzen te overschrijden, niet alleen fysieke grenzen of grenzen van betamelijkheid of zelfs maar van experiment, nee, ik wilde samensmelten met de aardegeur van Chan K'in, met de regen en het gulzige kiemende oerwoud rondom. Dat dit verlangen werd losgemaakt door de nanacatl die Chan K'in mij gegeven had, daarvan was ik mij nog, hoewel schemerig, bewust, maar dat bewustzijn remde mijn verlangen tot mijn verwondering in het geheel niet af.

'De Lady is wit en ik ben zwart...' zei hij. 'Het was op de dag Ix, de dag van obsidiaan, dat de zon en de nacht elkaar omhelsden en de jaguar verwekt werd. Daarom heeft de jaguar zwarte ringen op zijn gouden huid...'

Later wist ik niet meer of ik had gewaakt of gedroomd. De nanacatl, de brenger van visioenen, hulde alles in tijdloosheid, het vuurtje rookte en sputterde, Chan K'ins hypnotische stem verleidde mij om hem te volgen. Golven van genot sloegen door mij heen, ik proefde de bittere smaak van rottende tabaksbladeren op mijn tong. Ik was een plantenvrouw met benen als wortels, vastgeklonken aan de aarde. Voor mij stond een heer in colbert gekleed, maar zonder hoofd, de witte boord die zijn hals omsloot was leeg. Zijn hoofd met snor en de ogen enigszins perplex, lag op een vierkant blok met een mes in de schedel gestoken. Iemand met een ronde harige muts op zat van de hersenen van de heer te eten, slobberde die als spaghetti naar binnen...

Een zachte bries reisde door de boomtoppen, het was ochtend, ik deed een poging om op te staan, maar bezat geen enkele controle over mijn ledematen, ik lag te wiegen in een hangmat, iemand had een vracht droge bladeren over mijn naakte lichaam gelegd, ik voelde me als een dier dat zich in de winter onder dor blad terugtrekt om maandenlang te slapen.

Later zag ik Chan K'in onze paleisruïne binnenkomen met zijn pijl en boog en een geschoten agouti. Opeens had ik rammelende honger. Hij lachte naar mij met ondeugende ogen. Ik ging rechtop zitten zodat alle dorre bladeren onder ritselend protest van mijn lichaam vielen en lachte terug. We aten als wolven. Ik had geen spijt van de dag Ix waarop de zon met de nacht had gepaard. Maar ik zou geen jaguarkind van hem ontvangen, geen kind dat onze beide werelden zou verbinden.

Onder de grond

Wat er van Yaxchilán restte lag in de halfschaduw verborgen, hier en daar bekropen door verstrooide mieren. Maar de tempelresten met hun geometrische ornamentering vormden slechts de bovenlaag van het complex. De catacombenstad moest daaronder liggen, zich oneindig vertakkend via tunnels en gangen die langs natuurlijke grotten en holten uiteenwaaierden.

Er bestond slechts één enkele toegang in een groenig uitgeslagen buitenmuur van een tempelruïne. Chan K'in wentelde een steen weg waaronder een opening in de rotsgrond vrijkwam. Ik zag grauwe traptreden oplichten in het daglicht en daaronder in een zwart gat wegzinken. Als de zon schuin boven de piramide stond zouden we hier terugkomen. Chan K'in had een fakkel aangestoken en hield de brandende toorts van cipressehout boven zijn hoofd om als eerste af te dalen.

Onder mij zag ik de treden wegzinken in een volslagen duisternis, een regen van vergruzelde steentjes ritselde naar beneden en begeleidde onze afdaling, maar boven onze hoofden was de piramide koud en stil als een kolossaal kadaver. Achter elkaar als een tweepersoonskaravaantje liepen we door de aderen van dat immense stenen lichaam waarin enkel het gedrup en gesijpel van vochten te horen viel en het geluid van onze eigen voetstappen dat een zwakke galm veroorzaakte en door onzichtbare holten en grotten naar ons werd teruggekaatst. We waren afgedaald in een afgrond, niet alleen in de ruimte, maar ook in de tijd.

Ik bevond me in een andere verdieping van de geschiedenis, ik wilde iets opvangen van dat weggeglipte leven dat zich achter de hermetische muren van dit lichtloze labyrint moest hebben afgespeeld, wij waren op geestenjacht. Er circuleerde een kille ademtocht door het gangenstelsel en soms meende ik een geschuifel te horen achter de binnenmuren of eerder een geluid als van een lichaam dat zich omdraait.

Wij kwamen in een brede gang, breed als een avenue, met muren van tweemaal manshoogte en met kruispunten van waaruit een netwerk van zijgangen zich de duisternis in slingerde. Wij volgden de onzichtbare voetstappen van degenen die ons voor waren gegaan, eeuwen geleden. Misschien was Yaxchilán zelfs in de tijd van de Maya's al een mythische stad geweest die sinds mensenheugenis bestond.

De bodem van de gangen bestond uit gladde hard aangestampte leem en er hingen zonderlinge uitstulpsels van de zoldering, stenen draperieën van een spookachtige maar natuurlijke schoonheid.

Niet alleen doden waren hier bijgezet. Volgens Chan K'in kon in die oude tijd iedere sterveling, van hoge geboorte of niet, ook een eenvoudige boer, die onder ouderdom gebukt ging of door andere oorzaak het leven moe was, vergunning vragen aan de hogepriester om hier te worden binnengelaten. De priester zegende je en gaf je een toorts mee – een zelfde als waarmee wij nu voortliepen – en sloot de opening van de grot weer achter je dicht. De aspirant-dode wandelde dan door de doolhof totdat het licht van zijn fakkel was uitgebrand of tot hij een plek had bereikt waarvan hij instinctief het gevoel had dat zich daar al een voorvader van hem had neergelegd.

Chan K'in liet het licht van zijn flambouw laag over de grond spelen en plotseling werden overal in nissen en uitgespaarde holten skeletten zichtbaar. Van sommige geraamten lieten de botten een vermiljoenrode kleur zien, andere schenen gekrompen als plantevezels waar alle sappen uit verdampt zijn. Met de punt van zijn teen raakte Chan K'in een schedel aan die als een inktzwam een pufwolkje grijs stof losliet. Zo ver het oog reikte zag ik ontvleesde gedaanten, enkele in verteerde sluiers gewikkeld, kindergestalten ook ertussen, opgevouwen alsof ze in prenatale toestand waren teruggelegd in de schoot van de aarde.

'Mijn vader ligt hier,' zei Chan K'in, 'en zijn vader, en diens vader voor hem. Ik zal de laatste zijn. Ik zal een fakkel nemen zoals deze en een plek zoeken waar mijn voorvaderen liggen. Daar wacht ik tot de toorts is uitgebrand. Het zal gebeuren zoals het altijd is gebeurd.'

'Is dit het land van de vleeslozen?' vroeg ik.

Ik zag Chan K'in staan in zijn eigen immense graftombe. Hij stond daar zo stil, dichtbij en toch veraf, ik zou mijn hand willen uitstrekken om hem aan te raken. Wat dreef hem ertoe mij in zijn wereld binnen te brengen? Zocht hij hier naar zijn wortels?

Toen zei hij: 'Mannen en vrouwen van mijn volk zijn hier onder de grond gegaan, samen met hun kinderen, toen de grote witte mannen kwamen van over de zee. Zij wilden niet als slaven leven…'

Ik liep achter hem aan, mijn gevoel voor richting en tijd totaal vervormd.

Er werd een ziedend geluid hoorbaar, in hevigheid toenemend als van water in een ketel dat aan de kook raakt. Dat geluid kende ik. Hetzelfde als toen ik brandend papier in het moordenaarsgat gooide: vleermuizen. Opgeschrikt door de gloed van de flakkerende vlam stortten zij zich uit kloven en spleten in de gewelven en zwenkten onder panisch gekrijs om ons heen. Ik zag hun schaduwen tegen zoldering en muren geprojecteerd, monsterachtig uitgedijd. Ze huisden samen met de doden. Ik sloeg mijn armen beschermend rond mijn hoofd.

Chan K'in was me ver vooruitgelopen en de gedachte flitste door me heen: wil hij me hier misschien achterlaten?

Ik voelde de tonnen massieve rots op mijn hoofd drukken. Achter mij verstomde het zieden van de vleermuizen, de steenmassa hulde zich opnieuw in zwijgen.

Afdrukken van handen, als fossiele vingerplanten in het gesteente van de tunnelwanden, begeleidden mij, wuifden een laatste vaarwel. Waren dit de handen van hen die hier binnen waren gegaan om nooit meer het daglicht te zien?

Ik meende dat ik hallucineerde toen ik twee menselijke gestalten langs de muren van de gang zag zitten alsof ze toeschouwers waren langs de route van een processie.

Aan de linkerkant een man die een hoge muts droeg en schakelarmbanden rond zijn polsen, zijn neusbeen was doorboord met een ring. Wijdbeens zittend staarde hij somber voor zich uit. Tegenover hem een vrouw met een zelfde soort schakelbanden rond de polsen en met een dikke liane in een dubbele knoop rond haar hals. Wie stelden deze gestalten voor? Offers voor het bloedaltaar? Beulen? Veroordeelden die hier hun laatste levensuren moesten slijten?

'Dit zijn Ixtab, de godin van de Strop,' zei Chan K'in, 'en haar echtgenoot Hunhau, de god van de As...'

Hij plantte zijn flambouw in een van de wierookvaten die voor de stenen beelden van Ixtab en Hunhau stonden, scharrelde in de schaduw rond en dook plotseling voor me op met een stuk bot – een ellepijp zo te zien – in zijn hand. Hij doopte het bot in het wierookvat met as, bewoog toen het uiteinde van het bot omhoog naar mijn gezicht en bestreek mijn lippen. Hij maakte een ring van as rond mijn mond.

'Hunhau heeft je lippen gesloten,' zei hij. 'Je tong zal nooit melden wat je in zijn rijk van as hebt gezien.'

Ik moet hem wel volgen als hij verder loopt.

'Ik ken deze doolhof,' zegt hij, 'in elk geval dit deel dat onder het tempelcomplex ligt.'

Spelonken, vreemde watervallen van geglazuurde steen die gestold aan de rotswanden ontspringen, ademen kou uit. Menselijke gestalten weer: een vrouw met twee aaneengegroeide hoofden die aan één enkele hals ontspringen en met een derde oog daar waar de twee schedels samenkomen.

En dan staat plotseling tegenover me, in zijn eigen nis, degene met wie Chan K'in een speciale relatie heeft: de eeuwig half levende-half dode. De linker gezichtshelft met vlezige lippen, de rechter helft met skelettanden, een doodsgebit; links met oogbol en ooglid, een kijkend oog – rechts oogloos, een gat waarin mijn blik wordt weggezogen.

'Altijd is hij bij ons,' zegt Chan K'in, 'in onze legenden, in ons dagelijks leven.'

Hij laat het licht van de al lager brandende toorts over het beeld heen en weer bewegen, uit het skelet bloeien de vlezige lippen voort, het skelet wordt weer met huid bedekt... (Al die beelden, denk ik, als zaden onder de grond, die ieder ogenblik opnieuw kunnen ontkiemen en hun uitspruitsels naar boven zenden...)

'Zie je dat hij lacht?' zegt Chan K'in.

4

Het bad

'Als ik dood ben moet jij zorgen dat ik oorringen draag in mijn kist,' zegt Gertrudis, 'beloof me dat…'

'Zover is het nog niet,' antwoordt Bety.

'De klok tikt door, morgen is er alweer een jaar ten einde, ik ben de tel kwijt,' zegt de oude vrouw, kijkend naar haar handen in het badwater. 'Mijn handen trekken krom. Je doet me pijn… trek niet zo hard aan mijn haar.'

'Er zitten klitten in, het is vet. Oude vrouwen moeten goed gewassen worden, anders gaan ze stinken.'

'Dan stink ik maar. Als ik straks in mijn kist lig stink ik ook.'

'Je wilt toch mooi zijn? Morgen is het oudjaar. Er zullen zeker gasten komen.'

'Zeg maar dat ik ziek ben, overwerkt…'

'Ik zorg wel dat ik goede thee en wijn in huis heb en zoete en hartige gebakjes. Welke jurk wil je morgen dragen?'

'Ik kleed me niet aan, ik heb geen zin om me in allerlei kleren te hijsen, ze schuren langs mijn huid en ze zijn warm en kriebelig.'

'Dan trek je een luchtige jurk aan.'

'Als ik luchtige jurken draag heb ik het koud.'

Bety masseert de schouders van de vrouw in het bad.

'Ik herinner me nog dat ik je voor de eerste keer zag. Zo'n witte huid, dacht ik, dat is een huid voor in bed, niet om overdag in rond te wandelen.'

Vanuit de badkuip bekijkt Trudi zich vluchtig in de spiegel die tegen de binnenkant van de kastdeur is bevestigd, maar omdat zij haar bril niet op heeft ziet zij zichzelf onscherp gereflecteerd.

'Toen ik jong was,' zegt ze, 'heb ik een bad in het schijnsel van de maan genomen, ik had horen vertellen dat het licht van de volle maan bevorderlijk zou zijn voor de liefde.'

'Heeft de maan je geholpen?' Bety lacht.

Trudi maakt een korzelige beweging met haar hand.

'Thee,' beveelt ze. 'Thee met rum.' En ze denkt: thee, rum, tijdloosheid, van alles bevrijd, ook van mezelf.

'Zit je goed, Trudi?'

'Ik zit goed. Ik kan nog ademhalen. Ik ben niet onsterfelijk, maar ik kan nog ademhalen.' In het bad zittend schenkt ze de rum waarom ze gevraagd heeft in het kopje thee dat Bety voor haar vasthoudt.

'Jij bent de enige met wie ik nog een gesprek kan voeren,' zegt ze. 'Je verveelt me niet. En tegenover jou hoef ik me niet te schamen.'

'Nee, geschaamd heb je je nooit tegenover mij,' zegt Bety. 'Hoewel je me vaak genoeg lelijk behandeld hebt.'

De Lady blijft overeind zitten en vertrekt geen spier. 'Ben ik niet goed voor je geweest? Maak er alsjeblieft geen halszaak van.'

'Ach, je bent goed voor me geweest, maar je schold me vaak de huid vol. Je hebt me bij mijn vader weggehaald, maar dat zal ik je nooit verwijten. Ik was net twaalf geworden toen je voor het eerst bij ons thuis kwam. Je gaf me een kokosnoot en Pancho vond mijn ogen zo mooi onder mijn korte ponyhaar…'

'Jij wilde niet naar school, je wilde kleren maken, maar dat lukte niet erg.'

'En jij vroeg of ik bij jou en Pancho Frans wou komen wonen. Mijn vader wilde daar niks van horen, maar ik liep gewoon van huis weg. Hij kwam woedend naar Na Bolom om me terug te halen. Thuis moest ik altijd op de baby's van zijn nieuwe vrouw passen, ik wilde liever bij jullie wonen. Jij kreeg van hem gedaan dat ik om te beginnen een week mocht blijven. Ik herinner me dat we naar de stad gingen en rijglaarsjes kochten en een massa nieuwe kleren…'

Trudi: 'De volgende ochtend zette ik de koffergrammofoon aan en jij danste in het rond en trok alle nieuwe kleren aan.'

Bety: 'Ik danste op muziek die uit een houten doos kwam. Vreemde muziek die je niet kon zien, maar alleen horen. Ik had nooit kunnen dromen dat er zulke mooie muziek uit een houten doos kon komen… Ik dwaalde door Na Bolom, door de lange vertrekken met varens die tot aan het plafond reikten, over vloeren in de kleur van de zonsondergang.'

Zij zingt:

> *Una paloma cantando pasa*
> *Upa mi negro que el sol abrasa*
> *Ya nadie duerme ni hasta en su casa*
> *Ni el crocodilo ni la yaguasa*

'Een duif die in het voorbijgaan zingt,' zegt Trudi. 'Zet liever een plaat van Schubert op.'

Opnieuw kijkt ze over de rand van de badkuip naar zichzelf in het beslagen glas van de spiegel. Waterdruppels doorsnijden haar weerkaatsing, kleine rivieren trekken verticale rimpels door haar evenbeeld in de deur van de spiegelkast.

Bety: 'Het allermooist vond ik je bijouteriedoosje… dat

glazen kistje waarvan ik dacht dat het een klein aquarium was, de glinstering van je ringen zag ik aan voor visjes.'

'Weet je nog hoe we bomen en bloemen plantten in de patio?' vraagt Trudi. 'Niets groeide er. Met een stokje prikte ik gaten in de grond en jij liep achter mij aan en moest in ieder gat een zaadje laten vallen.'

'Jij had zo'n harde stem… Daar was ik bang voor.'

'In Wimmis liep ik door de bossen en velden om naar de wilde bloemen te kijken. Als kind beeldde ik mij in dat zij menselijke gezichten hadden en verzon er romantische verhalen bij.'

Bety: 'Als ik iets verkeerd deed, riep jij Scheisse, heel hard, in die rare taal van jou, en ook iets met Donner…'

'Herrgottsdonner,' corrigeert Trudi.

'En je zei dat ik zand in mijn hoofd had. Of zand in mijn benen.'

'Slappe benen had je. Dat merkte ik pas goed toen ik je leerde paardrijden.'

'Je wreef mijn benen in met een smeerseltje van levertraan om ze sterker te maken. Bah, ik walgde van die lucht… Om zes uur kwam je voor mijn bed staan en dan zei je: "De paarden staan gezadeld…"' Bety rechtte haar rug: '"Zo rij je paard," zei jij, "de teugels hou je vast in één hand en de andere hou je in je zij."'

'Een begenadigd talent was je niet.' Trudi steekt een sigaret op met een gouden mondstuk en zegt: 'Zet een andere plaat op. Nee, niet Schubert. Die cantate van Bach: *Ich freue mich auf meinen Tod*… Morgen is het oudjaar. Ik mag hopen dat het de laatste keer is. Ik verschrompel net als die lelijke plant die el Presidente mij gestuurd heeft. Ik zal vragen of hij de volgende keer bloemen wil sturen, die kan ik tenminste na drie dagen weggooien.'

Stilte. De Lady rookt en staart door de rook heen naar de foto's op haar kaptafel, door de bewegende blauwe nevel lijken die zelf ook te bewegen: een Lacandón-kind komt aangerend in zijn fladderende witte tuniek met een vliegtuigje van papier in de hand. Vliegtuig: symbool van de nieuwe wereld. De droom van verweg reizen. Dat was de kleine Mateo die over de airstrip in Najá rende om haar te verwelkomen. Daarnaast Chan K'in die een ceremoniële dans hield rond een tabaksplant. Foto van Pek de Eerste, een imposante Afghaan, haar lieveling, en een vergeeld fotootje van Frans en haarzelf, hand in hand op de patio, met op de achterkant in het handschrift van Frans: 'Did you ever regret? Not me…'

'We waren een gelukkige familie toen K'in en Kayum bij ons woonden,' overpeinst ze hardop.

'K'in is dood. Je had hem beter in de jungle kunnen laten…'

Bety drinkt van haar thee en laat haar oog op de oude vrouw rusten die daar bewegingloos in het water zit en op genade of ongenade aan haar is overgeleverd, zij wil haar tong bedwingen, maar een giftig slangetje glijdt door haar hart met de lust tot bijten en bloed proeven.

'Herinner je je niet hoe vaak dat tweetal dronken thuiskwam? Jongens op school gaven ze stiekem pulque te drinken en staken de gek met ze als ze Maya lalden en nonsens uitkraamden. Ze scholden ze voor alles wat lelijk was omdat ze niet gedoopt waren en niet naar de kerk gingen. Jij maakte je kwaad daarover. Vaak kwamen ze met bebloede koppen thuis omdat ze gevochten hadden, vooral K'in.'

'Daar weet ik niets meer van,' zegt de oude vrouw.

Huichelt ze? vraagt Bety zich af. Of heeft haar verkalkte.

brein de akelige herinneringen uitgewist om enkel de plezie-
rige te bewaren?

'Nee, misschien heb je dat nooit geweten. Jij ging voortdurend naar de Selva, je had geen rust... Altijd was het
Chan K'in waar je naar toe trok.'

Trudi heeft het gevoel of er een lauwe spons op haar hersens drukt, iets tussen schedeldak en hersenschors in, haar
slaappillen beginnen te werken en ze is niet meer in staat tot
helder denken.

'Ik moest naar de Selva gaan om te vechten. Mijn hele leven ben ik een vechter geweest...' een zin die ze tot in het
oneindige heeft afgedraaid als een oude grammofoonplaat.
Tegelijkertijd dringt de Duitse stem van de cantate tot haar
door: *Ach Herr! Was ist ein Menschenkind, dass du sein
Heil so schmerzlich suchest? Ein Wurm den du ver-
fluchest...*

'Niets heb je geweten van wat zich hier afspeelde,' gaat Bety's stem voort. 'Als jij 's avonds in de cueva zat te werken,
klom ik het raam uit om te gaan dansen in Las Casas. Ik
maakte van kleren een pop in bed zodat jij zou denken dat
ik het was die daar onder de dekens lag. O, ik heb je vaak be-
drogen. Jij dacht dat je slim was, dat je alles beter wist, jij
wilde alles regelen in mijn leven, jij eigende je alles toe, mensen en dingen, jij was een wijfjesspin. Frans heb je ook verslonden... Frans was zacht van aard. Die sloot zich op in de
bibliotheek als jij stormde en tierde. Dan zat hij in zijn eentje kaarten te tekenen van het junglegebied waar jullie door
waren getrokken.'

'Vechten is zinloos,' vervolgt Trudi haar eigen gedachten-
loop. 'Vijfentachtig jaar heb ik erover gedaan om daar achter
te komen.'

Bety: 'Jij hield meer van de Selva, van de Indianen, van de bomen... Frans kwam op de laatste plaats.'

Even valt het bewustzijn van de oude vrouw uit. Het beeld van Frans doemt op en smelt weer weg. Een askegel valt tussen haar vingers vandaan naast haar opgetrokken knieën in het water, en Bety pakt de goudgetipte peuk van haar over. De oude vrouw schrikt op uit een droomflits: 'Verwachtte jij een kind?' vraagt zij onverhoeds, 'van Frans?'

Bety barst in lachen uit: 'Nu verraad je jezelf. Vermoedde je iets van Frans en mij? Je hebt je ogen ervoor gesloten... Je kon niet anders. Op dit ene punt was ik sterker dan jij: ik was jong en mooi. Op mijn vijftiende verjaardag nam hij mij mee in zijn junglevliegtuigje – dat was zijn verjaarscadeau aan mij. Ik klemde me vast aan mijn stoel en dacht: als ik die stoel maar goed vasthoud kan er niets gebeuren... Toen ik eindelijk opkeek zag ik dat wij hoog boven de grond zweefden. Frans vloog rondjes boven Botchil, mijn geboortedorp, ik hing scheef en dacht: hier ga ik nu sterven. Hij had ogen zo blauw als de hemel en ik zat naast hem en was zo bang en zo verliefd dat ik mijn eerste orgasme kreeg op het moment dat het vliegtuig in een luchtzak belandde, ik schreeuwde van angst en verrukking. Als we toen doodgevallen waren had ik een mooie dood gehad.'

Trudi houdt de handen voor haar oren: 'Ik hoor je niet. Niets heb ik gehoord.'

'Zal ik voor je zingen?'

Trudi: 'Verwachtte je een kind van Frans?'

De Duitse tekst van de cantate brandt door haar hersens. Opgeborgen Duitse woorden van lang geleden breken uit hun cellen naar buiten en verwarren haar.

Bety: 'Frans ligt in de heuvels onder zijn jaguarsteen. Hoeveel jaar al niet? Vorige maand heb jij bloemen gebracht voor zijn sterfdag, herinner je je? Gladiolen.'

Trudi strijkt met haar hand over de binnenkant van de badkuip, voorzichtig tastend over de bijna onzichtbare barstjes in het gebloemde ceramiek. 'Mos,' zegt ze, 'ik moet de steen schoonkrabben. BLOM is niet goed leesbaar… Korstmos…'

Bezoek aan de zolder

Die nacht lag Na Bolom onder een deken van onweersachtige warmte. Omdat zij niet in slaap kon komen opende zij de porte-brisée naar haar terras van roze tegels. Ze rook Mexico. De geur van houtvuurtjes, aroma van zoete vruchten die te rijpen hingen rond haar huis, van nachtbloemen die hun geuren loslieten in het nachtelijk donker, alles gekruid met de bitterheid van de laurier en een spoortje sulfer in de aanwaaiende wind. Zij ging in een rotan stoel zitten, nam de pijp van Frans uit de zak van haar peignoir en beet op de steel om de smaak van het doorrookte hout op haar tong te proeven. In het schijnsel dat uit haar kamer over het terras viel zag zij haar sierpotten staan vol margrieten en Spaanse anjers. De ceramische potten waren versierd met bologige kikkerkoppen en geglazuurde kikkerhandjes – Mexicanen hadden dat wonderlijke vermogen om gebruiksvoorwerpen tot iets levends te transformeren.

Zij voelde zich eenzaam, eenzamer dan in al die jaren. De uren sleepten zich voort, de minuten leken langgerekt als draden stroop. Die lange nachten onderbroken door eindeloze dagen, het eeuwig open- en dichtdoen van haar ogen, waar diende dat alles toe? Soms scheen de realiteit bizarre vormen aan te nemen die zich nauwelijks onderscheidden van dromen. Gezichten die zij gisteren nog gezien had losten op in damp, terwijl haar doden: Frans, vader Otto, Kurt en K'in, haar helder voor de geest verschenen en levensechter aandeden dan de mensen uit haar dagelijkse omgeving. Gebeurtenissen en namen van bekenden vielen de een na de ander weg alsof zij een oud huis was waar de verf stukje bij beetje van afbladderde, afvalmateriaal van elke dag door de tijd weggeworpen. Enkel het karkas bleef overeind staan.

Wanneer zij terugkeek naar Europa, naar zichzelf in haar jeugd, besefte zij hoe haar karakter veranderd was, het leek of haar emotionele en spirituele zelf in het vuur van een oven was geworpen om te worden omgesmolten tot een nieuwe persoon. Wie zal ik uiteindelijk worden? Quién sabe... Het proces was nog altijd niet voltooid. Hoe langduriger het proces hoe harder zij werd, alle versiering, alle zachtheid werden van haar afgebrand om alleen de essentie achter te laten: een onverzettelijke zelfs rancuneuze vrouw, een en al wil en woede om vooral niet af te wijken van haar doelstelling, blind voor alles om haar heen als een paard met oogkleppen voor, behalve voor dat ene: de bomen redden, de aarde redden, desnoods enkel het stukje aarde dat zij kende en liefhad: het Regenwoud. Maar het vuur in de oven brandde voort en uiteindelijk werd ook haar liefde voor de Selva aangetast omdat die vermengd werd met bitterheid. In haar onredelijkheid voelde zij de vernietiging van het regenwoud als een verraad, zelfs als verraad van de jungle zelf omdat die zich willoos had laten vernietigen.

Alleen als zij Pek de Zesde zag werd haar hart week door de onschuld van het beestje met zijn parmantige oortjes die zich tegelijk onnozel en schelms omkrulden. Zij hoorde hoe hij zich omdraaide op het voeteneinde van haar bed en gesmoorde blafjes uitstootte terwijl hij in zijn droom achter een gigantisch en verrukkelijk konijn aan zat. Bety had haar vaak gekapitteld omdat zij die 'vieze' hond mee naar bed

140

nam, maar dan vertelde zij haar dat de Azteken hun kleine itzcuintli altijd als voetenwarmer gebruikten of op hun buik legden om hun koliekpijnen te verzachten. Dat Pek in zijn babydagen wel eens op haar bed plaste of braakte, een knies-oor die daar aanstoot aan nam. 'Gun je mij niet een laatste pleziertje?' vroeg ze Bety. Waarop deze Pek liet liggen waar hij lag en 's ochtends zijn ongelukjes wegruimde.

Maar vannacht wilde zij zich overgeven aan de apathie binnen in de ruïne die zij geworden was. Zij beet op de steel van Frans z'n pijp en vroeg zich af hoe haar antwoord zou luiden als hij haar nu zou vragen of zij er ooit spijt van had gehad…?

Bij ogenblikken zag zij de laurier en de oleanders oplich-ten in de blauwe gloed van de bliksem, die als een geluidloze vonk in haar patio viel. Er was een ver verwijderd gegrom van donder hoorbaar, in de bergen rondom zwierven diver-se stormen rond als hongerige jaguars.

Als kind was ik doodsbang voor onweer. De rotswanden rondom het keteldal van Wimmis weerkaatsten de donder-slagen met oorverdovend kabaal, bliksem en donder zaten als woeste dieren daartussen gevangen. Ik verstopte mij on-der mijn bed, samen met de kat, hoewel ik die niet tot troost in mijn armen kon nemen omdat ze mij in haar paniek ver-woed krabde. Op een dag zei mijn vader bij het middag-maal: 'Trudi wil overal de baas over spelen, maar donder en bliksem laten dat niet met zich doen en daarom is zij er zo doodsbenauwd voor…' Onderdrukt gesmiespel en plagerige blikken van Hansi en Johanna vlogen over de tafel heen en weer, en ik zat daar met neergeslagen ogen, versteend door de vernedering. Toch vlamde meteen het idee in me op dat ik die twee op een dag van het tegendeel zou overtuigen. Merkwaardig genoeg werden door mijn vaders woorden donder en bliksem tot natuurlijke verschijnselen teruggebracht, krachten die ik dan wel niet kon domineren, maar waartegen ik me niettemin kon wapenen.

Een kind in een gesteven nachtpon met twee stijve vlechten op de rug, zo zat ik op de drempel van de achterdeur van de pastorie om mijzelf te testen, mezelf te harden zoals die Spartaanse vrouw van de Romein Scaevola die haar hand in het vuur hield om haar geliefde te redden. Ik dwong mijzelf mijn ogen open te sperren om de confrontatie aan te gaan met die zweep van blauw licht die de bergen geselde en de lucht openscheurde terwijl daaronder de bomen zich als geestverschijningen wanhopig kromden. Ik trok de handen van mijn oren om het infernale lawaai op mijn trommelvliezen te ontvangen. Geen syllabe van al die temerige gebeden tot de goede God of Heilige Maagd kwam over mijn lippen, ik verwachtte ieder moment door dat heidense tweesnijdende zwaard getroffen te worden, in mijn witte nachtpon een duidelijk zichtbaar doelwit… Maar iedere keer dat ik mezelf in levenden lijve op de drempel terugvond had ik een overwinning geboekt op mijzelf en dat beest: de Angst.

De bliksem is het die mij gesmeed heeft en daarom ben ik zo hard geworden. Maar misschien is er ook nog iets anders, misschien ben ik verslaafd geraakt aan de opwinding van de krachtmeting, het intense gevoel van triomf, puur om het feit dat je in leven bent, en heb ik daarom altijd het gevaar gezocht. Grijze bladzijden zijn er in mijn leven niet veel geweest.

En nu een oceaan en een mensenleven van elkaar verwijderd opnieuw donder en bliksem, oud machtsvertoon van afgeleefde goden aan wie niemand meer gelooft. Wij hebben iets verwants, jullie en ik, en daarom verwelkom ik jullie in mijn tuin…

Trudi stopte de pijp van Frans met kruidige tabak en begon genietend te roken. De eerste regendruppels, groot als kersen, vielen uit de lucht.

Zij droomde dat er een papegaai op haar schouder zat die iets in haar oor murmelde, het kon ook zijn dat zij zelf die papegaai was. Het papegaaiegeluid werd snerpend, veranderde in geluid van sirenes. Zoveel sirenes… het hield maar niet op, de bossen staan in lichterlaaie… welke idioten hebben dat gedaan? Ik kan ook geen oog dichtdoen of ze steken de brand erin. Zij hoorde hysterisch gegil. Met gillen heeft nog niemand de wereld gered, dacht ze, helikopters moeten er komen. Wild sloeg zij met haar armen om zich heen, schrok wakker door een krakende donderslag. In de blauwe flikkerstraal bewogen de margrieten als een mensenmenigte in paniek en opeens zag zij halverwege de laurierboom een tlacuache zitten die naar haar keek met zijn spitse everzwijnegezichtje, met zijn klauwachtige handjes rond een tak geklemd. Door een paar ogen aangestaard te worden vanuit de turbulente duisternis, alsof zij bespioneerd werd, maakte haar kwaad en angstig. 'Weg jij,' riep ze.

Ze scharrelde omhoog uit haar stoel, tastte naar de balustrade van de trap om de treden naar de patio af te dalen. Hier hing nog warmte, de planten leken te zweten tussen de muren. Zij zocht zich een weg langs de pilaren van de gaanderijen, nergens brandde licht, geen besef van tijd had ze. Ze wilde de salon binnengaan, maar de deur was vergrendeld, zij rammelde er driftig aan – buitengesloten was zij in haar

eigen huis – daarbinnen hoorde zij de nachtliederen die de
tlacuaches ten beste gaven terwijl zij over de toetsen van de
piano renden, een of andere stommeling had de klep open
laten staan. Ook kantoortje, eetzaal, alles zat op slot. Zij had
evenwel nog een eigen sleutel verborgen onder een bloem-
pot – alsof ze ooit voor één gat te vangen was geweest… In
de eetzaal lekte er regenwater op de tafel, in het obscure licht
zag zij de jaguar als een gehangene aan zijn touwen bunge-
len. Vanwege het onweer was de elektriciteit uitgevallen,
maar op een dergelijke bezoeking was Na Bolom altijd voor-
bereid, overal stonden kandelabers onder handbereik. Met
de kaars in de hand stommelde zij de cueva binnen en de
vertrouwde aanblik van de kasten en boeken kalmeerde haar
enigermate.

Zij zette zich in de stoel die Frans in het begin van hun
huwelijk voor haar gemaakt had als speels symbool van hun
verbondenheid. In de rugleuning, aan weerszijden van een
adelaar met uitgespreide vleugels, had hij de wapens van
hun beider landen: Denemarken en Zwitserland, uitgesneden en daarboven werden twee handen zichtbaar waarvan
de vingertoppen elkaar aanraakten. Nu haar gestalte gekrompen was zat zij erin als een kind. Maar wanneer zij gasten ontving en haar rug rechtte en haar handen op de massieve leeuwgeklauwde armleuningen liet rusten, verleende
de stoel haar nog altijd een vorstelijk aanzien. Zij luisterde
naar het bevrijdend ruisen van regen in de patio, een ver-
zoeningsmelodie van de uitgewoede natuurkrachten.

Opeens bedacht zij dat er nog een fles tequila in de stoel-
zitting verborgen moest zitten. Zij trok het geheime laatje
open en haalde de fles eruit. Hoe dikwijls had zij zich niet
suf gepiekerd over de vraag hoe Frans toch altijd weer aan

drank kwam ondanks het strenge gebod dat zij had uitge-
vaardigd – zijn zwakheid kennende – dat er geen druppel
over Na Boloms drempel mocht komen. Zonder aflaten had
zij als een afgerichte politiehond alle mogelijke schuilhoe-
ken, kasten en kastjes en laden doorsnuffeld om dan weer
doña Mári, América en Bety aan een kruisverhoor te onderwerpen tot zij haar alle drie in tranen bezwoeren onschuldig
te zijn aan enige medeplichtigheid. Pas jaren na zijn dood,
toen de stoel tegen houtworm behandeld moest worden,
kwam de vernuftig gecamoufleerde bergplaats in de zitting
aan het licht.

Zij schroefde de dop van de fles en zette die aan haar lippen. Als een slangetje van vuur gleed de tequila door haar
slokdarm. Er was nu niemand meer die zij tegen zelfde-
structie moest beschermen. Dat was een gevecht geweest dat
zij had verloren. *Jij dronk vergetelheid, Frans, jij sloot je
wanhoop in je binnenste weg als een oester. Hoe vaak was jij
niet ladderzat, perfectamente borracho…?* Ondanks zichzelf
moest zij erom lachen dat hij haar te slim af was geweest.

Geleidelijk verhitte de tequila het merg in haar ruggegraat
– vanwege deze weldadige gewaarwording was zij Frans beter gaan begrijpen – en van daaruit voelde zij hoe er een
gloeiende boom in haar lichaam begon te groeien die overal
tot in de uiteinden van haar zenuwen vurige bloesems deed
ontspringen.

Aan de kapstok hing nog altijd Frans' hoed. De hoed die al
die jaren op zijn hoofd had gezeten, immer dezelfde trouwe
Stetson, zonnescherm en paraplu ineen, behoeder van de
schedel waarin zijn onvoorspelbare gedachten rondwaarden
– die had ze daar laten hangen als een eerbetoon aan de reiziger door ruimte en tijd. En daaronder stonden zijn enor-

me schoenen, alsof zijn geest hier nog voet aan de grond had, canvas rijgschoenen met veel oogjes. Zijn zweet had het canvas soepel gemaakt zodat dit de vorm van zijn verdwenen voeten had aangenomen, het rode stof van Chiapas had zich voor eeuwig in de naden genesteld.

Trudi schopte haar sloffen uit en trok de schoenen van Frans aan, de zevenmijlslaarzen die langs zijn geliefde, zijn ontelbare doolwegen waren gegaan, zij liet haar tenen spelen in de holten die zijn voeten hadden achtergelaten en neuriede het liedje uit de *Canterbury Tales*, dat zij dikwijls samen gezongen hadden:

> *Now let us ride*
> *and listen to what I say*
> *and at these words*
> *we started on our way*
> *and in a cheerful style*
> *he then began*
> *at once to tell his tale…*

My tale, my tale… wie zal het ooit nog horen? Haar lippen zochten opnieuw de hals van de fles, een hik schokte in haar op en zij moest lachen omdat zij die verboden slok nam in samenzwering met Frans, buiten medeweten van haar dubbel: de Gertrude die al zoveel jaren in Na Bolom de scepter zwaaide.

Mijn voeten zijn nu de jouwe, zei ze. Ik heb de hoed en ik heb de voeten, alleen jij bent ertussenuit geknepen. In een opwelling veroorzaakt door de gloeiing van de tequila in haar ingewand drukte zij de hoed tegen haar onderbuik, haar oude liefdesplek, in de illusie dat passie nog mogelijk zou zijn, maar nee, dat werkte niet meer, die blinde slang, de lust, lag te lang al dood in haar buik, die verroerde geen vin... Haar buik was dood. Enkel gasbelletjes, winden, allerhand ongerief, die produceerde hij nog.

In de schoenen van Frans liep ze weg uit de cueva, de flakkerende kaars in de hand. In de cocina hoorde zij muizen rennen, een van de keukenmeiden had zeker etensresten op het aanrecht laten staan, regenwater kwam onder de deur door, maar de ongerechtigheden die gewoonlijk haar woede of onrust opwekten deerden haar nu niet omdat de tequila een zacht gonzend spinsel was begonnen te weven tussen haar en de wereld die haar omringde.

Naderhand zou zij niet kunnen navertellen hoe zij op de zolder was geraakt, maar opeens was zij daar, in dat domein dat zij jarenlang niet meer bezocht had en waar al hun expeditiespullen lagen opgeslagen. Zij moest niezen van het stof en de schimmelachtige lucht die er hing, ongetwijfeld lekte het dak ook hier. In het flakkerende licht openbaarde zich een houten stad van opeengestapelde kisten en kistjes, ook lijkend op het inwendige van een bijenkorf met dichtgemetselde cellen waarin larven waren opgeborgen. Wat zou daaruit te voorschijn komen als ze die zou openbreken? Verwonderd schuifelde zij langs het wormstekig hout, herkende de cederhouten kisten die haar muildieren en pakpaarden op hun rug gedragen hadden; haar kisten blauw geschilderd, die van Frans rood, felle kleuren om ze gemakkelijker te kunnen terugvinden wanneer de lastdieren ze verloren of tegen de bomen afgeschuurd hadden. Op de grond neergezet hadden zij als stoelen en tafels gediend. Met haar vlakke hand gaf zij een klopje tegen het hout: onverwoestbare kisten, dierbare makkers... Als slapende vleermuizen hingen hun oude samengevouwen hangmatten van de zoldering, ooit ontworpen voor het Amerikaanse leger in de tweede wereldoorlog, maar afgekeurd vanwege het feit dat de militairen er bij onraad niet snel genoeg uit weg konden komen.

Was dat niet de hangmat waarin zij en Frans in een noodweer in elkaars armen hadden gelegen? Hij rillend van de malaria? Regen en koorts hebben ons leven aaneengesmeed... nog rook ze de geur van zijn zieke zweet toen ze daar in het zwarte oerwoud lagen waarin zelfs de cicaden het hadden moeten afleggen tegen de regens die tot in lengte van dagen schenen te zullen voortduren.

Tussen de kisten bulkten zonderlinge vormen zoals een rubber bad dat eruitzag alsof een Romeins keizer zich daaglijks in de jungle placht te baden, maar dat nooit ergens toe gediend had omdat er overal rivieren en meren waren waarin je een bad kon nemen. Deze rariteit dateerde uit 1932 toen Frans was ingehuurd als voorman bij een expeditie van oliegeologen. Daarnaast leunde een opvouwbare doka die al even ondeugdelijk was gebleken omdat er in de jungle geen elektriciteit kon worden opgewekt. Frans had er zijn specialiteit van gemaakt om gaandeweg al die zinloze ballast te verliezen of te vergeten (hetgeen hem menige reprimande had opgeleverd) tot uiteindelijk alleen het meest noodzakelijke was overgebleven.

Overigens was de elektriciteit in Na Bolom weer tot leven gekomen zodat zij nu licht kon ontsteken en de door muizen beschreten waslijsten kon lezen die zij en Frans hadden samengesteld van dingen die op expeditie moesten worden meegenomen: bloem, suiker, bonen, koffie, rijst, spek, en jawel, handzame vaatjes aguardiente, bliksemrum zoals zij die noemden... Je moest geen rijbroeken dragen maar wijde broeken waarin je ook kon lopen en hoge laarzen tegen doorns en slangebeten, linnen shirts die zweet absorbeerden, sweaters omdat de wind uit het noorden de nachten kil kon maken. En altijd was er wel een plekje om een lippenstift in te stoppen, dat was goed voor haar moraal, en kijk, hier lag die ouwe Amerikaanse vlag van Frans' expeditie in '35 naar San Quintín, een Lacandón-vrouw had het hem lastig gemaakt omdat zij die pañuelo, die 'zakdoek' per se wilde hebben... Lachend en tegelijk door ondraaglijk heimwee geplaagd zonk ze neer op een kist. De drensregen op het dak herinnerde haar aan het gedrum van regen op hun tentdak, ze rook de geur van leer en andere prikkelende geuren die vroeger het naderend vertrek hadden aangekondigd. 'Het mooiste geluid ter wereld is het geklingel van de bel van het muildier dat aan kop van de stoet gaat,' zei Frans altijd.

Rusteloos stond zij weer op, maakte een medicijnkistje open waarin als vreemdsoortige insekten immense injectiespuiten lagen, de naalden half geroest, het glas wit beslagen, sommige met een restantje serum tegen slangebeten of steken van schorpioenen er nog in, zakjes daarnaast met uitgewerkte, nat geworden, weer opgedroogde en verkrummelde poeiers tegen malaria en andere tropische ziekten – van een laatste expeditie, een eeuwig laatste nooit beëindigde expeditie.

De zolders van het Na Bolom-complex liepen verbonden door trapjes en deuren in elkaar over. In een ruimte vol houtknaagsel en bruin geworden spinnewebben stonden kisten met archeologische vondsten met etiketten 'Catalogued' beplakt. Ze zaten volgestouwd met beeldjes en fragmenten van beeldjes, gewikkeld in vergeeld krantenpapier. Trudi ontdeed ze van hun papieren omwikkeling en hield ze in de palm van haar hand: oeroude Maya-hoofden, bevederde priesterhoofden, padden met trechters op hun kop die dienst hadden gedaan als urn of zalfpotje, terracotta hondjes met gaten in hun lijf waarop je kon fluiten... Zij strooide de proppen papier achteloos in het rond, terwijl zij de beeldjes uit de kist opdiepte. Hoofden ontbraken, ledematen waren gehalveerd, maar alle figuurtjes spraken een woordloze vitale taal – jaren in kisten, eeuwen in de grond hadden hen niet klein kunnen krijgen. Dit hier was Camazotz, de Vleermuisgod met zijn vampiertanden afhangend tot op zijn borst.

'Wie is Camazotz?' had zij gevraagd, toen zij Bor en K'in in paniek bezig had gezien een vleermuis dood te gooien tegen de muur van de eetkamer waar het dier per abuis verzeild was geraakt.

'Dit beest moet dood,' had Bor gezegd. 'Hij komt van Camazotz. Die heeft enorme tanden en een neus als een mes. Die kan gemakkelijk een man z'n hoofd afsnijden...'

Zij had zich verbaasd over het angstige visioen in zijn zwarte ogen, komend uit een andere wereld, een oerwereld, duizenden jaren verwijderd van de hare. Bor kon de vleermuis niet zien als een schepsel met een eigen leven, een onschuldig ding worstelend om op zijn eigen fladderende manier zijn weg door de nacht te vinden. Dat had zijn volk nooit gekund. Zijn ogen staarden vanuit die oerwereld waarvan de hem omringende vijandige elementen en onverklaarbare verschijningsvormen alleen via overgeleverde mythen begrepen konden worden.

Gedesoriënteerd door het licht en het geschreeuw van Bor

en zijn kinderen had de vleermuis zijn uniek stuurman-
schap verloren en stortte keer op keer ter aarde waar zijn
kwelgeesten hem porden met een stok. Het dier sleepte zich
over de grond met zijn zwarte vleugels achter zich aan als
een kind in de te grote jas van zijn grootvader, de oogjes boven de jaskraag uit. Zij had de vleermuis opgeraapt. Met de
absolute onbeweeglijkheid van een gevangen wild ding lag
hij in haar hand. Het was een hoefijzervleermuis. Ja, die
neusvorm leek op een machete die iemand het hoofd kon
afsnijden. Beurtelings zag zij argwaan, angst en bewondering in de ogen van haar drie Lacandones omdat zij het
durfde opnemen tegen de schrikwekkende Vleermuisgod.
Zij had het dier meegenomen naar haar lelietuin onder de
griffiths en had het daar tegen de schors van een pijnboom
gezet. Vlieg weg, fluisterde zij tegen het dier, hopend dat er
geen vleugel was gekneusd.

En nu lag Camazotz versteend in haar hand, een relikwie
uit een verloren gegane mythische wereld. Zij stopte de
Vleermuisgod in de zak van haar peignoir bij de pijp van
Frans, rommelde verder in de kist, een doos van Pandora
waaruit geesten ontsnapten. Poppetjes van gebakken klei
met de armen wijdgespreid en gezichten die spotziek grijns-
den of zelfs ronduit schaterden. Waren dit niet de kleine lachers uit El Tajin die met de doden werden meebegraven?
Was die lach een poging om over de dood te triomferen? Bij
sommigen liep een mysterieuze zwarte vlek over de mond
tot aan de kin en over een gedeelte van de wang. Kon dit een
verwijzing zijn naar de god van de As: Hunhau, die ooit over
haar eigen mond het teken van stilzwijgen had gemaakt? Of
was dat een droom geweest?

Maandenlang had Frans in de aardlagen van vergetelheid

gegraven, aan de Mexicaanse oostkust rondom de tempels van de Totonaken.

Jouw kleine lachers, jouw clowns hebben je overleefd, Frans. Samen hebben we geen kinderen van vlees en bloed voortgebracht, maar deze kinderen van gebakken klei, van steen heb je bij mij achtergelaten.

Zij trok een grote platte lade open – lade nummero 4 – in de mahoniehouten ladenkast waarin inventarislijsten lagen opgeborgen, brieven, documenten, rekeningen en stafkaarten. Mapas de Chiapas. Ze rolde ze uit: Trade Map of Maya Area, *after Blom*, commerce of Maya, 1934. Een kaart van Zuid-Mexico en Guatemala. Andere stafkaart, een originele tekening van Frans uit 1951. Hij had een passie ontwikkeld voor cartografie. De officiële kaarten die in omloop waren bleken volgens hem volstrekt nutteloos. Ze zien er goed uit, zei hij, ze zouden het uitstekend doen als muurdecoratie en lampekap, maar voor de rest zijn ze niets waard. Er worden begaanbare wegen op aangegeven waar dertig jaar geleden muildiertracks waren, en dorpen waar nu enkele verlaten palmbladen hutten staan.

Jarenlang had hij zich beijverd om de totale regio in kaart te brengen. Hier zag zij het meer Ocotal Chico getekend met het groen van de ocotes ernaast – overigens was daar nu geen enkele ocote meer te vinden – met daaronder het langgerekte Ocotal Grande. Tropisch regenwoud geelgekleurd, dennen- en eikenbos groen. Aan de punt van Ocotal Grande had Frans zijn eigen kampplaatsen aangekruist.

De tweede Viking Fund Expedition ging naar het gebied van de Selva Lacandona. Op deze kaart was de petèn van Chan K'in Viejo te zien, en de petèn van Kayum Ma'ax.

Nauwkeurig waren die gedeelten van de Selva aangegeven die in de regentijd onder water kwamen te staan, zoals de Savana Grande en San Quintín: *inundado durante tiempo de lluvia.* Ook grotten stonden aangemerkt, ruïnes en oude milpa's: *milpa vieja.*

In de kantlijn stond in zijn minutieuze handschrift een aantekening: *50% van de Lacandones stierven tussen '33 en '53 aan griep, mazelen en smerige medicijnen die gewetenloze handelaren aan hen verkochten.*

De ene kaart na de andere vouwde zij open: diverse expedities van haar en van Frans waren in respectievelijk blauwe en rode lijnen aangegeven. Soms liepen die routes parallel, dan weer weken ze uiteen, er waren gedeelten die zij ieder apart waren gegaan – net als hun levens.

Ze vouwde het afschrift van een telegram open.

PEMEX WILL PROBABLY GIVE US SOME OF THEIR WORK-
MEN TO OPEN UP NEW TRAILS FOR US STOP WE MAY
HAVE THE LOAN OF AN AIRPLANE FROM PEMEX FOR
THE DURATION OF OUR EXPEDITION IN WHICH CASE
WE OPEN UP SAN QUINTIN IN EARLY FEBRUARY STOP
PEMEX WILL MAKE AERIAL PHOTOS IN JANUARY,
WHICH WE WILL HAVE AT OUR DISPOSAL STOP

Zij hield het telegram op korte afstand van haar bijziende ogen, de letters leken zich weg te drukken in het papier alsof zij niet ontcijferd wensten te worden, alsof de betekenis van de woorden niet wilde uitkristalliseren. Ze las. En herlas.

Schuilt hierin de kiem van het verraad? dacht ze. Lag in lade nummero 4 het bewijs van iets dat zij jarenlang uit haar gedachten had verbannen? Het verraad had zich ertegen verzet te worden blootgelegd, het had zich, net als de beeld-jes in de kisten schuilgehouden in dit geheime mausoleum. Maar nu begon de reële geschiedenis in haar benevelde brein door te dringen.

Ze vingerde tussen de afschriften van bankrekeningen en de correspondentie tussen hem en de president van Pemex Oil. Wat had zich in die opwindende jaren tussen 1930 en 1955 werkelijk afgespeeld? Lag de betekenis van die geschiedenis nu binnen handbereik? Het drong tot haar door dat hier de bewijsstukken lagen van zijn medeplichtigheid aan de uiteindelijke verwoesting van het Regenwoud. Geschokt vroeg zij zich af of Frans zich van zijn verraad bewust was geweest. Aanvankelijk misschien niet. Alles had hij aangete-kend, als een ijverige notulist had hij de karakteristieke hoe-danigheid van de aarde genoteerd en in kaart gebracht, zo-wel in horizontale als in verticale richting. Wat ontoeganke-lijk was geweest had hij helpen toegankelijk maken voor an-dere dan zuiver wetenschappelijke en archeologische belan-gen. Zonder het te beseffen was hij een verspieder, een voor-trekker geweest, een COLLABORATEUR in de letterlijke bete-kenis van het woord. Gunsten van de oliebaronnen had hij aanvaard in ruil voor het verraad aan de grond van de La-candones.

De goden van de dronkenschap waren die nacht voor de oude vrouw niet zo vriendelijk, want het bleef niet alleen bij dit inzicht. Een tweede besef manifesteerde zich als een blik-seminslag in haar benevelde hersenen. Niet alleen Frans was een handlanger van Pemex Oil geweest, dacht ze. In tweede instantie ook ik. OOK IK...

Zij nam een slok uit haar tequilafles alsof zij de brand in haar binnenste met een tegenbrand kon bestrijden. Stommelend begon ze haar tocht voort te zetten tussen de kisten uit haar verleden, drong ze door in de opslagruimte van haar foto's. Een aantal daarvan hing opgeprikt tegen de muren, het kwam haar voor of het niet haar foto's waren, maar die van iemand anders die lang geleden had geleefd.

Toen stond zij oog in oog met haar camera, haar antieke Rolleighflex die zij bijna een halve eeuw geleden gekregen had van een acteur, een Duitse refugié, die haar verteld had wat er gebeurde wanneer je de lens groter maakte of juist kleiner. Bijna menselijk stond hij daar op zijn driebenige statief, een robot die zich gedurende veertien jaar op de zolder verborgen had weten te houden, een moeilijk te ontcijferen persoonlijkheid, ze wist niet of die haar vijandig gezind was of juist vriendschappelijk. Ze zag zich geconfronteerd met dat zwarte dofglanzend cameraoog als van een vleesetende plant, een zieleneter... Vroeger doubleerden haar ogen het oog van de camera, het apparaat fixeerde het beeld dat zij uitverkoos, het was onderhevig aan haar wil, maar nu keek het naar haar...

Kameraad Rolleighflex, mijn tochtgenoot, mijn tweelingziel... Wie heeft wie meegenomen de jungle in? Was ik jouw slaaf of jij de mijne? Aan elkaar gekoppeld gingen wij het regenwoud binnen, aanvankelijk om de schoonheid te zoeken, het licht te vangen, om zijn bewoners, bomen en bloemen voor altijd vast te leggen en op die manier te bewaren voor later. Maar hoe kwam het dat dit alles veranderde in lelijkheid, in as, in dood? We bleven gaan, jij was mijn geweten, mijn getuige. 'Jij bent constant bezig doden te bezoeken,' zei Frans als ik weer vertrok om een reportage te maken van het kappen en branden. Uiteindelijk ging Frans niet meer mee, hij haakte af

en sloot zich op in zijn bibliotheek. Maar wij gingen op stap,
kameraad Rolleighflex, met een klik van het diafragma be-
trapten wij de bijl, de motorzaag, het vuur… En nu kijk je
naar mij, een zwart gat, als de vuurmond van een wapen, met
één klik van je diafragma kun je mij executeren…

Toch was Trudi niet alleen in gezelschap van haar geesten op
de zolder, want er was nog iemand: hier sliep Kayum, de
ontheemde, met zijn hoofd op de oude rugzak van Frans.
Als een opgerolde hazelmuis zag zij hem opeens liggen tussen de manden, koffers en oude jachtgeweren, met zijn ar-
moetasje naast zich waaruit een schoon shirt te voorschijn
stak en een zak met apenoten waarvan de schillen in het
rond lagen. Tegen de muur leunde zijn zwarte paraplu, zo
een als waarmee lord Chamberlain voor het uitbreken van
de tweede wereldoorlog naar de diverse staatshoofden van
Europa placht te reizen. Hij knipperde met zijn ogen tegen
het licht. Geen van beiden was verbaasd de ander aan te treffen, zij vormden het verlengstuk van beider dromen.

'Waarom lig je niet in een fatsoenlijk bed?' vroeg Trudi
ontstemd. 'Wat lig je hier tussen de rommel als een tlacua-
ache?'

'Ik lig hier goed bij Pancho Frans,' zei Kayum. 'Pancho
dekte mij toe toen ik klein was. Hij zei: "Kom, zoon, ik zal je
toedekken…"'

Hij staarde naar de curieuze verschijning die voor hem
oprees in de kanjers van schoenen van Frans. Hadden zij
hetzelfde gezocht op de zolder? In een verzoenend gebaar
bood Trudi hem haar fles tequila aan en om haar te plezieren nam hij een slokje. Altijd trok Kayum heen en weer tussen de plek waar hij geboren was aan de rivier de Jataté en

Na Bolom, in geen van beide werkelijk thuis. Zij had hem een opleiding laten geven. Hij had verpleger kunnen worden of zelfs dokter.

'Als je groot bent,' had zij gevraagd toen hij nog een kind was, 'wat wil je dan worden?'

Bloedserieus had hij geantwoord: 'Ik wil dokter worden. Ik wil mensen beter maken die gebeten zijn door een krokodil of een slang. Die wil ik medicijn geven.'

'Dat is een goed plan,' had zij gezegd, 'maar het is moeilijk, het zal lang duren en je moet veel leren.'

Hij had zijn handen bezwerend naar haar opgeheven: 'Al duurt het lang, ik wil dokter worden...'

Spraakverwarring. Twee beelden door elkaar heen: dat van medicijnman in het bos en dat van witgeboorde arts in de stad. Van die toekomstdroom was niets terechtgekomen, noch het een noch het ander was hij geworden.

Je hebt je kans gehad, maar je wilde niet, dacht Trudi bitter. Een intelligent kereltje was hij geweest, hij had van nut kunnen zijn voor zijn volk. Zij herinnerde zich hoe zij hem van zijn heimwee had proberen te genezen door een dansende slang of een lachend gordeldier voor hem te schilderen of een bruine moeder met haar kinderen – die had zij boven zijn bed gehangen.

'Waar zijn jouw kinderen?' had hij op een dag gevraagd, 'dónde...?' en haar gedachten waren teruggedreven naar de twee blauwe embryo's met hun minuscule penisjes – tweelingbroers zoals Romulus en Remus – die ooit tussen haar benen vandaan de wereld en tegelijk de dood waren binnengegleden. 'Ver weg,' had ze gezegd. Ver weg...

Moederloos kind en kinderloze moeder – zij waren de langdurige vruchteloze strijd aangegaan elkaars leemten op te vullen. Met zijn broer K'in was het nog noodlottiger gelopen. Toen hij elf jaar werd, een leeftijd waarop sensaties een jongensziel in verrukking brengen, waarop het nieuwe, onbekende, zelfs dreigende ongemeen aantrekkelijk worden, had zij hem een oude politiepet gegeven die zij op de markt in Oaxaca had gevonden. Had zij daarmee de vlam voor een nieuw personage aangestoken, het zaad daarvoor gezaaid? Het kind was gaan groeien onder die pet, imaginair geweer over de schouder of pistool op de heup, kleine macho. Was het compensatiedrift, verlangen naar wraak voor de vernederingen hem door blanke en mestiezenkinderen aangedaan? Hij wilde geen beest uit het bos meer zijn. De kinderlijke benen, het slapende penisje onder de mollige zeehondebuik, de bolle wangen onder de jukbeenderen opgehangen als twee meloenen, dat werd allemaal harder, de gedachten onder dat ruige haar onvoorspelbaarder. K'in was de eerste geweest die zijn lange haren had afgeknipt, een doodzonde voor een traditionele Lacandón, een uitdaging aan de goden, want wie het waagde zijn haar af te snijden zou door hun vloek worden getroffen. K'in was degene die zijn wortels doorsneed, die een ladino wilde zijn. Wij worden rijk, had hij tegen zijn broertje gezegd, als we groot zijn kopen we een auto.

Haar twee bruine zonen Romulus en Remus...

Samen dronken Kayum en zij de fles tequila leeg.

'Hield je veel van Pancho?' vroeg zij, terwijl ze de grote oerwoudschoenen uittrok, want het daagde haar dat zij nu naar bed moest en slapen.

Kayum grijnsde: 'Pancho kocht een zilveren lepel voor mij...'

Zij zag het tafereel voor zich: vierjarige Kayum aan zijn eigen kleine tafeltje etend met een zilveren kinderlepeltje. Als een kraai, dacht ze inwendig lachend, iets dat blonk, dat vond ie mooi.

'We moeten slapen, Kayum.'

'Ja.'

'Wat heb je daar?'

'De bijbel.'

'Wat moet je daarmee?'

Kayum ging overeind zitten, sloeg het boek open en tikte met zijn wijsvinger op een opengeslagen pagina: 'Ik ken nu de waarheid. Die lees ik in dit boek…'

'En wat mag die waarheid dan wel zijn?' vroeg ze.

'Als mijn vader ziek is en copal brandt voor K'ak, de god van Vuur en Koorts, dan wordt hij niet beter, maar als ik bid tot Jesucristo dan word ik beter. Jesucristo houdt van mij.'

In de plechtstatige klank van zijn stem herkende zij die van de protestantse missionaris die de Lacandones van Lacanjá gekerstend had zodat deze nu om strijd een transistorradiootje aan hun oor klemden om toch maar het toverwoord Jesucristo op te kunnen vangen te midden van die brij van vreemde woorden uit onbekende plaatsen buiten hun oerwoud. Jesucristo, Jesucristo, hij komt, komt… alsof zij een kosmonaut van een verre planeet verwachtten die hun maïs, bonen, eeuwigdurende gezondheid, munitie en lekkernijen zou brengen, en ja, bij voorkeur ook nog een truck… Maar wat voor zin zou het hebben met Kayum in discussie te gaan?

'Kom, wij moeten slapen.'

Zij ontvouwde een stoffige legerhangmat en hing die op aan de haken aan de balken. Automatisch verrichtten haar vingers de vereiste handelingen – zou ze niet weten hoe een hangmat op te hangen? Honderden keren had zij dat gedaan. Eenmaal in de hangmat geklauterd wikkelde zij zich in een paardedeken en gaf Kayum instructie hoe hij het muskietennet over haar moest neerlaten. Met zorg bond zij de touwtjes dicht hoewel er geen mug op de zolder te bekennen viel, een moeizame bezigheid voor haar krachteloze handen. Zacht begon zij te schommelen, luisterend naar de lijzige regen op de dakpannen.

'Frans komt vast en zeker bij mij terug,' zei ze, 'want hij heeft een stapeltje boeken bij mij achtergelaten om zijn last te verlichten – ook de herinnering aan zichzelf heeft hij bij mij achtergelaten, want ik moet steeds aan hem denken. "Waar kom je vandaan?" vroeg ik. "Uit Dinamarca, het land van de mist," antwoordde hij.' Haar stem werd mompeliger.

'Kayum, slaap je?'

Geen antwoord.

In haar cocon wiegde zij heen en weer, een en al tevredenheid, als een rups die bezig is zich te verpoppen en de buitenwereld heeft buitengesloten. Zo lag zij in dat beminnenswaardige foedraal, in de spinsels van haar verleden. De tequilaroes had de tiran: haar wilskracht die haar een leven lang had opgezweept, op magische wijze doen verdwijnen. Iets van ijzer binnen in haar had losgelaten, het meetapparaat, de ijzeren schuif waarmee de dikte van de bomen gemeten werd, het meetapparaat waarmee haar eigen leven gemeten werd, was weggevallen en zij voelde zich alsof zij aan een laatste fase kon beginnen, in deze cocon, de draden van haar voorbije leven opwindend op een spoel en zo zou het een eenheid worden.

Liefde en malaria

Ik was in Ocosingo en daar kwam uit het Cessna-vliegtuigje een lange man met blond haar, zilver aan de slapen, met ogen zo blauw als de zee en gekleed in een Chamula-shirt, kakibroek en met een knapzak op de rug: een Deen, een archeoloog die aan het hoofd had gestaan van Tulane University's Department of Middle American Research.

Wanneer er in Ocosingo een vliegtuig landde liet iedere inwoner zijn werkzaamheden in de steek en rende naar de airstrip. Als snelle visjes waren de kinderen altijd het eerst ter plekke, gevolgd door mannen te paard en moeders met baby's op hun rug, want in ieder leefde de verwachting dat het vliegtuig iets buitengewoons zou meebrengen.

Over de hoofden heen zagen wij elkaar aan, elkaar herkennend van de verhalen die over ons de ronde deden. Wij zeiden tegen elkaar: 'You must be Blom.' 'And you must be Trudi…'

Hij was op weg naar El Cedro, hoofdkwartier van de rubbertappers. Hij had een toelage van de regering van de Verenigde Staten gekregen om in Chiapas naar mogelijke voorraden wilde rubber te zoeken, omdat de aanvoer van die grondstof vanuit Oost-Indië vanwege de oorlog was afgesneden. Gelijktijdig wilde hij van de gelegenheid gebruik maken om het gebied rond Desierto de los Tzendales te exploreren, waar zich Maya-ruïnes moesten bevinden.

Hij bleef drie dagen in Ocosingo en op een goed moment

werd ik er mij van bewust hoe we met de hoofden dicht naast elkaar over de kaart gebogen zaten om de route voor zijn expeditie uit te stippelen. Ik keek naar zijn wijsvinger die het kronkelige waterslangetje, het inktkleurige lijntje van de Usumacinta volgde naar waar die ontsprong in het hart van de Selva. Later zei hij tegen mij dat hij nooit eerder een vrouw mee op expeditie had willen hebben, maar op dit moment sloeg hij zijn ogen op, die vreemde zeeblauwe ogen in zijn niet meer jonge gezicht. Verbaasd over mezelf keek ik in die ogen. *No se puede vivir sin amar…* dacht ik. Te lang had ik geen liefde meer gekend.

'What do you want?' was zijn vraag.

En ik antwoordde: 'To risk all.'

Voor we er erg in hadden was de afspraak gemaakt om elkaar in de jungle terug te zien. Ik zou een van de Chicle toestellen nemen van Tenosique naar El Cedro.

'Ik zal daar vertellen dat je komt en een gids zal je naar mij toe brengen,' zei Frans. 'Neem niet te veel bagage mee, want we zullen licht reizen.'

In Tenosique, een boomtown van mahoniekappers, heet, stoffig, vol opeengepakte adobe-huizen en planken loodsen, gaf de manager mij Frans' reservebril mee omdat hij boven op de oude was gaan zitten. Daar wachtte hij op, zei de manager. En zo ging ik de lucht in, vastgesnoerd in zo'n gammel Chicle toestel met die bril: zijn ogen, als een speciale ijlbode naar hem toe. En voor het eerst zag ik de jungle vanaf Gods zitplaats. Onder mij lagen kleine ronde meren als de ogen van een immens groen dier dat daar lag uitgestrekt met het geduld van eeuwen, een iriserende zilverblauwe wolk zweefde onder het vliegtuig door, samengesteld uit duizenden fragiele vlindervleugels die het zonlicht weer-

162

kaatsten, sommige boomkruinen leken met vlinders over-dekt, maar dat konden ook bloesems zijn. Alles rekte zich naar het licht… Zo begon mijn luchtreis naar de liefde.

In El Cedro aangekomen huurde ik twee muildierdrijvers: Ciriaco en Kantor, beiden afkomstig uit Yucatán. Onderweg spraken die twee samen voortdurend Yucateeks, de taal van hun península, ofschoon ze nu en dan overgingen in een muzikaal en ongrammaticaal Spaans om mijn vragen te be-antwoorden.

Regen en modder zijn de ergste vloek voor een reiziger die door het oerwoud trekt. Dat jaar waren de regens ongewoon vroeg ingevallen en hadden van de weg een glijbaan ge-maakt. Op eerdere expedities had ik echter geleerd dat je nooit met een muildier in discussie moet gaan, maar dat je het zijn eigen weg moet laten kiezen. Dit had tot resultaat dat mijn muildier onophoudelijk van het pad afweek om niet in de modderbrij weg te zakken. Mijn haar en kleren raakten gevangen in slingerplanten, scherpe takken dreig-den mij te onthoofden alsof het guillotines waren, mijn knieën schraapten tegen bomen aan, mijn bloes werd ver-scheurd en ik was van mijn kruin tot aan mijn tenen met modder bedekt. Helaas kreeg ik nergens de kans om mij in een riviertje te wassen. Tenten en dekens waren doornat en het aantekenpapier dat ik in mijn borstzak droeg was zacht als geweekt brood.

Hoe meer de natuur de invloed van de regentijd onder-gaat des te vruchtbaarder worden alle dieren, reptielen en insekten, want voor hen betekent de regentijd het feest van de wedergeboorte. De ene generatie is nog niet ter ziele of de volgende kruipt alweer uit haar eieren en geboortevliezen.

De vochtige lucht hangt vol zwermen begerige muskieten, die je kleren, mond of oren binnenkruipen of in je luchtpijp verdwaald raken, terwijl chaquistes, zwarte vliegjes groot als zandkorrels, bloedblaren op je huid veroorzaken die ondraaglijk branden en jeuken. Bloed is een even zeldzame als gewaardeerde lekkernij voor al die hongerige legers.

Nu ben ik nooit een boudoirbloem geweest die beschermd moest worden tegen zon en regen, maar wel maakte ik me zorgen over de indruk die mijn ontluisterde verschijning op Frans moest maken.

Bij een houthakkerskamp waren twee hacheros bezig een forse brulaap die zij geschoten hadden boven een vuurtje te roosteren. Kennelijk hadden zij net verse koffie gezet want een onweerstaanbare geur drong mijn neusgaten binnen en deed mij zwichten voor hun uitnodiging om bij hen aan te zitten en mee te eten. Zij hadden de brulaap gevild en die hing nu aan zijn poten aan een stok vastgebonden boven het vuur te braden. Zij waren goed geluimd omdat dit beest wat variatie bracht in hun eentonig dieet van bonen en maïs. 'Hacheros hebben een hard leven, señora,' zeiden ze, 'wij slapen niet in een ledikant van mahoniehout.'

'Proef maar eens señora. Het is klaar.'

De geroosterde brulaap leek verbazend veel op een gebakken kind.

'Vindt u het lekker?'

'Muy bien… perfectamente…'

Kantor en Ciriaco kloven de ribbetjes langzaam en vol genot af.

'Het vlees is zo mals dat het zonde is het meteen door te slikken,' zei Ciriaco.

Ik deed voorkomen of ik mij verslikte om mijn braakneigingen te verbergen en wendde mijn ogen af om de suggestieve vorm niet te hoeven zien. Tot mijn geluk werden de resten van het karkas al gauw onherkenbaar zodat de associatie met een kind verdween. Nu moesten er met de machete bladeren voor het muildier gekapt worden en moest er een palmbladen afdak worden gevlochten. Ten slotte lag ik in mijn hangmat en luisterde in de toenemende duisternis naar de cryptische samenspraak van twee uilen. De nacht was vervuld van de meest gecompliceerde geluiden, miljoenen kikvorsen hielden een nachtconcert dat klonk als het fluiten van een sterke wind in telefoondraden, insekten loeiden als stofzuigers of produceerden een temerig gesjirp. Langzaam droogde de modder op mijn lichaam en viel in schubben van mij af.

De volgende dag vonden wij een tamelijk brede rivier op onze weg. Mijn twee begeleiders bouwden een licht vlot van de bast van een kurkeik, maar het muildier weigerde ten enen male het water in te gaan. Zij hadden zijn kop vastgebonden aan ons vlot om het op die manier door de stroom mee te trekken, maar na een tiental meters draaide het zich resoluut om (waarbij ons vlot bijna kapseisde) en keerde naar de oever terug. Later zei Frans altijd dat ik van muildierdrijvers heb leren vloeken en die dag kreeg ik inderdaad grondig onderricht. Eindelijk vond Kantor een plek waarvan hij dacht dat die het muildier beter zou bevallen, want hier liep de oever glooiend af in het water. Vijf keer dreven ze het beest de rivier in en vijf keer kwam het koppig terug. Ten einde raad kleedde Kantor zich uit, leidde het dier persoonlijk het water in en begon naar de overkant te zwemmen, het aan een touw achter zich aan trekkend, en nu volgde het gewillig. Modder wachtte ons opnieuw aan de overzij.

Mijn rode bloes werd modderbruin, mijn blonde haar modderkleurig. Er kwam ons een ruiter tegemoet met een woeste baard, rechtopstaand haar en gewapend met een geweer. Aan zijn ene voet droeg hij een laars en aan de andere een heftig gele stadsschoen. Dit zonderlinge individu heette Carlos Frey, en bleek een afgezant van Frans te zijn.

Frans kwam zijn hut uit, liep naar mij toe en kuste mij als een ware cavalier de modderige hand.

Een aantal dagen zijn wij daar gebleven om onze bruidsdagen door te brengen. Geen kerkklokken luidden onze verbintenis in, geen ringen of jawoorden werden uitgewisseld en evenmin werden er preken gehouden of rituele handelingen verricht. Langdurig liet ik het water van een beek over mij heen stromen om modder en afgematheid van mij af te spoelen zodat mijn huid zijn haast vergeten natuurlijke kleur weer terugkreeg. Frans behandelde mijn schrammen en wonden met schildpadvet en ik wreef mijzelf in met zoete amandelolie. In een schone bloes en met mijn gewassen haren in glinsterende krulletjes rond mijn hoofd zat ik met Frans bij het vuur waarop Kantor en Ciriaco met veel gevoel voor decorum een bruiloftsmaal bereidden, waarbij zij delicatessen van de jungle introduceerden zoals geroosterde palmharten – merg van de palmboom – die nog lekkerder zijn dan artisjokken, in combinatie met cojolite, een vogel wondermooi zolang hij leeft en in gebraden toestand verrukkelijk op je tong. Wij besproeiden de maaltijd met aguardiente, hetgeen Kantor en Ciriaco ertoe bracht ons een serenade te brengen in de vorm van liedjes uit Yucatán, waarna zij opeens in de duisternis oplosten om ons alleen te laten. Eenzame mannen in het oerwoud weten wat men de liefde verschuldigd is.

Frans doopte zijn vingers in de palmhartensaus, raakte met een vingertop mijn lippen aan en tekende de omtrek van mijn mond, hij streek met zijn lippen over mijn oogleden, mijn hals en mijn voorhoofd. Ik kon haast geen adem krijgen, zozeer was de lucht geparfumeerd. Al dat weelderige groen scheen sappen te produceren, tot de gehele atmosfeer vervuld raakte van bedwelmende geuren en geheime verlangens.

In de hut waren vleermuizen en muggen onze enige bruiloftsgasten. Zijn stem mompelde iets in de duisternis, ik zag zijn gezicht boven mij, hoe zwak het licht ook was, een gezicht als een luchtbel opgerezen uit deze nachtelijke plantenorgie waarin alles likte, slikte, zoog en zong. Maar plotseling werd die aanwezigheid er een van vlees en bloed toen hij mij dicht tegen zich aan klemde en ik zijn lichaam voelde beven alsof er een onstuimige kracht doorheen voer. Hij bedekte mijn lippen met de zijne en zo, met de vanzelfsprekendheid waarmee een blad omlaag valt en op een ander neerstrijkt kwamen wij tot onze eerste kus. Een kort ogenblik dwaalden mijn gedachten naar de vele wegen die zijn leven moest zijn gegaan en de vele vrouwen die hij bemind moest hebben, maar ik kende ze niet en dus bleven zij zonder gezicht, bovendien droeg ik mijn eigen ballast aan herinneringen mee. Zo beminden wij elkaar warm en barmhartig, zonder de wildheid van de jeugd, maar met een oude kennis van zaken gekoppeld aan nieuwe vervoering. Een zoetheid begon zachtjes door ons heen te vloeien en vanaf het eerste moment dat onze monden verenigd waren eiste het oerwoud ons op, eiste het de afscheiding van onze sappen, onze extase en de verwording daarvan in gelijke mate als het dit van elk levend organisme afdwong in zijn groene koninkrijk. In de oeroude Maya-lucht werden ons gefluister en onze liefdeskreten alleen door geesten gehoord.

Ik zou gewenst hebben dat wij daar langer hadden kunnen blijven, maar onze voorraden waren beperkt en Frans werd aangezogen door een mysterieus oord, Bonampak geheten, waarvan bevriende Indianen hem verteld hadden dat zich daar in een tempelcomplex kleurrijke muurschilderingen moesten bevinden, een nog niet eerder vertoond unicum in de historie van de Maya-archeologie.

Wij reden voort over zich vertakkende paden die opnieuw overwoekerd waren nadat de regens waren losgebroken. Wie is er zo stom om in de regentijd de jungle in te trekken? Enkel 'citydudes' zoals Frans zei, maar er klonk overmoed in zijn stem; opwinding en verliefdheid hadden ons een injectie van jeugd en lichtzinnigheid gegeven. Wij volgden de dwaalwegen die de tapirs maken en die menige jungle-explorer hebben misleid omdat zij nergens heen leiden behalve naar de schuilplaats van die dieren. Aanlokkelijke vruchten hingen boven ons hoofd en ik verbaasde mij over de onstelpbare overdadigheid van de gigantische boomvarens, de epifyten die als lampionnen van de bomen hingen, over de overlevingsdrift van al die duizenden gewassen die elkaar naar het leven stonden. Mijn verliefdheid op Frans begon er een dimensie bij te krijgen, een dubbel huwelijksaanzoek bood zich aan en zonder het te beseffen belandde ik in een overspel dat nooit een einde zou nemen.

Voor wie was deze wilde schoonheid, vroeg ik me af, deze schittering? Voor wie was die uitgestald? Hoe komt het dat er schoonheid bestaat die niet voor menselijke ogen bestemd lijkt te zijn? Waartoe dient die? Is wat wij zien niets dan een objectief gegeven, een toevallig spel van licht en vormen en is het alleen onze geest die dat vertaalt in termen van schoonheid? Ervaren dieren ook schoonheid? Is die hun aangenaam?

Ik zag bromelia's als slordig geveerde vogels op takken zitten, ik zag een koraalslang langs een boomstam glijden met zijn flitsend radarinstrument in en uit zijn bek, palmbladeren als komvormige handen om het regenwater op te vangen, boomwortels die zich dorstig als slangen kronkelden om water te slurpen en slangen daarentegen bedrieglijk lijkend op boomwortels of als lianen neerhangend, doodstil, aan de lus van hun staart, er waren takken met ogen en ogen met takken, nepogen op vlindervleugels, planten als plantaardige boa constrictors, als worgers of klaplopers – duizenden metamorfosen en schijnvertoningen – bloemen met gezichten van dieren of insekten; wormen en rupsen, sommige walgelijk van gedaante, weer andere kop aan staart achter elkaar voortkruipend als in een processie in kleuren geel en karmozijn; ik zag een rups die op z'n eentje een processie voorstelde met zijn lange glinsterende haren als wuivende vaandels…

Spinnewebben vol pareltjes dauw plakten tegen mijn gezicht – met wat voor ragdunne boeien heb je mij toen gebonden, jungle? In wat voor kleverige liefdesvochten heb je mij toen ingewikkeld? Ik keerde mijn gezicht naar het bladerdak, opende mijn mond om water te drinken dat van de gepunte tippen van bladeren drupte en met dat elixer heb ik jouw begoocheling ingedronken als een psychedelische drug die mij via je sacrale kapokbomen, uitzinnige orchideeën, giftige boomkikkers, via de schubben van je violetkleurige wijnslang bereikte. Jij, Groene Hel, (in de tijd dat je nog een Groene Hel genoemd werd en nog niet gedegradeerd was tot een sinister vernietigingskamp voor bomen) sloot een pact met mij. Meestentijds waren Frans en ook Kantor overdekt met insektebeten en zweren veroorzaakt door de geniepige chaquistes, maar mij liet je ongemoeid. Waarom? 'Omdat jij een heks bent,' zei Frans tegen mij, 'omdat jij een tegengif in je bloed draagt, net zo verleidelijk en giftig als het sap van een jungle-orchidee.'

Jij, jungle, opende mijn oren voor je sirenenzang vol fluittonen van goeans, die in toonhoogte zakken als droefgeestige misthoorns, vol keelgegorgel als van waterxylofoons, ondersteund door het lachen of blaffen van brulapen en het gehamer van je unieke slagwerkers, de spechten. Jij vertelde mij een koortsachtig verhaal.

Soms hield een stortbui abrupt op alsof iemand een douchekraan dichtdraaide en boorde zich zonlicht door het bladerdak, terwijl warme waterdampen voor onze gezichten zweefden. Weet jij de weg wel, Kantor? Of wil je je niet laten kennen en doe je maar alsof? En jij, Frans, met je fameuze stafkaarten? Toch lachte ik toen nog, zonder mij in het minst bedrukt te voelen. Zelfs niet toen mijn muildier instortte en wij de pakken van zijn rug moesten afladen om het uitgeputte dier te verlichten. Kantor begon een liedje te zingen: *Sing and do not cry.* Daar heb ik de gewoonte van overgehouden om onder miserabele omstandigheden te zingen.

Ernstiger werd de situatie toen ook het tweede muildier instortte. De dieren zagen er mager en ziek uit. Door ondervoeding? Infecties? Wij moesten ons dicht in de buurt van een verlaten boomvellerskamp bevinden en daarom werd besloten dat Kantor en Ciriaco met de zieke dieren naar Frans' basiskamp zouden terugkeren of indien nodig naar El Cedro om nieuwe lastdieren en voedselvoorraden te kopen. Had Frans de hoop nog niet opgegeven Bonampak te bereiken?

Te voet dwaalden wij verder. Zonder benul in welke richting we liepen was het enige waarmee wij geconfronteerd werden een zee van groen, en een vochtige stank was alles wat wij konden ruiken. De zon bleef onzichtbaar, het dikke bladerdak filterde het schijnsel, we staken stroompjes over en doorwaadden moerassen, dan weer liepen we in volslagen stilte onder torenhoge bomen, over paden die aan het oog onttrokken waren door ineengestrengelde lianen. Toen ieder gevoel voor oriëntatie was verdwenen te midden van dat warnet van groeisels, vroegen wij twee Lacandones die wij tot ons geluk tegenkwamen of zij ook wisten waar Bonampak lag. Behulpzaam begonnen zij dit in hun Maya-taal uiteen te zetten, wijzend met hun handen, de een naar het noorden, de ander naar het oosten, terwijl hun stemmen als de tonen van een windharp door het bos zweefden, maar ze hadden ons evengoed de weg naar de avondster kunnen uitleggen.

Er kwam een dag dat Frans ongewoon stil was en in zijn hangmat kroop zonder mij te helpen met het klaarmaken van het avondmaal. Hij wilde ook niet eten en nam alleen koffie. Aanvankelijk veronderstelde ik dat ik iets gedaan had dat hem irriteerde. In de jungle op elkaar geworpen, zonder voorkennis van elkaars karakter, hadden wij een stoomcursus gekregen hoe met elkaar om te gaan, maar wij kenden

171

bij lange na nog niet alle finesses. Frans bekende dat hij hoofdpijn had en zich koortsig voelde, maar hij vertrouwde erop dat het in de morgen beter zou gaan. 'Wij moeten verder,' zei hij, 'hier kunnen wij niet blijven, wij moeten San Juan zien te bereiken.' In het verlaten houthakkerskamp San Juan hadden wij met Kantor en Ciriaco afgesproken elkaar weer te zullen treffen.

Bij de eerste ochtendschemer gingen wij op weg. Koppig zeulde Frans voort, hij had erop gestaan de meeste bagage te dragen, maar na verloop van tijd begon hij voortdurend te struikelen en zeeg hij waar mogelijk op een omgevallen boomstam neer om op adem te komen, dan rookte hij even tot zijn sigaret doofde in de regen, zijn huid begon beangstigend grauw te worden. Teruggaan naar het vorige kamp was een onmogelijkheid, want ook dat lag inmiddels te ver van ons verwijderd, wij zagen ons tussen twee afstanden geplaatst die in gelijke mate onafzienbaar leken.

In een penibele situatie wordt de maat van de dingen veranderd zoals in dromen, de maat van de tijd, de maat van de afstand, zelfs die van je zintuigen, die hele jungle kwam mij ineens als een monstruositeit voor. Wij spraken af dat Frans zijn bepakking zou achterlaten terwijl ik zo snel mogelijk vooruit zou lopen naar het San Juan-kamp, en hij zo goed en zo kwaad als het ging achter mij aan zou komen. Vervolgens zou ik weer teruggaan om hem op te halen.

Het was op zijn gunstigst drie uur lopen. De waterdampen die tussen de bomen hingen maakten mij duizelig, mijn zweet stroomde onder mijn haren vandaan mijn ogen in. Bij het verlaten San Juan-kamp aangekomen sneed ik met een mes de riemen door waarmee mijn bepakking op mijn rug zat vastgesnoerd en maakte ogenblikkelijk rechtsomkeert om Frans te zoeken. Halverwege dacht ik: nu moet hij er toch langzamerhand aan komen... Zou hij bewusteloos ergens in de ondergroei liggen? Ik voelde geen honger, geen dorst, geen uitputting, alleen krankzinnige angst in de nacht door het oerwoud te lopen om die zieke man te zoeken. Telkens stond ik stil om zijn naam te roepen, maar het enige wat ik hoorde was gefladder van opschrikkende vogels. Bestaan er uren langer dan die in dodelijke ongerustheid doorgebracht? Door de druk van de nood begon ik mij voor het eerst van mijn liefde bewust te worden, ofschoon die liefde gelijktijdig ondermijnd werd door gevoel van woede omdat mij deze ellende werd aangedaan.

Opnieuw regen, als een duikerklok over mij heen, daaruit staarde ik naar een onmenselijke wereld, nergens mee verbonden, een gezichtloze overweldiging. Ik was een mier die met een kapmes dat monstrum te lijf moest gaan... welke kant op? Ritselingen in het struikgewas... een jaguar? Ik moest mijn angst beteugelen, jaguars lusten geen mensenvlees, de mens smaakt te smerig voor hun schone muil. Die wilde schoonheid die mij de adem had benomen, waar was die nu? Dualistische jungle, de lach en de grijns van de dood aaneengesmeed, zoals in het stenen Maya-beeld dat Chan K'in mij had getoond. De muskieten vormden een levend gordijn om mij heen, alles leek op alles, al die uitstulpingen, groeisels... was er nog een spoortje licht boven dat zwarte baldakijn?

Als een gekkin liep ik achter mijn lantaarnschijnsel aan dat ik liet rondspelen over al die diffuse vormen. Toen ik een soort donkere prop tussen de bomen zag hangen begon ik hysterisch te roepen zonder antwoord te krijgen, ik meende dat mijn verbeelding mij parten speelde. Kniediep wegzinkend in de sompige grond naderde ik die vleermuisachtige vorm die tussen de bomen hing: FRANS.

Hij scheen mij niet te herkennen, maar langzaam zag ik in het lantaarnschijnsel hoe zijn geest in zijn verwilderde ogen terugkeerde. Zijn lippen waren gebarsten door koorts, er was geen drinkwater behalve wat van de bladeren afdroop. Altijd nog de cavalier fluisterde hij: 'Waarom ga jij niet terug zodat je onder een dak kunt slapen.' Maar hoe kon ik hem in die conditie achterlaten? Besluiteloos stond ik daar in de regenzware junglemodder. 'Ik heb het zo koud,' mompelde hij. Bevend knoopte ik het muskietennet los om me bij hem in de legerhangmat te wurmen, tegen zijn furieus rillend malarialichaam. Half in ijldroom vroeg hij opnieuw zoals bij onze eerste ontmoeting: 'What do you want?'

En opnieuw antwoordde ik: 'To risk all…' en ik dacht: over een uur kan hij dood zijn.

Een rubberen cape beschermde ons enigermate tegen de regen, maar ik kon slecht verdragen dat mijn gezicht hierdoor bedekt werd. Daarom viel het water gedurende die hele verschrikkelijke nacht op mijn naakte gezicht. Frans' tanden ratelden tegen mijn schouder, nu eens waren zijn handen gloeiend, dan weer koud als ijs. Zelf voelde ik me overmand door uitputting, maar vreemd genoeg leken onze lichamen elkaar op een of andere wijze in stand te houden alsof wij samengebonden in dat nauwe net een organisme vormden: ik probeerde mijn ademhaling te regelen naar de zijne, ik werd bezocht door een zelfde soort koortsvisioenen. Ik zag mijn grootvader, de klokkenmaker uit Bern, op een boomtak zitten in de gedaante van een witte oehoe en zoals ik dat als kind gedaan had smeekte ik hem of hij de wijzers op de wijzerplaat enkele uren vooruit wilde zetten, want hij bezat immers macht over de tijd... Maar in zijn vogelgedaante vloog hij spotlachend van zijn boomtak weg, niet van zins mijn ellendige nacht met ook maar een enkele minuut te bekorten.

Vanwege de regen die ook de volgende morgen met bakken uit de hemel viel, kon ik niet lang genoeg een vuur gaande houden om onze kleren te drogen. Die bleven daarom plakkerig als lijm aan onze lichamen kleven, wij walgden van onze eigen lichaamslucht, we leefden als in een op de bodem van de zee verdronken bos...

Sedert de ochtend van de vorige dag had ik niets meer gegeten, alleen wat 'bliksemrum' door mijn keel gegoten, hetgeen een gat in mijn maag scheen te hebben gebrand, het drong tot me door dat ik op jacht zou moeten gaan wilde ik Frans en mezelf in leven houden. Ik begaf mij met zijn jachtgeweer op pad en probeerde mij de handelingen te binnen te brengen zoals ik die van Kantor en Ciriaco geleerd had. Plotseling vloog er een zware hoenderachtige vogel, een goean, uit het onderhout omhoog, een levensgroot doelwit dat de voorzienigheid voor de loop van mijn geweer had gebracht. Dit moest het moment zijn de trekker over te halen. De explosie daverde door het bos en deed brulapen opgeschrikt blaffen en vogels krijsend wegvliegen. Half verdoofd door het kabaal en de terugslag van het geweer tegen mijn schouder, tuurde ik omhoog. Op mijn schot was woest geklapwiek gevolgd. De inspanning om zijn vleugels te bewegen deed de vogel uit de koers raken en hij stortte omlaag tussen de varens op de bosbodem. Met het geweer waar nog rook uit kwam onder de arm baande ik mij een weg naar de plek waar het dier neergekomen moest zijn, ingespannen naar de wirwar van groen turend uit angst mijn prooi over het hoofd te zien.

Het dier leefde nog, de bek stond een beetje open. Uit het vogeloog keek iemand mij aan, van zeer nabij, intiem, zonder angst, eerder met een uitdrukking van terugwijzen. Het drong tot mij door dat dit de eerste keer was dat ik gedood had. Mijn blik bleef aan dat vogeloog gehecht, ik weet niet hoe lang, enkele seconden of minuten en in die tijdspanne zag ik de pupil klein worden in een laatste contractie, speldeknopklein terwijl de vonk van leven ontsnapte. Met mijn natte haren voor mijn gezicht, wangen heet van opwinding, zat ik daar en pakte de zware slappe vogel in mijn handen. Het was een prachtig schepsel. De veertjes rond de kop en aan de hals waren bijna zo donker als blauwe druiven en hadden een metalige glans. Van borst tot buik vormden elkaar overlappende donkergroene veren een soort beschermende wapenrok. Onder het zachte dons aan de buik vandaan vloeide bloed uit een onzichtbare wond en besmeurde warm en kleverig mijn vingers. Het was de laatste stomme taal waarin de vogel tegen mij praatte, intiem, bijna obsceen met zijn ontblote stuit, zijn bloed, zijn verflenst neerhangende hals, zich aan mij uitleverend, aan mijn goeddunken. Is dit het, dacht ik, wat jagers zo geil maakt om te doden? Is het deze intimiteit, deze onvoorwaardelijke overgave? De handeling zelf: het aanleggen en de trekker overhalen was een snelle beweging geweest waarbij de wil om te doden nauwelijks een rol had gespeeld, of zelfs een abstractie was gebleven. Nu zat ik hier opeens met dat verbazingwekkende creatuur in mijn handen dat ik straks eigenhandig zou moeten plukken en van ingewanden ontdoen... Een klein sterven, een klein bloedvergieten had plaatsgevonden. Waarom zou een mens meer recht hebben om te leven dan een dier? vroeg ik me af.

Ik pakte de goean bij de poten en baande mij in bedrukte gemoedstoestand een weg naar Frans. Als ik voor mijn zieke bouillon zou kunnen trekken van de vogel zou ik dat misschien als rechtvaardiging van mijn daad kunnen beschouwen.

Zoals vaker in dit seizoen liet de wispelturige regengod Chac de volgende ochtend opeens niets van zich horen of zien; het woud herleefde, Frans' ogen stonden normaal in zijn hoofd, het was of ik weer bij zinnen kwam. Toch begreep ik dat er geen tijd te verliezen viel, en dus begaven wij ons op weg. Ik droeg de bagage, Frans, ontstellend zwak, leunde zwaar op mijn schouder. Om onze krachten te sparen spraken wij geen woord, iedere stap was een overwinning op onszelf en op het oerwoud. 'De dood loert overal hier in de jungle, je kunt hem nooit te slim af zijn,' zeggen de houtkappers, de rubbertappers of de piloten die hun machine aan de grond moeten zetten op een vliegveldje zo groot als een zakdoek, 'als het je uur is blaas je de kraaienmars...'

Toen ik Frans eenmaal in het uitgestorven kamp in zijn hangmat had gekregen, waarin hij dagenlang zou blijven liggen zonder zich te verroeren, verwachtte ik ieder ogenblik dat Kantor en Ciriaco zouden verschijnen met de verse rijdieren, of dat er op z'n minst een of andere hulpvaardige geest zou opdagen.

Stilte daalde op ons neer, vergetelheid scheen ons uit te wissen terwijl wij nog in leven waren. Ik probeerde de hut bewoonbaar te maken door een vuurtje gaande te houden onder het rookgat in het verrotte dak, want de noordenwind bracht kille nachten. Ik hield Frans in leven met kinine, een enkel slokje whisky, en soms maakte hij mij gelukkig door een hap rijst te eten, toch was ik bang dat hij dood zou gaan als er geen hulp kwam opdagen. Hij zag eruit alsof hij in die paar dagen stokoud was geworden, zijn grauwe vel hing los rond zijn gebeente en ik dacht me in hoe de jungle naar ons toe zou groeien met haar van vocht opgezwollen stengels en grijparmen om ons beiden te omhelzen in een wurgende greep, en hoe toekomstige passanten later onze schedels zouden vinden veranderd in bloempotten vol orchideeën.

Dagen en nachten van slapeloosheid volgden elkaar op. Soms kwam een uur mij voor als een dag en dan weer leek een dag niets dan een helder moment tussen twee nachtmerries in. En toch beleefden wij in die dagen lucide, zelfs gelukkige ogenblikken. Ik ontwikkelde mij tot een Scheherazade die haar geliefde van de dood wilde afkopen door middel van vertelsels. Mijn geliefde... dat woord is nu in mijn leven voor het eerst op zijn plaats gevallen. Ik neem aan dat onze relatie, zoals veel van onze eerdere relaties, kortstondig zou zijn gebleven ware het niet dat die getest werd in deze merkwaardige periode waarin we samen onder het dak van de jungle woonden en elkaar gaande probeerden te houden als de haperende radertjes van een klok. Ook ik voelde me beroerd, honger en buikloop begonnen me te ondermijnen.

Het bleek dat onze munitie vochtig was geworden, zodat ik niet op jacht kon gaan om iets te schieten. Ik nam mijn kapmes en kerfde in de bast van bomen langs het amper zichtbare junglepad pijlen en sos-signalen – save our souls –, een geluidloze kreet van een doofstomme, gericht tot de voorbijgangers die ik in mijn fantasieën langs zag komen.

Die nacht begon ik te dromen van spijzen en taarten die ik zelfs meende te ruiken, zoals het verrukkelijke amandelgebak van Martha, onze keukenmeid in Wimmis. Ik trakteerde Frans op een melodieuze opsomming van namen van gerechten in het Schwyzertütsch: Stächelbärger Härdöpfelturte, Söibluemehung, Bätelbärger Heitisturm – dat je bereidde van oud brood, slagroom, suiker en verse bosbessen, Gsteiger Späckgiri, van spek en peren, aardappelen en uien, met wat peterselie op smaak gebracht… en Niedersimmentaler Rüebegchöch. Allerlei wonderlijke klanken uit mijn jeugd kwamen bovendrijven, zoals Thuner Fulehung Leckerli, de naam voor geglazuurde koekjes met honing en kruiden erin.

'Op een dag zal ik Leckerli voor je bakken, Frans. Bij deze nodig ik je uit voor een Zwitserse maaltijd…'

'Kun je dan koken?' vroeg Frans bleekjes geamuseerd, vanuit zijn hangmat.

'Vergeet niet dat ik de dochter van een plattelandsdominee ben uit het Simmental.'

'Hoe ben je zo geworden, Trudi, zo avontuurlijk? Eigengereid?'

'Pfärrerstöchter, Müllers Chüe, touge säute oder nie… Domineesdochters en koeien van molenaars deugen zelden of nooit.'

Ik ving een zweem van een lach op van Frans' gezicht. *Sing and do not cry*, dacht ik. En ik begon hem het verhaal te vertellen van de Parijse kok die een weddenschap afsloot dat hij met een smakelijke saus zelfs schoenzolen genietbaar kon maken. Hij nam een paar oude winterschoenen en een versleten paardetuig, legde die vier weken lang in koud water dat hij elke dag ververste, vervolgens kookte hij het leer gedurende veertien dagen ononderbroken in een sterke bouillon. En voilà: fijngehakt en overgoten met een pikante Bourgondische saus werd het gerecht aan de tafel van het hof met genot verorberd... Onderwijl piekerde ik mijn hoofd suf wat ik zelf aan eetbaars kon klaarmaken. Welke van de smakelijk ogende bessen, vruchten, paddestoelen waren eetbaar? Was er maar een van mijn Lacandón-vrienden hier om mij wegwijs te maken.

'Weet je dat elke goede kok een groot eergevoel bezit,' zette ik mijn verhaal voort. 'Er was eens een kok die bij een jachtbanket...'

'Bespaar mij je verhalen over koks,' zei Frans. 'Vertel mij liever iets over jezelf.'

'Iets over mijzelf, wil je dat werkelijk weten?' vroeg ik verbaasd. Om onder deze omstandigheden mijn verleden op te duikelen kwam mij niet opportuun voor, hier in deze groene massa waarin we verloren waren geraakt. Ik moest me inspannen om mij bij het woord 'mijzelf' iets voor te stellen.

'Ik ben zoveel personen geweest, ik kan me niet alles meer herinneren. Mijn verleden is verbrand, net als bij de boekverbranding.'

'Hoe bedoel je dat?'

'Letterlijk. Verbrand. Toen ik uit Duitsland moest vluchten stuurde ik mijn dagboeken en brieven aan mijn zuster Johanna om ze voor mij te bewaren. Ze heeft ze allemaal verbrand. Omdat die mij zouden kunnen schaden, zei ze. Mijn verleden is nu kort als het gras dat opkomt vlak na de regens, dat is mijn nieuwe korte verleden en meer kan ik je er niet over melden.'

'Leven je ouders nog?'

'Slim bedacht, je denkt op die manier de bron aan te boren…'

'Ik heb dus een geliefde zonder verleden. Maar je hebt je verraden door over die Zwitserse recepten te beginnen.'

'Selectief geheugen…' gaf ik ten antwoord.

Een selectief geheugen, had ik dat? Plotseling was het of ik mijn moeder in het dampige groene bos zag lopen in haar enkellange rokken, omslagdoek rond de schouders en haar bijbeltje tegen de maag gekneld. Verdwaald op weg naar de kerk… 'Besef je wel dat je dood bent?' vroeg ik haar. Ik had haar nooit meer in levenden lijve teruggezien sedert die laatste keer toen wij slagroomtaartjes door onze beknelde kelen wrongen in de Konditorei in Bern. Na jaren van stilte had mij langs omwegen een brief van Johanna bereikt meldend dat mijn moeder na lang ziek te zijn geweest gestorven was. Dit nieuws had weinig indruk op mij gemaakt omdat mijn ouders voor mij sinds lang veranderd waren in silhouetten in het prentenboek van mijn jeugd. Johanna schreef dat mijn vader alles precies zo intact wenste te laten als toen zijn vrouw nog leefde: haar exemplaar van het tweelingbed moest iedere week met kraakheldere lakens worden opgemaakt, japonnen moesten in de kast blijven hangen om de suggestie levend te houden dat zij slechts voor een uitstapje van enkele dagen vertrokken was. Op de eettafel wenste hij onveranderlijk haar bord en eetbestek tegenover zich te zien, samen met een schoon servet in haar zilveren servetring (zou hij nog altijd zijn monologen houden tegen die schim zoals tijdens haar leven?), de wekker op haar pokastje met zijn twee glimmende imperatieve bellen op zijn kop was stilgevallen kort na het tijdstip van haar dood. Alles moest onaangeroerd blijven als binnen een glazen stolp waaronder de geprepareerde dode nog een schijn van leven uitwasemde. Betekende dit dat hij haar had liefgehad?

'Mijn moeder is dood,' zei ik tegen Frans. 'Ik heb haar nooit meer gezien sedert ik uit Zwitserland wegging... Ik ben overal een ongewenste vreemdeling geweest, maar het allermeest in mijn vaders huis.' (Pas op, zelfbeklag staat niet in je woordenboek...) Liggend op mijn rug bij het zielto-gend vuur zei ik tegen Frans (sliep hij?): 'Ik woonde in het huis van de blinden, ik kon niet begrijpen dat mensen in een god geloofden die zij zelf in het leven hadden geroepen en bekleed met hun eigen menselijke eigenschappen, hun eigen hypocrisie, hun eigen blindheid... Binnen die wereld van simpele gelovigen bezat mijn vader een zekere macht, hij kon zegeningen uitdelen en boetedoening eisen uit naam van zijn blinde god. Mijn rol was het om een rebel te zijn in dat dorp...'

Was ik high van de oerwouddampen en de honger? Waar-om tuimelde het verleden plotseling uit mij naar buiten, ter-wijl ik in de veronderstelling verkeerde dat ik ermee afgere-kend had, dat ik geen verleden meer bezat? Of bezat daaren-tegen het verleden mij? Was ik daarvan de speelbal?

'Ik ben de verloren dochter,' zei ik, 'maar bij mijn thuis-komst zal nooit het Gemeste Kalf geslacht worden – voor een dochter doe je zo iets niet... In zijn laatste brief schreef mijn vader: banden die verscheurd zijn kunnen nooit meer aan elkaar geknoopt worden... Nee, dan zuster Johanna, die is het klassieke voorbeeld van de toegewijde dochter die een huwelijkspretendent afwimpelt om haar kinderplicht te kunnen vervullen. Mijn vrijheid, mijn minnaars moeten haar met jaloezie en verontwaardiging vervuld hebben. Of kent iemand de jaloezie niet die niet door de erbij behorende begeerten bestookt wordt? Was zij een stil water? Was zij mijn vaders rechtgeaarde dochter, onkreukbaar en voorzien van oogkleppen? Zoals veel van zijn generatiegenoten was mijn vader bang voor verandering. Verandering betekende voor hem wanorde, chaos, hij was bang dat de ideeën van het socialisme het gezag van de kerk zouden ondermijnen en tot afvalligheid leiden. Hij betoogde dat al die wilde onrijpe denkbeelden de wereld op zijn kop dreigden te zetten, dat ze godvruchtige mensen zouden veranderen in dwazen en opstandelingen. Ik was toen al lid van de Socialistische Partij, ik had de naam een opruister te zijn.

Ik moet voor mijn ouders een irritant kind geweest zijn, altijd in de contramine. Van meet af aan bezat ik een gretigheid om te begrijpen, een gulzigheid om te ondervinden. Dikwijls ging ik in de avondschemer naar het kerkhof achter de kerk om te kijken of er geesten op de graven zaten. De eerste keer rende ik weg bij de minste ritseling van een nachtvogel of dor blad, overtuigd dat een leger spoken achter mij aan kwam; de tweede keer rende ik weg, maar keek ik bij het hek over mijn schouder en de derde keer liep ik doodkalm naar huis terug. Ik was onverzadigbaar nieuwsgierig.

Ken je het sprookje van het Kind van de Olifant,' vroeg ik aan Frans, 'dat onverzadigbaar nieuwsgierig was?

Het Kind van de Olifant vroeg aan zijn Oom de Baviaan waarom hij zo'n lange staart had en zijn Oom de Baviaan gaf hem een harde, harde klap om hem te genezen van zijn onverzadigbare nieuwsgierigheid, hij ging naar zijn Tante de Zebra en vroeg haar waarom zij zwart-witte strepen op haar huid had en zijn Tante de Zebra gaf hem een schop met haar harde, harde hoef vanwege zijn onverzadigbare nieuwsgierigheid, en het Kind van de Olifant ging naar de groengrijze groezelige Limpopo-rivier en vroeg aan zijn Neef de Krokodil waarom hij zo'n lange snuit had, en zijn Neef de Krokodil opende zijn muil en greep de neus van het Kind van de Olifant en trok en trok. En het Kind van de Olifant zette zich schrap en trok en trok en zo komt het dat de olifant tot op de dag van vandaag zo'n lange slurf heeft…'

Ik sluip naar de hangmat om naar mijn patiënt te kijken, of hij sluimert of dood is… ik controleer het muskietennet, hij ademt nog… Kantor en Ciriaco zijn er beslist met het geld en de muildieren vandoor of ze liggen ergens vermoord in het struikgewas – niets eenvoudiger dan te verdwijnen of te laten verdwijnen in de jungle.

'Toen ik een kind was wilde ik zien hoe de planten groeiden, ik schepte de aarde rond de groeiende stengel weg om het proces te zien, ik groef in de grond om te kijken waar de wortels naar toe gaan… ik was het Kind van de Olifant en kreeg van iedereen een klap of een schop vanwege mijn onverzadigbare nieuwsgierigheid… Mijn broer Hans aardde naar mijn moeder, was onzeker en zacht van karakter. Hij had niet veel lust om te studeren, maar mijn vader zei: "Je maakt die studie af of je wordt boerenknecht." Hans heeft zich toen in zijn lot geschikt. Hij is notaris geworden in Sumiswald.'

…Of ben ik het die van de drie Lörtscher-kinderen toch het meest op mijn vader lijkt? Heb ik diezelfde heerszucht, diezelfde harde kop?

Volstrekt onverwacht ontdek ik dat het morgen Kerstmis is. Een dag op de kalender, een dag zonder betekenis hier in de broeise hitte. Frans heeft niet langer enig besef van tijd. Waarom deze kerstdag niet als elke willekeurige dag laten passeren? De lucht om mij heen is ondraaglijk bedrukkend, vol mossige duffe geuren, en al dat gegons en lawaai rondom als in een dierentuin… ik weet niet wat er eigenlijk fluit, krijst en tsjilpt, het kunnen apen zijn, vogels, tapirs, ik weet het niet, bronst of doodsangst, ik weet het niet… Ik hou mijn handen op mijn oren om de geluiden buiten te sluiten of toch op z'n minst te dempen. Kerstmis… Een ongerijmdheid hier, wat heeft de jungle met de geboorte van het Christuskind te maken?

De laatste keer dat ik een kerstfeest vierde was in het kamp Rieucros. Ik herinner me hoe ik midden in de nacht stilletjes opstond en uit het bovenste stapelbed klom, mijn kleren bijeengraaide die tussen schoenen, zakken en dozen lagen, om naar buiten te sluipen, weg van die vierenzestig vrouwenlijven die in hun slaap lagen te draaien en te zuchten, mompelen en snurken. Ik stapte de ijskoude nacht in die op mij wachtte onder een glasheldere sterrenhemel, de sterren waren zo groot en nabij dat ik ze leek te kunnen plukken alsof ik Le Petit Prince was.

We hadden het plan opgevat die dag tot een feest te maken, een baken in de grauwe zee van eendere uitzichtloze dagen. Het moest een dag worden die ons een injectie zou geven van zelfrespect, vitaliteit, hoop op de toekomst. We hadden zelfs van tevoren een kerstcomité benoemd en van het weinige zakgeld dat we van de Franse staat kregen wol gekocht om ondergoed en truien van te breien.

Ik herinner me hoe ik die nacht de hoofdkraan opendraaide voor onze watervoorziening en de kachel in het waslokaal aanmaakte – een vrij zinloze bezigheid omdat de ramen niet in hun sponningen pasten en de deur niet wilde sluiten. Ik maakte de andere vrouwen wakker en deed de deur naar buiten open, en voor die ene keer werd de afschuwelijke stank in de barak gemaskeerd door de binnenstromende nachtlucht die de geur van sparren met zich meevoerde. Wij zetten kaarsen neer en legden sparretakken in het rond. De schaduwen van onze lichaamsvormen waggelden zonderling vergroot langs de muren van de barak. We keken niet naar de vloer die we toch nooit schoon konden houden noch naar de stapelbedden met hun voddenbalen, maar naar de paar tafels die we bezaten en waarover we dekens hadden uitgespreid en waarop tinnen koppen met thee stonden te dampen en borden met eten klaarstonden. Ieder van de vierenzestig vrouwen in onze barak kreeg een cake en twee sinaasappels. Wij zagen er ook anders uit dan gewoonlijk, we hadden uit onze plunjezak een jurk te voorschijn gehaald die we voor deze dag bewaard hadden. Het ontroerendste moment brak aan toen een aantal vrouwen een pakje kreeg van hun mannen of geliefden die in het kamp Vernet zaten. Die mannen hadden zich het een en ander moeten ontzeggen om hun vrouwen in Rieucros iets aardigs te sturen. Spaanse Isabela kreeg een jurk – nu kon ze dat gescheurde lor, dat ze gedragen had in alle mogelijke concentratiekampen sedert ze Spanje verlaten had, eindelijk uittrekken, en Duitse Trudchen at chocola die haar door haar lief gestuurd was samen met een grappig versje over haar snoepzucht. We voelden ons één familie. We gingen de barakken uit en stonden in de twinkelige vrieslucht onder de sterren. De verschillende groepen hieven een lied aan. Ik hoorde droeve joodse liederen, sentimentele Duitse, opstandige Poolse, Spaanse, Franse...

Ik verplaats mijn gammele benen, concentreer me om niet te vallen en ga stap voor stap naar mijn Groene Hel toe, naar mijn Sirene, om haar iets te ontfutselen voor mijn kerstfeest. In Rieucros maakten we een boomskelet van prikkeldraad – aan prikkeldraad geen gebrek in een interneringskamp – en staken daar takjes groen aan vast. Ik verzamel mijn versieringen, en nu is ze toch weer gul, mijn Sirene, er zijn fabelachtige orchideeën en de mahaguas hebben bladeren die waaiervormig zijn – zo'n beetje als die van de rubberboom – en die zijn bedekt met donkergroene epifyten, en weer verderop hangen ovale roze vruchten. Ik versier de hut met de wonderen van het woud, ik krab de laatste rijstkorrels bij elkaar en de laatste koffie voor ons kerstmaal…

'A Merry Christmas to you, fair lady…' zegt plotseling een stem. Mijn patiënt, vormloos door alle kleren die ik hem heb aangetrokken en toegedekt door de regencape, lacht mij toe vanuit zijn hangmat. Opeens, na dagen, zijn oude lach, vanuit zijn grijze gezicht, van tussen zijn grijze lippen vandaan…

Je bent toen niet doodgegaan, Frans, want op die memorabele kerstdag klonk het geloei van een ossehoorn door het bos, ik rende naar buiten en zag Carlos Frey met zijn woeste baard en gele stadsschoen aan komen rijden. Hij was naar ons op zoek gegaan en had de s o s-signalen gezien die ik in de bomen gekerfd had. Daar kwam hij als een zeer lelijke, maar welkome zegen uit de hemel.

De bomen

Op de eerste foto die ik begin 1943 van het kappen van een boom gemaakt heb is een man met een bijl zichtbaar: een kleine gestalte die op een platform staat, dat rond de stam geconstrueerd is, en die zijn werktuig in de richting van de boven hem uittorenende woudreus zwaait. Een figuurtje van insektachtige onverzettelijkheid. Via wortels en lianen moet hij naar boven zijn geklommen om boven de keiharde plankwortels, waar geen bijl vat op heeft, uit te komen. Om zijn middel zijn lianen gebonden om hem voor vallen te behoeden.

Op de reeks foto's die ik maakte om het proces van het kappen nauwkeurig vast te leggen ontbreken de bijbehorende geluiden, maar bij het zien van de afdrukken komen als eerste weer de stemmen van de houthakkers tot leven, de kortafgebeten klanken die doelmatig werden afgevuurd. Toch doen mijn primitieve zwart-wit foto's geen enkel recht aan het werkelijke gebeuren, het is alsof de boom geweigerd heeft via mijn kleine cameraoog te worden gevangen. Noodgedwongen moest ik mij op details richten.

Telkens weer werd ik bij het vellen van een boom geïmponeerd door de snelheid (en de traagheid tegelijkertijd) waarmee het proces zich voltrok. Aanvankelijk was de inkeping die de bijl in de stam maakte gering, maar geleidelijk verwijdde die zich als een mond die zich openspert om daarbinnen het verse witte hout te laten zien. De mannen losten elkaar af tot de inkeping zo diep was geworden dat de boom begon te trillen – een trilling die zich via zijn gehele gestel tot in de uiterste twijgen voortzette.

Voor de man met de bijl was die siddering het sein om snel van het platform te springen, want dit was altijd een cruciaal moment. Vanuit de top van de boom begon een gemurmel, een vermoeid zuchten dat voorafging aan een tijdloos moment van uitstel: een algehele perplexheid die zich aan de lucht en al het omringende scheen mee te delen. Zoals de dodelijk verwonde stier in de arena nog een ogenblik bewegingloos blijft staan nadat hij de doodsteek van de matador heeft ontvangen, bevroren in een toestand tussen leven en niet-leven, zo bewaarde ook de boom nog enkele seconden zijn wankel evenwicht voordat hij een beweging van traag kantelen inzette, zich losscheurend van de laatste houtvezels die hem nog met zijn wortels verbonden. In mij daagde het besef dat via de boom ook de tijd werd aangevallen: de jaren, de eeuwen die in zijn jaarringen genoteerd stonden alsof ze door een nauwkeurige boekhouder waren vastgelegd.

En dan kondigde de boom met krakend gereutel zijn val aan en forceerde hij zijn doorbraak, even leek het erop of kleinere soortgenoten hem in hun groene armen zouden opvangen, maar alles wat hem in de weg stond werd in zijn val meegesleurd en onder zijn gewicht verpletterd.

Geraas als van een langdurige donder, begeleid door ontelbare echo's en gekrijs van beesten, weergalmde in een kakofonie van klanken. Een ongeloofwaardig gebeuren alsof bij een bombardement een kerktoren in de lucht explodeerde en in duizenden brokstukken naar beneden kwam... Afgeknapte takken staken als gebroken botten uit de warboel omhoog en als het waar is dat iedere cel een eigen leven heeft dan lagen daar myriaden cellen hun doodsnood uit te seinen; ik rook de intense geur die opsteeg, alsof de boom nog eenmaal zijn stem verhief in een mengeling van harslucht, geur van vluchtige oliën, rottenis en honing. Soms zwermden er verdwaasde bijen rond op zoek naar wat hun stad geweest was, maar de houthakkers maakten korte metten met de kolos, ze kapten de zijtakken eraf en in hoog tempo veranderde de boom in een stijve vorm, een stam – *zoals de stijve vorm van mijn grootvader op zijn sterfbed, een stam, een stamvader...* IJzeren kettingen werden rond de immense romp geslagen en het wegslepen nam een aanvang.

De trekossen waren, toen ik ze voor de eerste keer aan 't werk zag, een openbaring voor me. Zij waren getraind om twee aan twee te werken, achter elkaar ingespannen, en hadden ieder hun eigen positie in het team dat dikwijls uit zestien of meer dieren bestond. Tot mijn verbazing kenden zij hun plaats en reageerden ze op hun naam. Zo sloom als die beesten er normaal uitzien, zo lichtvoetig leken ze te worden op het moment dat zij een stam in beweging moesten zien te krijgen. Ze werkten samen in perfecte harmonie, bevelen uitvoerend alsof ze getrainde honden waren. Traag glijdend gingen de kolossale rompen op weg naar de rivier, soms met onvoorspelbare rukken uitschietend en heen en weer slingerend als een in het nauw gebracht dier dat voor zijn leven vecht. Voortdurend moest ik opzij springen terwijl ik bezig was foto's te maken.

Knallend met hun lange zwepen schoten de mannen een salvo van bevelen op de ossen af: 'Trek naar de andere kant... Tegenhouden. Nu rollen. Hou hem op het pad. Blijf op je plaats!' De ossen schenen er een eer in te stellen het karwei tot een goed einde te brengen – onwetende medeplichtigen in een apocalyptisch gebeuren. En zo zwoegden ze voort, tot zij, mannen zowel als beesten, vrijwel uitgeteld de brede in de jungle uitgehakte passage bereikten vanwaar de stammen met verhoudingsgewijs geringe inspanning naar de rivieroever konden worden gesleept. Enkele weken nadat de regens waren begonnen lag de Usumacinta vol met enorme stammen, die opstoppingen veroorzaakten en met oorverdovend gedonder tegen elkaar aan ramden, of over elkaar heen schenen te klimmen als parende beesten. Bootslui volgden de stuwende houtmassa's stroomafwaarts om ze, dikwijls met gevaar voor eigen leven, weer vlot te trekken.

Als de bijl in het bos komt zeggen de bomen: de steel is van ons... Maar tegenwoordig komt er aan het vellen van bomen amper meer een bijl te pas en ook de ossen zijn verleden tijd.

In de herfst van 1946 had ik mijn eerste ontmoeting met de bulldozer en de motorzaag. Langzaam sjokten onze muildieren voort, hun hoeven half wegzinkend in de slecht gedroogde bosgrond. We bevonden ons in het woud van Las Tazas. Hilario sloeg met zijn machete de takken weg om een doorgang te maken. De hitte was verstikkend alsof je door een deken moest ademen. Opeens hield mijn metgezel halt, rechtte het lichaam als een dier in alarm en fluisterde mij toe: 'Beweeg niet señora, ik hoor de bulldozers die de berg af komen.'

Al probeerde ik te luisteren met mijn hele wezen, mijn oren, gewend aan de claxons in de steden, registreerden niets dan geruis van bladeren, wind, gegons van insekten. Ik gebaarde naar hem nog een honderd meter verder te gaan. Toen was het mijn beurt om te stoppen. Iets had mijn neusvleugels getroffen, iets onbeschaamds te midden van de tropische geuren: benzinestank. Op hetzelfde moment hoorde ik geklop, een ritmisch slaan van machetes die zich een weg baanden en het dof gegrom van motoren.

'De bulldozers komen, señora,' waarschuwde Hilario nogmaals, en onze muildieren begonnen in paniek te steigeren toen drie machines als voorwereldlijke sprinkhanen, twee heel grote en een kleine, door het struikgewas heen braken met hun bruine berijders erbovenop en hun vrouwen met al hun toestanden erachteraan – een heel cortège. Twee Indianen, naakt tot aan hun middel, probeerden de weg vrij te maken. Met moeite konden wij onze muildieren ervan weerhouden de benen te nemen en hun bepakking tegen de bomen af te schuren.

Twee tijdperken ontmoetten elkaar... Arrogant kondigde het nieuwe tijdperk zich aan met zijn beschavingsstank.

'Het regenwoud is jouw drug,' zei Frans dikwijls tegen mij.

Maar steeds vaker gaf mijn drug mij een slechte trip. Wat begonnen was met die drie onnozele machines, geel als wespen in het woud van Las Tazas, ontwikkelde zich tot een onvoorstelbare plaag. Helikopters daalden uit de hemel en heren in witte overhemden rolden voor de verbaasde ogen van de Indianen rollen glanzende stoffen uit. De heren deelden vergulde horloges en pakjes sigaretten uit en alles voor niets, voor een duimafdruk op een papier, de Indianen verstonden de heren niet en lachten omdat zij voor een duimafdruk zoveel moois in ruil kregen. Zij begrepen pas wat er gaande was toen het geraas van kettingzagen en geronk van houttrucks hun wouden binnendrongen. En na de trucks kwam het vuur.

Onschuldig ogend eerst, in colonnes van kleine vlammetjes die de bodembedekking wegvraten, in een lange reidans knisterend, vrat het vuur bamboe en olifantsoor en talloze kruiden en planten, de zon scheen schimmig door de violet verkleurde rook, en daarin stonden de bomen die de zaag gespaard had, gewichtloos leek het, alsof zij losgemaakt waren van hun basis; zachtgele pluizige bloei hing nog in hun kronen en het vuur vrat het droge oudroze blad, de brand ging zijn eigen gang... Planten en bloemen konden niet als vogels op de wieken gaan, je zag ze zich sissend kronkelen als in een danse macabre, maar ook al het klein gedierte, de padden en slangen en de armadillos die zich in hun holen hadden ingegraven, omdat zij meenden daar veilig te zijn, werden levend geroosterd, en de nestjongen en de jongen van de pekari's en agouti's en de trompettervogels – het vuur vrat ze allemaal, het laaide hoger, het harde hout van ceder of catalpa gaf oorverdovende knallen; as en rook, takken en halve bomen werden de lucht in geslingerd door bulderende cyclonen van vuur.

En toen de regens de vuren hadden geblust of rivieren ze een halt hadden toegeroepen en een eerste groene waas zich over de asgrond had verbreid, begon de invasie van de landloze boeren met hun dieren die alles plattrapten en de bodem kaalvraten.

Ik moest op mijn paard voortdurend grotere afstanden afleggen om bij de nog levende Selva Lacandona te komen. Als in een zich repeterende droom liet ik mijn Rolleighflex klikken. Duizenden foto's heb ik gemaakt van levende bomen zowel als van hun verkoolde skeletten, met het irrationele gevoel dat ik daarmee van hun noodlot kon getuigen. De verslaving aan mijn 'drug', zoals Frans het noemde, bracht mij uiteindelijk niets dan nachtmerries.

5

Het verhaal van Bor Yuk en de kinderen

Op een dag in september negentienhonderdtweeënvijftig keerde Bor Yuk met zijn zoon K'in terug van zijn milpa en ontdekte dat alligatorjagers zijn hut hadden geplunderd, een van zijn vrouwen verkracht en vermoord en twee van zijn kinderen omgebracht. De onverlaten hadden zijn machete en al het gereedschap dat hij nodig had om te jagen en zijn land te verbouwen gestolen en zijn maïsvoorraad verbrand, zelfs zijn cayuco die op de oever van de Jataté had gelegen was verdwenen. Alleen zijn hoogzwangere jongste vrouw, zelf nog haast een kind, had zich samen met kleine Kayum weten te verbergen en was zo de dans ontsprongen. Kort na de ramp baarde zij haar eerste baby, maar het leek erop of Kisin, de god van het Kwaad en de Dood, niets onbeproefd wilde laten om Bor en zijn gezin te vernietigen, want moeder en kind stierven tijdens de bevalling. In zijn wanhoop vluchtte Bor met zijn twee overgebleven zonen K'in en Kayum naar de naburige ranch El Real.

Toen berichten over de tragedie Na Bolom bereikten liet Trudi ogenblikkelijk paarden zadelen om samen met Frans naar El Real te reizen en zich van de situatie op de hoogte te stellen. Bor en de kinderen bleken er fysiek slecht aan toe te zijn terwijl Bor als gevolg van de ramp ook nog min of meer psychotisch was. Trudi en Frans besloten om de Lacandón-familie met zich mee terug naar Na Bolom te nemen, hoewel het gevaar bestond dat de Indianen in San Cristóbal de las Casas ziekten zouden opdoen waarvoor zij niet immuun waren, maar hun toestand was zo abominabel dat er geen keus was.

Het was hoogst beangstigend voor Bor om mee te gaan, want van zijn stam was nog nooit iemand verder gekomen dan Ocosingo dat toentertijd niets dan een kleine nederzetting van adobehutten was. Bovendien waren er een tiental jaren terug drie Lacandones uit Lacanjá door rubbertappers gekidnapt en als curiosa in een kooi op de kermis in Tuxtla tentoongesteld. Zij waren nooit teruggekeerd en hun verdwijning had een traumatische achterdocht teweeggebracht. Daar kwam nog bij dat zij te paard zouden reizen, iets dat Bor onoverkomelijk toescheen – hij had die vreemde diersoort wel een enkele maal gezien, maar hij bezat de diepgewortelde angst van zijn volk voor deze grote hoefdieren: de legendarische oervijanden op wier rug de vreemdelingen met hun stenen huid hun Maya-wereld waren binnengedrongen om die te vernietigen. Geen van de Lacandones had ooit een dergelijk dier bereden.

Met eindeloos geduld introduceerden Trudi en Frans een merrie die zij hadden uitgezocht vanwege haar placide persoonlijkheid, desalniettemin moest de gewoonlijk onbevreesde Lacandón al zijn moed verzamelen om haar zelfs maar over de neus te aaien. Zij lieten niets onbeproefd, maar Bor weigerde op te stijgen. Hij kondigde aan dat hij naar Las Casas wilde gaan lopen en Frans moest sterke argumenten gebruiken om hem duidelijk te maken dat dat een veel te verre voettocht zou zijn.

Tienjarige K'in was het die zijn vader er uiteindelijk toe overhaalde het toch te proberen, want de veedrijvers van El Real hadden de jongen herhaaldelijk voor zich op het paard genomen en hem zo vertrouwd gemaakt met de traditionele vijand van zijn volk. Door zijn voorbeeld lukte het ten slotte om ook Bor in het zadel te krijgen (zijn vaderlijk overwicht had overigens wel een eerste deuk opgelopen bij deze paardengeschiedenis). Los daarvan was er nog iets anders in Bor dat zich tegen zijn vertrek verzette. Hoe kon hij zich losscheuren van de Jataté? Hij dacht aan de dieren, het water, het kleine verlaten godshuis, de boshond waarmee hij gewoon was op armadillos te jagen, hij dacht aan de gewijde plek waar hij na hun geboorte de navelstreng van zijn zonen had begraven: de 'zetel' die zij van de goden gekregen hadden ten teken dat zij daar op die plaats thuishoorden.

De curieuze karavaan begaf zich op weg, maar iedere dag die de tocht duurde, ieder uur, werd Bor gekweld door heimwee, zorg om zijn milpa die door de jungle zou worden overwoekerd, misschien zou hij zijn vruchtbomen niet meer kunnen terugvinden, zouden de vogels komen en alles kaalvreten. Anderzijds wilde hij zelf toch ook die vervloekte plek verlaten waar het onheil hem had getroffen. Hij vroeg zich evenwel af wat voor wereld daarvoor in de plaats zou komen. Zijn angst voor het paard had hem een voorproefje gegeven van wat hem, zoals hij vermoedde, te wachten stond. Hij bezat geen kennis van die onbekende wereld, die kon situaties voor hem in petto hebben waartegen hij niet opgewassen was, hij had het gevoel dat hij elke controle over zijn leven en dat van de kinderen was kwijtgeraakt. Met verbazing staarde hij naar de vaqueros die macho en met losse teugels hun paarden bereden terwijl zij hele watervallen van witte runderen over de mulle wegen dreven, ze aansporend met een klokkend keelgeluid. Hij meende dat zij spottend naar hem keken, opmerkingen uitwisselend in een taal die hij niet verstond. Een machteloze woede overmande hem bij hun aanblik, hij klauwde zich vast aan de manen van het paard, voelde hoe zijn geest bevangen werd door een verterend heimwee dat evenwel direct daarop overspoeld werd door het spookbeeld van zijn vermoorde kinderen, zijn verkrachte vrouw, haar bebloede schaamdeel ontbloot, haar ogen uitgepikt door de gieren. Leken de vaqueros niet verdacht veel op alligatorjagers zoals ze daar reden met een pistool in hun broekriem, met hun brutaal fonkelende blikken?

Hier en daar bevonden zich open plekken in het bos waar houthakkers bezig waren met het neerhalen van mahonie- en kapokbomen. Lachend en met het hoofd in de nek, keken de mannen naar de boomkruinen om de hoogte te taxeren en de richting waarin het gevaarte moest vallen. Spannen van twaalf of meer trekossen sleepten in trage processie de gigantische tronken in de richting van de Jataté. De kinderen, met z'n beiden op een muildier vastgebonden zodat zij er niet af konden tuimelen, vonden dit alles heel spannend. Bor daarentegen beschouwde de houtkap misnoegd en stilzwijgend. Niet alleen hijzelf, ook zijn hele wereld leek door een aardverschuiving te zijn getroffen. Hij hoorde de kinderen lachen wanneer hun rijdier het op een draven zette en zij door elkaar geschud werden, hij schopte zijn merrie met de hiel om niet achterop te raken, hij wilde zichzelf voor de gek houden, wilde aan de jongens laten zien dat hij sterk was, tegen ze schreeuwen dat alles in orde zou komen, dat ze alles maar aan hem moesten overlaten...

Ze kwamen door glooiend open land. Het zonlicht deed pijn aan zijn ogen, hij was het vochtige warme halfduister van het oerwoud gewend. *Wanneer het zonlicht loodrecht op je schouders valt zal de wereld vergaan*, luidde de Maya-profetie. Nu viel het loodrecht op zijn schouders, de hitte drong door zijn lichaam als gloeiend lood, hij ervoer dit als de aankondiging van doem.

Maar nadat zij enkele dagen westwaarts door de Jatatévallei waren gereisd en Ocosingo achter zich hadden gelaten, voelde hij zich enigszins loskomen van de Selva waar hij zijn leven lang gewoond had. Aanhoudend vroeg hij aan Frans hoeveel verder zij nog moesten rijden om Las Casas te bereiken. Hij scheen een Las Casas-fixatie te ontwikkelen en begon voorbijgangers te groeten, luidkeels roepend dat hij naar Las Casas onderweg was. Zo groeide hij in zijn eigen ogen tot een man van de wereld, want iemand die de naam van een stad weet te noemen kan geen vreemdeling zijn en evenmin een stom rund. Toen evenwel de kerktorens van Cristóbal de las Casas in zicht kwamen boven op de Guadalupe-heuvel, viel hij plotseling stil. Was hij overdonderd door de aanblik? Vreesde hij de verwerkelijking van zijn bange verwachting? Of deed de uitputting van deze vreemde reis zich ten volle voelen nu het einddoel bereikt was?

De drie Indianen reden met hun escorte de stad binnen en van dit tijdstip af zou hun leven nooit meer hetzelfde zijn. De kinderen op hun pakezel wezen elkaar fluisterend dingen die hen verbaasd deden staan. Hoe was het mogelijk dat er zoveel huizen en mensen bestonden? Ze staarden naar de auto's, straatlantaarns, de uitstallingen in winkels, naar rijke mensen die in immense huizen woonden met versierde deuren en ramen, en hun gedachten gingen daarbij ondoorgrondelijke wegen.

Zodra ze Na Bolom waren binnengekomen kwam de keukenmeid zoete broodjes, thee en vruchten brengen. Dit alles werd door de Lacandón-familie met zichtbaar en hoorbaar genoegen verorberd. Problemen dienden zich pas aan bij het avondeten, want toen kwam er rundvlees in mole-saus op tafel, en bloemkool met kaas en puree. Bor onderzocht alles vol wantrouwen. Hij had een gezonde eetlust en hield van vlees, maar rundvlees kon in zijn ogen geen genade vinden vanwege de achterdocht van zijn volk tegenover alles wat met runderen van doen had. Bloemkool was volstrekt nieuw voor hem en hij kende geen aardappelen in gepureerde vorm.

'Ik eet dit niet, het is niet goed,' zei hij met onverholen afkeer in zijn simpel Spaans.

Gelukkig waren er in de keuken nog zwarte bonen die enkel opgewarmd hoefden te worden en deze werden het drietal voorgeschoteld samen met tortillas en eieren. Kleine Kayum, te moe om te eten, viel onder de tafel in slaap. K'in daarentegen brak boven zijn bord met zwarte bonen in tranen uit. In zijn opwinding over al het nieuwe en zijn drift alles te willen onderzoeken had de tienjarige het onbekende voedsel graag willen proberen, maar zijn vaders autoriteit was – op dat tijdstip althans – nog absoluut. Wanneer Bor zei dat het eten niet deugde zou ook K'in dit niet aanroeren.

De volgende dag verliep al soepeler want er was kip voor ze klaargemaakt en aangezien kippen enige gelijkenis vertonen met cojolites, de fazanten van het regenwoud, werd dit gerecht met enthousiasme naar binnen gewerkt, terwijl de botten onder de tafel werden geworpen. Varken was ook acceptabel, omdat Bor gewoon was geweest met pijl en boog op pekari's te jagen en wat hem bekend voorkwam kon naar zijn mening geen gevaar opleveren.

De in hun ogen zonderlinge eetgewoonten werden boven

verwachting snel overgenomen en binnen afzienbare tijd hanteerden zij mes en vork aan de tafel die overigens als een overbodig meubelstuk werd ervaren. Vier jaar oude Kayum zat aan een eigen tafeltje en betoonde zich bijzonder ingenomen met het zilveren kinderlepeltje dat Frans voor hem in Villahermosa gekocht had, en zo ging het er ten slotte op lijken dat de geadopteerde Lacandones als min of meer aangepaste stadsbewoners een plaats in de geciviliseerde wereld zouden kunnen gaan innemen.

Het drietal moest vervolgens leren om in bad te gaan, in de cayuco blanco, zoals Bor de badkuip noemde. In het oerwoud waren de Lacandón-kinderen gewend om in meren en rivieren te badderen, maar een wasbeurt met borstel en zeep, zoals Trudi voorstond, werd door Bor als een onnodig wrede behandeling gezien. Een nog gecompliceerder probleem wierp het gebruik van de wc op. Bij aankomst had Bor meteen gevraagd welk deel van het erf de bewoners van Na Bolom gebruikten om zich te ontlasten. Trudi vertelde hem dat in de stad de mensen zo dicht op elkaar wonen dat het niet goed zou zijn wanneer zij hun stukje grond voor hun behoeften zouden gebruiken. Met zijn hoog ontwikkeld gevoel voor hygiëne accepteerde Bor deze uitleg zonder problemen, en daarop aansluitend nam Frans zijn drie gasten mee naar het toilet om een demonstratie te geven van het doorspoelsysteem. Niettemin bleef voor Bor de wc iets onbegrijpelijks.

De eerste die het systeem doorhad en er lol in kreeg was de kleine Kayum. Hij ontwikkelde een ware hartstocht om steeds opnieuw door te trekken om te kijken naar het fascinerende schouwspel van de miniatuurwaterval in de closetpot. De eerste keer dat Bor de wc gebruikte kwam hij in tranen uit het hokje te voorschijn en toonde Frans de afgebroken trekker in zijn hand.

'Bor begrijpt niet… kapot,' kermde hij. 'Bor niet begrijpen.'

Waarop kleine Kayum schreeuwde: 'Kayum weet.'

Hoewel Frans Bor kalmeerde door te zeggen dat dit onbelangrijke ongeval gemakkelijk te verhelpen viel bleef hij nog wekenlang de assistentie van kleine Kayum inroepen om het watercloset voor hem door te spoelen.

Er was echter één ding in deze voor hem fascinerende ofschoon ondoorgrondelijke wereld dat Bor absoluut niet kon accepteren, en dat was de pispot. Trudi introduceerde dit voorwerp om te zorgen dat hij niet uit zijn kamer hoefde te komen gedurende de koude hooglandnachten. Tegen deze maatregel rebelleerde Bor, hij weigerde zijn slaapplaats te bevuilen zoals hij dat uitdrukte.

Wanneer Bor kwaad werd kon hij eruitzien als een demon: zijn lange zwarte haar vloog dan om zijn gezicht, zijn ogen schoten vuur of hij bonkte plotseling met zijn vuist tegen zijn voorhoofd terwijl zijn diepe stem in onverstaanbaar Maya verwensingen uitte.

Struikelblok in de ontwikkeling vormde de zich vaak herhalende communicatiestoornis tussen Trudi en de Lacandones. Trudi moest met grote omzichtigheid te werk gaan en dat was niet haar sterkste zijde. Frans had meer geduld. Hoe kun je boos zijn op een wilde boskat die is komen aanlopen en die het vertikt zijn behoeften op de kattebak te doen? betoogde hij. Hij voelde het als een vernederende aangelegenheid om die Lacandón op de pot te krijgen – alsof je een paard een gebreide broek aandoet, zei hij. Het conflict escaleerde toen bleek dat de drie Indianen aan wormen laboreerden. Zij moesten een wormenmiddel, een aftreksel van pompoenen, innemen en hun ontlasting diende gecontroleerd te worden op aanwezigheid van die ellendige parasieten. Dit vond Bor volstrekt verwerpelijk, hij riep met donderende stem dat Trudi niet naar zijn excrementen mocht kijken. Bij ogenblikken dreigde de situatie uit de hand te lopen. K'in koos de zijde van zijn vader en werd brutaal en onhandelbaar, Kayum raakte in tranen en Bor dreigde met zijn vertrek. Dit dreigement maakte Trudi woedend en perplex omdat het haar deed voelen dat het enkel van Bors goedertierenheid afhing of het drietal zou blijven. Frans daarentegen praatte rustig op de Lacandones in, begrijpend dat alles wat met de anus te maken had voor deze mensen taboe was, hij had begrip voor Bors grondige afkeer van die wormenaffaire en wist Trudi te bewegen de hele zaak voorlopig op zijn beloop te laten. Zo ontstonden er voortdurend wrijvingen en ondergrondse misverstanden. Er waren dagen dat Bor de aangeleerde beschavingstrucs van zich af scheen te schudden, dan bewoog hij zijn hoofd als een leeuw gevangen in een harnas, dan leek hij alles te vergeten, morste met eten, scheurde zijn kleren, brak messen en vorken alsof zijn kracht onbeheersbaar was geworden. Vreemde ziektekiemen bestookten het drietal en er ontstond wantrouwen tegen deze als het ware behekste omgeving die onzichtbare kwellingen op hen afstuurde, ze schuwden medicijnen alsof het vergif was… Trudi's enige kans bestond daaruit dat zij via K'in de vader kon beïnvloeden, want kinderen absorberen nieuwe leefomstandigheden gemakkelijker dan volwassenen en deze kleine Lacandones vormden daarop geen uitzondering.

Toen Bor ziek werd bracht zij de kinderbedjes in haar eigen kamer om de jongens te isoleren, niet alleen tegen de ziektekiemen, maar ook om ze te onttrekken aan het vaderlijk gezag. Zij speelde in op K'ins nieuwsgierigheid naar al het onbekende. Al spoedig waren de rollen omgekeerd en vroeg Bor wanneer hij iets niet begreep aan K'in om uitleg. Deze had gewoonlijk een verklaring bij de hand, die (voor zover zij kon beoordelen) aardig nauwkeurig was. Bor luisterde aanvankelijk met verbazing, vervolgens met trots naar de intelligente opmerkingen van zijn oudste en het eindigde ermee dat de vader in veel aangelegenheden zowel correctie als instructie van zijn zoon accepteerde.

De eerste twee weken sliepen de Lacandones alsof zij betoverd waren. Onverschillig op welk uur of welke plaats, bij voorkeur liggend op de grond, sliepen zij alsof zij vergetelheid zochten voor de wrede dingen die hun waren aangedaan, of misschien om aan een gevoel van totale hulpeloosheid te ontkomen. K'in en Bor leken weg te zinken in een bodemloze put, ze maakten geen geluid, bewogen zich niet, Kayum daarentegen leed aan nachtmerries. Terwijl het kind overdag geen tekenen van angst of depressie vertoonde begon het hartverscheurend te gillen zodra het in slaap was gevallen alsof een herhaling van de gebeurtenissen hem in zijn slaap folterde. Het hielp niets of Trudi hem al door elkaar schudde, hij was niet wakker te krijgen, en na enkele ogenblikken begon het kermen en gillen opnieuw. Ten einde raad – en nu ze geen argumenten hoefde te gebruiken was haar intuïtie feilloos – nam ze Kayum bij zich in bed om hem door haar lichaamswarmte en het contact met haar borsten tot kalmte te brengen. Wat had het kind gezien? Kayum was niet bij machte iets te vertellen. Hoorde hij de gesmoorde kreten van zijn moeder onder het lichaam van de alligator-jagers? Zag hij het wringen van haar rug over de lemen vloer als van een worm waardoorheen je een lange doorn gesto-ken hebt om hem op zijn plaats te houden? Zag hij mis-schien de bezwete kop van de verkrachter met zijn broek op zijn knieën? Hoorde hij de doodssnik van de baby? De stilte daarna?

'Maar je moeder is niet echt dood,' zei Trudi. 'Ze kan al-leen niet meer in haar lichaam wonen, dat is kapot, zoals een boot kapot is of een kruik. In een kapotte kruik kun je geen water meer doen, dat loopt eruit. Maar zijzelf is met de gees-ten meegegaan naar het land van regen en mist, waar de do-de mensen zingen en lachen en haasje-over spelen, naar het land waar alles zingt…'

Zij schilderde op de muur boven zijn bed een Indiaanse vrouw met lang zwart haar, die danste en omgeven was door dansende bloemen.

'Ga jij daar ook heen?' vroeg K'in terwijl hij de muurschil-dering aandachtig bekeek.

Trudi aarzelde. 'Ik hoop dat ik daar ook heen ga, naar het land van regen en mist, want het is daar mooi.'

K'in keek sceptisch. 'Nee, jij gaat daar niet heen. Jij bent wit.'

'Waar ga ik dan heen?' vroeg Trudi geamuseerd.

'Naar het land van Jesucristo. Jesucristo is een witte man.'

'Hebben goden verschillende kleuren?'

K'in knikte.

'Welke kleur heeft Hachákyum?'

K'in moest lang nadenken. 'Kleur van zon. Kleur van ster, kleur van rook… Hachákyum heeft veel kleuren… Waar ben jij geboren?'

'In een land heel ver weg, je moet over een groot water varen.'

'In het land van goud?'

Verrast keek ze de jongen aan. 'Wat weet jij van goud?'

'Als je goud hebt ben je een koning…'

'Het goud is slecht. Het houdt mensen gevangen.'

'Waar ben jij geboren?'

'In het land van de sneeuw. Sneeuw is wit en ik ben ook wit. Sneeuw komt uit de lucht, net als regen, maar het is wit en zacht en bedekt alles als een grote witte deken en daaronder blijven de planten en de dieren warm wanneer het koud is.'

Om K'in wat bezigheid te verschaffen gaf ze hem papier en kleurpotloden en maakte simpele tekeningen voor hem om als voorbeeld te dienen, maar het denkbeeld dat hij die kon natekenen vatte hij niet. Hij was niet opgevoed met alle mogelijke afbeeldingen in boeken en op foto's en het concept van een grafische voorstelling van een voorwerp was hem onbekend. Alleen de voorwerpen zelf kende hij. Toen hij ten slotte toch begon te tekenen vulde hij de ene bladzijde na de andere met abstracte vormen en symmetische versieringen en het verbaasde Trudi dat zijn tekeningen opvallende gelijkenis vertoonden met de ornamentering die veel van de oude Maya-tempels versierde.

Toen Kayum, jaren later toen hij al schoolging, ook begon te tekenen verlustigde hij zich in het uitbeelden van barbaarse poppetjes met grote tanden en pistolen of poppetjes waar bloed uit te voorschijn spoot, zoals kinderen doen die in een oorlog verschrikkingen hebben meegemaakt. Want hoe kon hij, Kayum, die vloer vol bloed vergeten, en de horzels die binnenzwermden om van het bloed te drinken voordat dat een harde koek zou zijn geworden? Hoe kon hij de zopilote met zijn kale kop met rode lellen vergeten die aan kwam huppen om in het vlees van zijn moeder te hakken en in het weke gezicht van de baby, om die twee de ogen uit te pikken?

Altijd opnieuw, jarenlang, zou die gier komen aanzweven, en nog een gier en nog een, en zag hij ze stappen in het stroperige bloed, zag hij de spastisch bewegende billen van de mannen die zijn moeder besprongen, zag hij de bloederige baby als een gevild konijn, zag hij zijn vader aankomen met zijn pijl en boog op de rug en K'in achter zich aan, zag hij de bruine hand van zijn vader vol schaafwondjes beven terwijl deze om zich heen keek en zijn machete omhooghief als om een slag af te weren, zag hij het mes in de hals van zijn moeder en haar lange haar als een zwarte rivier over de vloer.

De herfst kwam vroeg dat jaar. IJzige wind blies over het hoogland en het werd voor de Lacandones te koud om in een katoenen tuniekje rond te lopen. In dekens gewikkeld zat het drietal overal in het rond. Er dienden dus warmere kleren gemaakt te worden. Trudi zette zich achter haar Singer-naaimachine om wollen ondertunieken te fabriceren en een soort poncho's. Die vonden Bor en de kinderen prachtig. In een later stadium probeerde Trudi ook meer steedse kleren op de drie Indianen uit. Die onderneming ontaardde doorgaans in een bizarre vertoning. Trudi was niet bepaald een couturière: de kleren zaten scheef, in een bloes zaten twee linkermouwen, zij rukte aan de stof om de boel recht te trekken, Frans moest eraan te pas komen om knoopjes dicht te maken, terwijl Trudi met een mond vol spelden op de grond geknield lag.

De volgende stap in hun ontwikkeling tot stadsbewoners hield het kopen van schoenen in. K'in sprong bij dit vooruitzicht in de lucht van plezier. In hun wonderlijke uitdossing liep het gezelschap over de met ronde klinkers bestrate wegen van Cristóbal de las Casas langs het ene huizenblok na het andere waarin zich hier en daar kleine winkels hadden gevestigd, sommige niet veel groter dan een kast, die uitpuilden van alle mogelijke voorwerpen. De kinderen vroegen of al die dingen namen hadden en werden bij het bevestigend antwoord stil van ontzag. Trudi realiseerde zich dat zij behalve kennis van de dingen zelf ook een nieuw vocabulaire zouden moeten leren, zelfs Bor leek door zijn onbekendheid met al het nieuwe gedegradeerd te worden tot een kind van vijf.

Zij kwamen maar traag vooruit want overal moest er wel iets aan een onderzoek onderworpen, bekeken of bevingerd worden. Kayum bestudeerde de hangsloten en koperen kloppers aan de deuren van patriciërshuizen. K'in werd gebiologeerd door rijdende vehikels, bulkige vrachtauto's volgeladen met trossen bananen of gezouten vlees en hij imiteerde al lopend het gegrom van die vierwielige gevaarten, hij was vol bewondering voor een dikke chauffeur in een bezweet overhemd achter het stuurwiel van een truck. Wie was die chauffeur? Hoe voelde die zich achter het stuurwiel van zijn vierwielig monster?

Er kwam een hondekar door de straat beladen met aarden potten vol vruchtesappen, de straatventer hengelde met een grote soeplepel sap uit de potten en schonk dat over in de kommetjes en kruiken van de kopers. Een vriendelijke dame haalde voor de drie Lacandones glazen uit haar huis opdat ook zij van het sap konden drinken en al gauw bleven er voorbijgangers staan om naar de ruigbehaarde vreemdelingen te kijken. Bor voelde zich niet op zijn gemak en herwon zijn vrolijkheid pas weer toen zij een ladino-winkeltje binnengingen waarvan de muren van de zoldering af behangen waren met leren tassen, laarzen en hoeden. Van het ogenblik af dat ze daar over de drempel stapten werd Bor betoverd door de aanblik van een paar laarzen die met gestikte krullen en koperbeslag versierd waren. Geen enkel ander paar kon genade in zijn ogen vinden, laat staan dat hij zich zou verwaardigen om naar de harraches, de Indiaanse sandalen, te kijken die Trudi voor haar Lacandones op het oog had. Zijn aandacht scheen zich uitsluitend op die ene fabelachtige laars te focussen, terwijl de rest van de winkelvoorraad in zijn geest tot een bonte vlek verwaasde. Niet wetend hoe de laars aan de muur was opgehangen trok hij er zo hard aan dat een dozijn zadeltassen uit de hoogte naar beneden kwam tuimelen. Trudi zond verzoenende glimlachjes naar de eigenaar van de winkel, die zich op zijn beurt uitputte in verontschuldigingen alsof zijn koopwaar en niet Bor de schuldige van de aangerichte ravage was. Bor wrong zijn blote voet in de schacht, draaide, steunde en stampte om de laars ordentelijk aan zijn been te krijgen. De fraai glimmende laars bleef echter weerstand bieden, de leest was te smal voor Bors voet. De verkoper probeerde hem ander schoeisel aan te praten, maar even plotseling als zijn begeerte was gewekt was die ook weer gedoofd. Zonder een woord liep hij de winkel uit, Trudi betaalde overijld de harraches die zij voor de jongens had uitgezocht en haastte zich naar buiten om aan het eind van de straat Bor te zien voortstappen als de eenzame uitheemse god naar wie hij vernoemd was. In een wereld die op de een of andere manier zoveel groter was dan die hij kende, trof het K'in dat zijn vader zo gering van gestalte was, zoals hij daar met afhangende schouders voortliep op die wonderlijke voeten met wijd gespreide tenen – dat zijn vader zulke rare voeten had was hem nooit eerder opgevallen.

Op de mercado gingen Trudi en Bety rode uien en meloenen kopen. De kinderen liepen rond in het zachte gedruis van stemmen als in het ruisen van een zee. Hun ogen zwierven over de vele kleurige koopwaren die daar uitgestald lagen in een verscheidenheid als zij nog nooit eerder gezien hadden: Spaanse pepers, limoenen, witglinsterende zoutkegels, levende kippen, bossen groente, suikerriet, zwarte en gespikkelde fríjoles, kalkoenen die op de grond lagen als slagzij makende schepen, de snavels amechtig open met het dolkvormige tongetje zichtbaar daartussen... Kayum zag een Indiaanse vrouw op de grond zitten met het brede zachtbruine gezicht van zijn moeder. Zij lachte naar hem en gaf hem een papaja, hij ging op zijn knietjes bij haar zitten, haar bruine hals, haar bolle buik onder de rebozo trokken hem onweerstaanbaar aan, hij wilde daartegen wegkruipen.

'Wat mankeert je?' vroeg Trudi en trok hem weg.

Señora Trudi had een wit lijf en een hardere stem dan waaraan hij gewoon was en praatte met woorden waarover hij moest nadenken eer hij ze begreep.

De gouverneur van Chiapas, generaal Francisco Grajales, werd door Frans op de hoogte gehouden van het wel en wee van de drie refugiés, en deze had daarop gereageerd door een deel van het geld dat nodig was voor hun onderhoud voor te schieten. Beleefd en zonder al te zeer aan te dringen had hij laten weten hoezeer hij het op prijs zou stellen wanneer hij – als tegenprestatie – de drie Lacandones zou kunnen ontmoeten. Nadat er een afspraak was gemaakt wist Frans van vrienden een Dodge te lenen om de tocht van vijfenzeventig kilometer naar Tuxtla te kunnen ondernemen. Aanvankelijk wilde Bor niet instappen in de mening dat de Dodge een verkapt soort vliegtuig was, maar de jongens sprongen er onbevreesd in en Frans moest eerst een aantal proefritjes met de kinderen rijden voordat Bor het er ook op waagde. Niet alleen verloor hij bij die gelegenheid zijn angst voor de automobiel, hij kreeg zozeer de smaak van het rondtoeren te pakken dat hij informeerde of hij niet per auto naar de jungle kon terugkeren.

Op de bewuste dag vertrok de Dodge volgestouwd met de drie Indianen, Trudi en Frans achter het stuur in de richting van Tuxtla. Het was een tocht door een van de meest oogverblindende landschappen ter wereld. Nu eens waren Bor en familie ademloos stil om dan weer met luide uitroepen hun mening ten beste te geven omtrent de gigantische houttrucks op de weg, of het panorama van de in nevels gehulde Sierra Madre.

In Tuxtla aangekomen kende Bors verbazing geen grenzen toen hij zich geconfronteerd zag met het Capitool, een blok lang, twee etages hoog gebouw in Spaans-koloniale stijl. De afmeting hiervan was het eerste waar hij commentaar op gaf. Om de burelen van generaal Francisco Grajales te kunnen bereiken moesten zij een pompeus versierde marmeren trap bestijgen – de eerste en tevens laatste marmeren trap die hun blote voeten ooit zouden betreden – en het leek erop of Bors gevoel van eigenwaarde bij iedere trede toenam.

Zodra het gerucht zich verspreidde dat er drie legendarische Lacandones in Tuxtla waren gearriveerd begon zich een menigte te verzamelen op de binnenplaats van het Capitool dat in een carré gebouwd was. De kinderen waren beduusd door de hoeveelheid mensen die zij zagen, méér mensen dan er in de totale jungle rondom de Jataté woonden, maar tot ieders verbazing wist Bor zich ten overstaan van een zo groot publiek magnifiek te gedragen. Hij verscheen geflankeerd door zijn kinderen – alle drie in hun witte tunieken hetgeen hun een aanzien gaf alsof zij verschijningen uit een geestenwereld waren – op het balkon van de tweede verdieping, hief zijn linkerarm omhoog en groette de menigte met een gebaar van een grand seigneur. Met zachte dwang moest Frans hem van het balkon verwijderen want het zag ernaar uit dat hij zijn voorstelling langdurig en met verve zou voortzetten. Hij was zo brooddronken van zijn succes dat hij enkele bloemetjes uit de bougainville plukte die het balkon omslingerde en die in zijn geperforeerde neusvleugels hing om zo, versierd, voor het laatst zijn toeschouwers te groeten. Vervolgens werd de bloesemende Bor aan generaal Grajales voorgesteld. Hij begroette de generaal hartelijk en op voet van gelijkheid. Het moet een van de zeldzame keren geweest zijn dat de gouverneur drie menselijke wezens tegenover zich zag die zo argeloos en ontbloot van verlegenheid waren. Want ook K'in en Kayum, aangestoken door de euforie van hun vader babbelden vrijmoedig en struinden door de zalen van het Capitool om alles aan een onderzoek te onderwerpen.

Zonder enige plichtplegingen spraken generaal en Lacandón met elkaar. Bor schreeuwde luid als gewoonlijk en onderbrak de gouverneur aanhoudend met de mededeling dat hij een vrouw, machetes en maïs nodig had voor zijn terugkeer naar de jungle. De gouverneur beloofde niets (wat Trudi niet ontging), maar scheen verrukt van het feit dat hij behandeld werd als een toevallige nieuwe kennis van deze onconventionele bewoner van het regenwoud.

Het enige dat Bor, K'in en Kayum niet konden appreciëren in Tuxtla was het vanille-ijs dat in een openluchtkraampje verkocht werd. Geen van drieën vond dat koude spul lekker en ze schenen het allerzotst te vinden dat de stadsmensen dit met zoveel smaak verorberden. Het gezicht dat zij trokken (Bor nog steeds met bloemen in zijn neus) en hun tong die het koude hapje weer naar buiten werkte vormden een schouwspel dat door de omstanders met hilarisch gelach werd gehonoreerd.

Maan en heimwee

Voor het naar bed gaan was het de gewoonte dat de Na Bolom-familie nog even ontspannen samenbleef om met elkaar te praten. Zo waren er die avond in de schemerig verlichte eetkamer twee gesprekken gaande, een in het Spaans met Engelse woorden doorspekt, het andere in opgewonden Maya tussen Bor en zijn zonen. Aangezien de Lacandones van de Jataté hun eigen taal met dramatische nadrukkelijkheid spreken waren Frans en Trudi aan deze luidruchtige familiediscussies gewend. Die nacht scheen er echter iets te zijn dat Bor agiteerde, zijn blik dwaalde voortdurend af naar de donkere patio.

Plotseling stond hij op en ging naar buiten om naar het achtererf te gaan. Dit verwonderde Trudi, want Bor bleef altijd binnen om alle mogelijke Lacandón-problemen met haar en Frans te bediscussiëren.

Kort daarop kwam hij terug. 'Hartrures,' riep hij met verontruste stem (omdat de naam Gertrudis voor hem onuitspreekbaar was had hij die tot Hartrures verbasterd, ook de kinderen noemden haar zo en Trudi koesterde deze naam met grote genegenheid zonder die ooit te corrigeren). 'Hartrures, kijk naar de kleine maan…'

Waar had hij het over? De maan moest bijna vol zijn. De avond tevoren nog had Trudi de Guadalupe-heuvel beklommen om te genieten van de aanblik van de door heuvels omsloten Las Casas-vallei overspoeld door haar zachte licht. Zij begaven zich allemaal naar buiten. Er bleek een maaneclips te zijn, duidelijk zichtbaar in de wolkeloze hemel. Hoe had Bor geweten dat dit te gebeuren stond? De Lacandón las geen krant, hoewel ook Frans en Trudi de aankondiging van het op handen zijnde evenement gemist hadden. Was het mogelijk, vroeg Trudi zich af, dat de Lacandones nog niet alle restanten van de astronomische wetenschap van de oude Maya's verloren hadden? De maan zag eruit alsof zij een monnikskap droeg.

Bor begon te zingen, zijn armen uitstrekkend naar de overschaduwde satelliet. Een merkwaardig gedruis werd hoorbaar uit de nabuurschap, overal begonnen de bewoners in de stad op trommen en pannen te slaan, ze brachten ratels in beweging en bliezen op toeters alsof het nieuwjaarsnacht was. (Waarom, zo zou Frans later tegen Trudi zeggen, hadden hun mestiezenburen zo'n minachting voor hun Indiaanse gast, terwijl zij dezelfde rituelen in ere hielden?) Bor en zijn oudste zoon geraakten in een staat van steeds grotere opwinding, kleine Kayum daarentegen bleef onaangedaan en nestelde zich tegen Bety aan om warm te blijven.

Bor zei: 'In Sakrum slaat mijn broeder Vincente Yuk op de trom en schiet brandende pijl naar maan.'

'Waarom een brandende pijl?' vroeg Frans.

'Om maan haar licht terug te geven...'

Trudi's gedachten gingen naar haar vrienden in Najá, een handvol primitieve mensen, afgesneden van menselijk contact door dichte wouden, bergkloven en gevaarlijke rivieren. Zou ook Chan K'in waken gedurende deze kosmische crisis? Zou hij op zijn sacrale zeeschelp blazen om zijn zonen bijeen te roepen?

'Lacandón gaat dood als eclips niet weggaat,' zei Bor. 'Hij

verdwijnt in de aarde en komt nooit meer terug…'

Zijn blik bleef op het bedreigde hemellichaam gevestigd terwijl hij sprak, en onmiddellijk hervatte hij zijn zang alsof hij de maan met de dunne draad van zijn stem van de verdrinkingsdood kon redden. Tussen uitbarstingen van gezang begon hij de legende te vertellen.

'Weet Hartrures waarom maan klein is?'

'Dat weet ik niet, Bor.'

'Daar in de hoogte, heel hoog, een, twee, drie hemels hoog, wonen K'inchau en maan Okna en hun zoon Akayum. Die zoon Akayum is nu bij zijn moeder. Daarboven zijn ook oude Lacandones, oude Lacandones die lang geleden stierven. Oude Lacandones woonden in ruïnes, daar zijn ze nu, veel, heel veel oude Lacandones, zo veel als mensen in Tuxtla die Bor zag toen hij bezoek bracht aan gouverneur… Als niet hele maan weer te voorschijn komt, dan komen de jaguars naar beneden, massa's jaguars en die eten alle Lacandones, eten ook mensen zoals jij en Pancho, en alles is dood…'

Tussen de witte lelies op het achtererf bleef het gezelschap staan kijken tot de maan niet langer haar monnikskap droeg, maar eronder vandaan gleed, ongedeerd en sereen, om haar zilveren licht weer over het landschap uit te gieten. Opgelucht lachend gingen ze het huis binnen, terwijl overal in de buurt het kabaal van trommen, ratels en toeters stilviel.

Nog steeds in opgewonden toestand accepteerde Bor spontaan het verzoek van Frans om voor de microfoon van zijn bandrecorder te gaan zitten en zijn gebeden te herhalen. Hij zette zich in postuur en met zo mogelijk nog dramatischer intonatie dan tijdens de eclips zijn gezongen mono-

drama ten beste te geven. De ruisende recorder ontvreemd-
de hem iets zonder dat hij dit besefte: een fractie van zijn
ziel, van zijn cultuur, woorden van eenzaamheid en angst
die alleen voor zijn goden bestemd waren, maar die nu op
een spoel gedraaid werden en bijgezet in het mausoleum
van de geschiedenis…

Trudi zag Frans opeens als een vreemde, zijn gelaatstrekken verscherpt door zijn agitatie om het kostbare materiaal
ongeschonden in dat kastje te krijgen, en de absurde gedachte kwam in haar op dat zij het zou prefereren als de
Lacandones hun geheimen met zich mee in het graf zouden
nemen. Zij zag ze zitten, haar drie beschermelingen met hun
klassieke Maya-profiel, in hun witte tunieken alsof zij weggelopen waren van een oud fresco, de roerloze kleine Kayum
kon geposeerd hebben voor de beeltenis van de jeugdige god
van de Maïs.

Bety schonk met wilde honing gezoete melissethee en de
Lacandones, met hun benen onder zich gekruist op de sofa
zittend, lieten de ongewone gebeurtenis nog eens de revue
passeren. Precies zoals zijn voorvaders gedaan hadden sinds
het begin van de wereld, poogde Bor een les te trekken uit de
maansverduistering.

'Maan is verduisterd omdat Lacandón slecht is,' zei hij.

'Ja,' viel K'in hem geestdriftig bij. 'Toen Hartrures wegging
naar de stad, was Kayum heel slecht. Als Papa boos is op Kayum, gaat Kayum schreeuwen en zegt: "Papa niet lief," slaat
hem… en kijk, nu is er een eclips.'

Een eigenaardige uitdrukking verscheen op Kayums gezicht, deels angstig, deels trots vanwege de veronderstelling
dat hij de oorzaak had kunnen zijn van zo'n indrukwekkend
evenement.

Waarom was Bor plotseling de achterdeur uit gegaan? informeerde Frans geïntrigeerd, terwijl hij de knop van de recorder opnieuw indrukte om het antwoord te registreren.

'Geen licht van Okna in patio,' zei Bor. 'Bor moet weten waarom...'

Nacht na nacht had de man uit de jungle het wassen van de maan geobserveerd; hij wist wanneer die 's avonds in de patio moest schijnen, evengoed als hij wist wanneer de ene fase eindigde en de volgende begon. Toen hij het schijnsel niet zoals verwacht in de patio zag vallen was hij op onderzoek uitgegaan.

'Zo is de Maya-kalender ontstaan,' zei Frans, 'door observatie van de cycli van hemellichamen door Bor z'n voorvaders, tweeduizend jaar geleden.'

De influenza die voor velen van hun stamgenoten fataal was gebleken had de Lacandón-familie voor de eerste keer in zijn greep gekregen. Trudi versjouwde de kinderbedjes van de jongens naar haar eigen slaapkamer om een wakend oog op hen te kunnen houden. Aan Bor, die aan de overkant van de patio sliep, gaf zij de tafelbel zodat hij haar kon alarmeren als hij zich beroerd zou voelen.

Zij lag in diepe slaap toen een verre stem haar half wakker maakte zonder dat zij zou kunnen zeggen waar die vandaan kwam. Maar direct daarna verscheurde het geblaf van de honden Pek en Manik de nachtelijke stilte en drong samen met het frenetiek geklingel van Bors tafelbel tot haar slaapkamer door. Onmiddellijk sprong ze slaapdronken uit haar bed en rende naar de overkant van de patio.

Bor huilde als een baby en zei: 'Hartrures, Bor gaat dood.'

'Wat is er gebeurd?'

'Alles draait in het rond, alles draait ondersteboven…'

Bor was niet bij machte overeind te komen, zijn stem klonk verstikt van angst. Zij voelde zijn pols, schoof de thermometer onder zijn tong hetgeen hij zich willoos liet welgevallen, maar zijn conditie bleek niet verontrustend.

'Nee,' zei ze. 'Bor gaat niet dood. Bor is alleen zwak. Gisteren had Bor hoge koorts en hij heeft niet gegeten. Morgen krijgt hij een nieuwe injectie en dan zullen de dingen niet meer ronddraaien.'

Opnieuw kwamen er verstikte woorden uit Bors mond: 'Hartrures begrijpt niet. Bor is niet hier, Bor slaapt niet hier. Hij is ver weg. Hij ziet de Jataté vol water, hij ziet de groene kreek, hij ziet een veld vol hoge maïs, hij ziet zijn broer Vincente en zijn kleine dode zuster Nak'in… Hij ziet alles. Bor is ver weg, is niet hier. Hij ziet agouti en cojolites…'

Zijn woorden werden pure melodie, gingen over in muziek nu hij over zijn jungle sprak die hij zoveel maanden niet gezien had. Zijn droom kwam Trudi vertrouwd voor, hoe vaak had zij zelf niet gedroomd van het meer van Najá, van Chan K'in en haar trektochten door het woeste groen van de Selva?

Zij zag hem zitten op zijn bed, benen kruiselings onder zich als een parodie van zijn vroegere meditatiehouding, gekrompen tot een bang kind. Was dit de zelfverzekerde Lacandón, de expert die wist hoe hij op armadillos moest jagen of een geladen kano over een woelige rivier manoeuvreren? In de jungle was hij een trots man geweest die aan niemand verantwoording schuldig was. Hier in de stad zou hij op z'n best een simpel werkman worden op wie altijd zou worden neergekeken omdat hij een indio was.

Bij ons heeft hij alles wat hij nodig heeft, dacht ze, goed

voedsel, een bed, dokters voor zijn kwalen. Het enige wat hem ontbreekt is zijn vrijheid…

Opnieuw kwamen half afgebroken woorden uit Bors mond: 'Bor begrijpt niet. Bor komt en gaat, heen en terug, aldoor snel als auto rijdt. Bor hele nacht ver weg, gaat naar veel plaatsen, roept Hartrures, klingelt bel… dan kan Bor niks meer zien. Daarvoor zag hij rivier, bomen, maïsveld, Lacandones, nu niks meer zien… Wat is dit? Weet Hartrures dit? Waar is Bors hart?' Smekend strekte hij zijn handen uit om zijn vraag te benadrukken.

En ze vertelde hem: 'Hartrures gaat soms ook ver weg in de nacht en ziet ook dingen die allemaal snel gaan als auto's. Wees niet bang…'

Bor schudde zijn lange haren om zijn hersenschimmen te verjagen alsof het muskieten waren, een afschaduwing van zijn kinderlijke lach flitste over zijn gezicht: 'Goed. Nu weet Bor. Bor zal niet meer roepen.'

Door zijn ziekte en zijn heimwee onderging zijn geest een nieuwe ervaring, voor het eerst had hij bijna lijfelijk ondervonden dat droom en werkelijkheid twee gescheiden domeinen waren. Trudi begreep dat zijn dromen zich in zijn vroegere bestaan nooit ver van de werkelijkheid hadden verwijderd omdat zijn geest niets anders kende dan het bos. Nu hadden de stad, het bed, zijzelf: Hartrures, een totaal nieuwe wereld, zich daartussen gedrongen en een tweespalt veroorzaakt.

Toen Bor erover begon te denken om terug te gaan naar het Regenwoud realiseerde hij zich dat hij geen vrouw had die tortillas voor hem kon maken. Daarom posteerde hij zich op de straathoeken van Las Casas en vroeg aan iedere Indiaanse vrouw die voorbijkwam of zij met hem mee wilde gaan naar zijn milpa bij de Jataté. Geobsedeerd keek hij de lange straten in, speurend naar bruine blote voeten onder lange rokken, verlangend naar een blik uit zwarte ogen, maar zodra ze de pathetische figuur met woeste haardos op wacht zagen staan verdwenen de vrouwen haastig door een warnet van steegjes. Hij ging naar de marktvrouwen op de mercado, maar die sloegen giechelend hun omslagdoek voor hun gezicht. Iedere dag dat hij onverrichter zake naar Na Bolom terugkeerde hingen zijn schouders lustelozer. Ten slotte zonk hij weg in een diepe depressie. Niet langer lachte en praatte hij met K'in en Kayum, hij hing geen bloemen meer in zijn geperforeerde neusvleugels. Uren achtereen zat hij op een bank op het achtererf, starend naar de velden achter de grens van de stad, zelfs toen de zaai- en planttijd aanbrak toonde hij geen belangstelling. Zijn geest verkommerde in zijn sterke lichaam. De terugwijzing – zoals hij dat ervoer – van de Indiaanse vrouwen had hem zijn zelfbewustzijn doen verliezen, er ontstond een vervreemding tussen hem en de mensen in Na Bolom, hij legde een schuwheid aan de dag die hem voordien niet eigen was.

Het meest vervreemdde hij van zijn zonen, vooral van K'in die snel groeide en die door Hilario onderricht kreeg in het schieten met een jachtbuks. K'in bleek hiervoor verbazingwekkend getalenteerd te zijn. Hilario had een geïmproviseerde schietschijf opgehangen achter in het griffithdennenbos. Hilario mocht gerust een voortreffelijk schutter genoemd worden, maar op een dag overtrof K'in zijn leermeester door met vier van de zes schoten die hij vanuit de kleine jachtbuks loste de speelkaart, die als roos van de schietschijf dienst deed, te doorboren. De overwinning maakte de jongen uitgelaten. Hij genoot van het omgaan met het schietwapen, van het ontgrendelen, inbrengen van de patronen, het richten, met als hoogtepunt het schot en de terugstoot van de kolf tegen zijn schouder. Manmoedig verdroeg hij de pijn van de klap tegen zijn smalle botten. Hij verkondigde dat hij soldaat wilde worden of politieagent.

Trudi verzette zich hevig tegen de schietoefeningen van het tweetal, zij vond K'in daarvoor nog veel te jong en kapittelde Hilario daarover, maar die gaf als zijn mening dat de jongen zich in de jungle moest weten te weren tegen het uitvaagsel dat daar rondzwierf. Frans was het daarmee eens.

Zo dreven de eerste wolken van verontrusting de Na Bolom-familie binnen. Meer en meer begon Trudi te begrijpen dat zij Bor en de kinderen naar de Selva zou moeten terugbrengen. Op een dag zette zij zich naast de eenzame dromer op zijn bankje op het achtererf om het onderwerp aan te snijden. De Lacandón liet zijn ogen door de ruimte dwalen, wees naar de bossen op de heuvelkammen: 'Zie je dat woud, Hartrures? Dat woud dat is mijn woud… Zie je die vogel? Die vogel is mijn vogel. Ik kan niet leven in jouw stad, mijn kinderen misschien…'

Mijn kinderen misschien.

Trudi overwoog zijn woorden gedurende de nachten dat zij niet in slaap kon komen.

Bors zonen zouden naar school kunnen gaan. Opleiding was de sleutel naar een betere leven, een plaats in de moderne maatschappij, of misschien zouden zij hun stamverwanten in de jungle kunnen leren lezen en schrijven, of hun technieken bijbrengen voor betere landbouw, voor betere hygiëne. Maar wie kon zeggen of zij gelukkig zouden worden? Hadden zij en Frans het recht Bor zijn kinderen af te nemen?

Het was K'in die een aanwijzing gaf in welke richting gedacht moest worden. Op een avond verscheen hij aan de eettafel met zijn haar afgeschoren tot boven de oren. Als door de bliksem getroffen staarde Bor naar de metamorfose die zijn zoon had ondergaan, hij graaide een servet van de tafel en drapeerde dat over het provocerende hoofd van zijn zoon dat mogelijk de woede van hun goden zou kunnen opwekken. 'Laat niemand je zo zien,' fluisterde hij geagiteerd in Maya, 'of de vervloeking van Hachäkyum zal je treffen...'

(Jaren later zou Trudi aan die vervloeking terugdenken toen K'in zich op zijn motorfiets te pletter had gereden en met verbrijzelde schedel door de Jaguarpoort naar binnen werd gebracht en aan haar voeten werd gelegd.)

6

Er is te veel kou in de harten van de mensen, en die heeft zijn weg gevonden naar de harten van alle levende schepsels, tot in de wortels van het gras en van de bomen.

Chan K'in Viejo

Trudi schrijft een brief

Geruime tijd liet Bety het water over Trudi's lichaam stromen alsof ze daarmee de desolaatheid van de laatste weken van de oude vrouw af kon spoelen. Daarna droogde zij haar af en probeerde een vlecht in haar haar te maken, net als vroeger toen Frans nog leefde.

Trudi ging languit op haar bed liggen en Bety moest bij haar in de slaapkamer komen om haar huid met zoete amandelolie in te wrijven en schijfjes avocado op haar gezicht en oogleden te leggen. Ze lag naakt op haar armbanden en oorringen na. Onder het wrijven van Bety's handen begon ze te gloeien als een steen in de zon. In de schemer van de patio klaterde de fontein en barstten de padden uit in schorre koorzang. Zij raakte in een behaaglijke en toch afwezige staat alsof ze enigszins high was, alsof ze de jaren in een handomdraai kon laten terugkantelen.

Het enige dat ik mij van mijn leven herinner zijn segmenten van hoofdstukken, dacht Trudi, ik heb wel acht verschillende levens gehad, maar het ene kan ik me beter voor de geest halen dan het andere, het komt me voor dat ik een steeds minder helder begrip krijg van de samenhang van die levens.

Als ik ooit een brief aan je zou schrijven, Frans, zou die geen eind hebben of zelfs maar een begin. Die brief zou eeuwig blijven rondcirkelen als in een groot wiel en ik zou mezelf wijsmaken dat die voortdurend bij hetzelfde punt zou uitkomen: ik hou van je. Ik zie je nog voor me toen we samen in de nacht over de stafkaarten gebogen zaten die jij getekend had (dat beeld wil ik vasthouden tot het laatste ogenblik). Jij had een te wijde broek aan en je vlassige haar viel over je voorhoofd en je zei: 'Dit is de getekende platte waanzin van de werkelijkheid.' En je volgde met je wijsvinger een kronkelig inktkleurig lijntje, maar ik zag een levend waterslangetje over de kaart glijden op weg naar zee. Water, een element dat altijd zou terugkeren in ons leven, in al zijn verschillende gedaanten.

Ik ben nooit een zachtaardig mens geweest, zeker niet voor jou. 'Mimosa pudica' noemde jij me, kruidje-roer-meniet… Maakt degene die het meest verliefd is ook het meeste ruzie?

Ik kan me mijn vele levens niet meer scherp voor de geest halen, maar in de levens die ik me wel kan herinneren ben ik altijd een vechter geweest, een rustverstoorster, iemand die gemakkelijk verveeld werd door andere mensen, gemakkelijk geïrriteerd door hun onnozel gepraat, holle leuzen of zwakke redeneringen.

Ik zend je nu een groet naar het hiernamaals, als je daar nog vertoeft… Heb je daar ook drank tot je beschikking, mijn jungle explorer – of sexplorer zoals ik je noemde in onze salad days. Weet je nog hoe ik op de oever van de Usumacinta zat te huilen aan de voet van een boom, omdat ik vreesde dat mijn camera, al mijn films en notitieboekjes geruïneerd waren door de regen? Plotseling sprong jij de rivier in en zwom naar de overkant. Wat voert hij daar uit? vroeg ik me af. Toen zag ik je terugkomen, je hoofd boven het met regenputjes overdekte water, een orchidee tussen je lippen. My fair lady, zei je, deze bloem zou in New York vele dollars kosten… Ik moest lachen en we kusten elkaar, kletsnat, als twee gelukkige gekken.

Je moest me nu eens zien, Frans, ik ben zo lelijk geworden. Eigenlijk zou ik je heel anders moeten schrijven, misschien heb je medelijden met me en dat maakt me beschaamd.

Ik heb niet veel fiducie meer in de toekomst, daarom wil ik verslag uitbrengen van mijn bevindingen. Het leven van ieder mens is een mengsel van verlangens en haatgevoelens, dromen en nachtmerries, dit is neem ik aan het juiste moment om de eindbalans op te maken. Ik kan toch niet ongemerkt uit dit ondermaanse vertrekken alsof er niets gebeurd is?

Mijn leven is vol verloren gevechten, maar nog altijd zit er vechtlust in me, dat is het probleem… ik ben nooit gelukkig met mezelf geweest, waarschijnlijk is dat een verkeerde levenshouding. Maar ik heb gedaan wat ik kon, that's all. Ik leg me erbij neer en ik leg me er niet bij neer, ik ben nog steeds dezelfde.

Herinner je je dat wij ooit een voorstel lanceerden om een regenwoudreservaat, een nationaal park te maken rondom de resten van Yaxchilán? Maar de regering heeft daar nooit een beslissing over genomen. De regering praatte wel over een nieuwe strategie: *consolidatie van de territoriale integratie van het regenwoud en het verzekeren van zijn positie in de nationale ontwikkeling* – een rookgordijn van woorden waarachter het toekomstig lot van het regenwoud schuilging… Allemaal bullshit.

In 1978 woei er een nieuwe wind. Een presidentieel decreet verklaarde ruim drieduizend vierkante kilometer van onze Selva Lacandona tot biosfeer-reservaat, bedoeld om het bestaan van bedreigde plante- en diersoorten en genetisch materiaal voor de toekomst veilig te stellen. Het kreeg de fraaie naam: Montes Azules Bio Reserve. Het omvatte het gehele zuidelijke en centrale deel van de Selva, jouw geliefde Ocotal-meren en de nederzetting van de Lacandones in Lacanjá inbegrepen. Over de hele wereld applaudisseerden 'Groenen' en milieu-activisten bij dit staaltje van verlichte politiek betreffende het behoud van het regenwoud. Helaas, vier jaar later vielen ons de schellen van de ogen. Een Mexicaans-Duits research team bracht een rapport uit en meldde dat geen enkele doelstelling van het decreet was uitgevoerd of nageleefd. Het kappen en branden ging gewoon door. Het Montes Azules Biosfeer Reservaat bestond alleen op papier…

Alleen Chan K'in Viejo heeft zich nooit in de luren laten leggen. Als enige heeft hij altijd geweigerd de contracten voor het kappen van zijn woud te ondertekenen. Toen agenten van een houtkapmaatschappij hem het slimme voorstel deden om te tekenen in ruil voor de aanleg van een weg, de bouw van een junglewinkel en een school voor de kinderen, antwoordde Chan K'in dat het hem onmogelijk was zijn handtekening te zetten.

'Waarom?' vroegen de agenten.

'De bomen zijn niet van mij,' zei Chan K'in. 'Ik heb ze niet geplant. Ze zijn van God Hachäkyum. Ga het hem maar vragen.'

De heren lieten zich niet zonder meer afschepen. Ze voerden aan dat de Lacandones die in Lacanjá en aan de Jataté woonden er al in hadden toegestemd hun bomen te verkopen zodat het voorstel een meerderheid van stemmen in de Selva had gekregen. Dit nieuws verwekte in Najá verwarring, afgunst en ruzie, er waren zelfs gezinnen die naar Lacanjá vertrokken in de hoop een deel van de opbrengst te krijgen. Na slinks gemanipuleer werd Chan K'in junior tot presidente van Najá benoemd terwijl Viejo de mond werd gesnoerd. De jonge Chan K'in zette vlot zijn handtekening en het vellen van tropische ceders, ceiba's en mahoniebomen ving binnen een week aan. Die Lacandones hebben er enkel voordeel van, beweren de houtkappers, wij maken een weg voor ze en zij krijgen nog geld op de koop toe. Ze interesseerden zich toch nooit voor dat bos, in feite hadden ze er alleen maar last van.

We hebben gefaald, ik heb gefaald, jij hebt gefaald. De weg is de ondergang van het regenwoud, maar we hebben zelf meegeholpen die weg te banen. Bestaat er zo iets als schuldige onschuld? Kun je onwetendheid aanmerken als schuld? En wat hebben we bereikt? Zijn de Lacandones nu gered nu ze achter het stuur van een truck zitten? Zijn het niet langer 'achterlijke wilden', zoals de missionarissen ze zo graag noemen? What is in a word? We hebben hun oude mythen nog kunnen optekenen voordat overijverige evangelisten hun hoofden volpropten met Jesucristo, Broer Konijn en de verhalen van Aesopus.

We hebben geprobeerd de Lacandones te beschermen in hun integriteit. Maar wat is dat, integriteit? Een hersenschim van ons, omdat wij meenden dat zij zich niet zouden laten omkopen, dat zij zouden blijven vasthouden aan hun eigen manier van leven, hun identiteit? Eeuwenlang waren het hun oude goden die hun de regen schonken voor hun maïsvelden en de zon die de maïs liet rijpen, en nu komen die fucking bastards uit Kentucky of de hemel weet waar vandaan om vertelsels over Jesucristo op te hangen.

Toen Bor Yuk bij ons in Na Bolom woonde probeerde ik

233

hem wegwijs te maken op onze westerse kalender. Hij vroeg: 'Weet Jesucristo wanneer ik de maïs moet planten?' En ik antwoordde dat bij mijn weten Jesucristo geen verstand van maïs had.

Een aantal jaren geleden is er een catastrofale hongersnood in Lacanjá geweest, omdat de laatste t'o'ohil van die stam zijn geheimen omtrent wind en regen en het tijdstip van branden en zaaien met zich mee had genomen in zijn graf. In eerste instantie kwam het mij volstrekt onbegrijpelijk voor waarom die oude man zijn kennis niet had overgedragen, maar mogelijk was het een cynisch gebaar waarmee hij zijn stamgenoten liet weten dat zij zich voortaan maar op hun nieuwerwetse god moesten verlaten... Kayum heeft me verteld hoe de catastrofe zich heeft toegedragen. Ze hadden niet geweten wanneer ze moesten planten en zaaien, de regens bleven uit en een wind stak op die het zaaisel wegblies in wolken stof.

Vandaag bracht Bety een krant mee: *El País*, die ze in de kiosk gekocht had. Ik lees over de herdenking van de bom op Hirosjima – ik schrijf je de datum van deze krant: 17-8-1985, die datum moeten wij onthouden. 'Met Hirosjima ging de wereld een nieuw tijdperk binnen,' schrijft *El País*. Zo ging met Hernán Cortés de wereld van de Indianen ook een nieuw tijdperk binnen... Ik bezin me op die parallel.

Herinner je je dat we daar samen geweest zijn? En dat we stilstonden bij het fragment van een stenen trap in het Peace Museum in Hirosjima waarop een schaduw van een verdwenen persoon zichtbaar was? De bom van Hirosjima had de zwarte schaduw van een in één oogwenk verkoolde man in de steen van die trap gebrand.

Opnieuw lees ik de naam van die bom. De Amerikanen hadden Hirosjima's bom 'Little Boy' gedoopt. Moederziel alleen kwam Little Boy aan de andere kant van de wereld aan zijn parachute uit de heldere lucht naar beneden zakken. Verheugd riep de bomafwerper: 'Hij doet het.' Dat is vandaag precies veertig jaar geleden...

Ik denk wel eens dat er later, als deze wereld is vergaan, misschien op een dag archeologen zullen rondlopen om overal te zoeken en in de grond te graven. 'What God did they have?' zullen die lui zich afvragen. En dan vinden zij de Coca-Cola-fles – dat moet hun god geweest zijn, zullen ze zeggen.

Cola en bier, ja, daar gieten de Lacandones zich nu mee vol. En ze roken sigaretten. Ik ben een Christen want ik rook een sigaret, zegt de zestienjarige Mateo die voor hij gedoopt werd Kayum Ma'ax heette. Er staan supermarkten in de jungle met een bordje T.D.P. erop *Tropical Development Projects* – laat me niet lachen – waar rommel als kauwgum, koekjes, drank en vruchten in blik en hygiënische tampons verkocht worden, maar omdat de bevoorrading voortdurend stagneert staan ze nu al te verkrotten.

Wat heb ik hier gezocht, Frans? Kun je me dat vertellen? Een vluchthaven? Een wereld die in alles het tegendeel was van wat ik in Europa had achtergelaten? Wilde ik opnieuw geloven in de onschuld, in een harmonie tussen mens en omringende natuur? Wat een naïveling ben ik geweest. Ik begrijp nu waarom jij troost hebt gezocht bij de fles.

Wat is er met mij aan de hand? Wat heb ik na al die jaren en al die strijd achtergelaten? Wat is er van mezelf overgebleven? Tussen mijn herinneringen en de lust om verder te gaan heeft zich te veel verdriet en woede opgezameld. Eigenlijk ben ik een dode vrouw, als mijn lichaam niet zo sterk was…

Vergeef me dat ik dikwijls prikkelbaar en intolerant ben geweest. Maar als je in iets gelooft, als je iets nastreeft is het erg moeilijk om niet intolerant te zijn. Zonder idee ben je nergens. Dat is de ruggegraat van ons geestelijk bestaan. Zonder ruggegraat dient het lichaam nergens toe, want dan vallen alle delen uit elkaar… En ik ben nooit iemand geweest die je een slot op de mond kunt doen…

Merk je wel? Jouw wervelwind denkt na.

Als je voortrijdt op een muildier heb je veel tijd om na te denken, zei jij altijd. Nu heb ik veel tijd, want mijn leven zelf is het muildier geworden…

Soms zie ik je gebogen over je boeken in een poging de Maya-tijd te doorgronden, je brak je het hoofd over de tijds-eenheden: baktun, katun, tun, uinal, in je slaap droomde je nog van streepjes en bolletjes. De Maya's van vandaag lezen de tijd af van dikke opzichtige polshorloges. Je zou raar staan te kijken als je even in Najá kon rondwandelen. Ze hebben het hele dorp verkast om dichter bij de zandweg te wonen. Chan K'ins godshuis staat verlaten, zijn zoon speelt de grand sinjeur en zit glimmend van trots achter het stuur van zijn truck, halfwas jongens lopen met buksen te parade-ren en gebruiken de laatste papegaaien als schietschijf. Niet dat ze die eten, ze vinden het vlees te taai sedert ze biefstuk hebben leren waarderen. De apen zijn gedecimeerd en zo schuw geworden dat ze alleen nog 's nachts actief zijn. Toen ik er de laatste keer kwam schalde er jazz- en popmuziek uit de hutten, en lag de nieuwe airstrip vol met plastic rommel en een kaduuk kinderdriewielertje… Chan K'in Viejo liep rond als een verdwaasde ouwe gek, met zijn stok zwaaiend om eigenhandig loslopende koeien van de kolonisten van zijn land te jagen.

Hij had in mijn oude kampement een boeketje orchideeën voor me neergezet, zoals jij vroeger altijd voor mij deed: een welkomstgroet... Ik huil niet gauw, dat weet je, maar wanneer je oud bent word je net een waskaars die gaat druipen. Chan K'in stond er verlegen grinnikend bij terwijl ik in tranen baadde en naar dat bosje orchideeën staarde in die verwaarloosde kookhut waar de beroete pan nog stond waarin ik vroeger zo dikwijls spaghetti met tomatenketchup (je weet hoe graag ze dat lusten) voor mijn Lacandón-familie gekookt heb. Ik zag het orchideetje met de bruine puntjes en het gezicht van een stier, het eerste dat ik ooit plukte bijna een halve eeuw geleden, en eensklaps scheen mijn hele leven zich in dat ene petieterige eigenwijze orchideetje samen te pakken, de schoonheid, de vergeefsheid daarvan, en ik vrees dat ik gevloekt heb: Scheisse, Scheisse, Herrgottsdonner, want dat was het enige middel om die mallotige tranen terug te dringen.

We gingen zitten op de vermolmde bank en ik zei tegen Chan K'in: 'Ik hoop dat ik doodga voordat jij doodgaat, want als jij er niet meer bent zal het leven geen betekenis meer voor me hebben.' En hij maakte een nijging met zijn hand op zijn hart, precies zoals vijftig jaar geleden toen wij elkaar voor het eerst ontmoetten bij Chunk'unché in de Selva, en zei: 'Ik hoop dat ik doodga voordat jij doodgaat, want als jij er niet meer bent zal het leven geen betekenis meer voor me hebben...' (Een beleefdheidsfrase natuurlijk, want hij heeft altijd nog Koh de Tweede en Koh de Derde en al die kinderen en kleinkinderen. Maar ik ben alleen.)

Ik keek naar de duizenden vouwtjes, vouwen en rimpels

die de regen en de zon in zijn huid gegrift hebben – er wordt beweerd dat hij honderd jaar zou zijn, maar dat is natuurlijk nonsens, de mensen hier weten nooit wanneer ze geboren zijn, ze zeggen: ik werd geboren na de aardbeving of voor de watersnood of iets dergelijks en honderd jaar staat voor oud, heel oud. Hij is sterk gekrompen de laatste jaren, zijn ogen liggen nu diep in hun kassen, zijn ruige haren zijn nog altijd zwart behalve een enkele witte streng, en daartussen bevindt zich de vreemde dikgelipte maan van zijn gezicht, zijn rug is rond alsof hij een knapzak draagt. Ik keek naar de groefjes in zijn huid en het kwam mij voor of elk van die groefjes iets te betekenen had, zoals de Maya-gliefen, die niet meer te ontraadselen zijn: dateringen van gebeurtenissen, symbolische betekenissen, herinneringen, mythen, kennis van het woud. Ik moest denken aan de oude tamme beo die een taal had gesproken die niemand meer verstond…

Viejo maakte een gebaar naar het geboomte rondom mijn kampement.

'Ik heb mijn bomen verloren en mijn zonen…' zei hij. 'Dat lot is mij toegevallen.'

'Vandaag ben ik hier voor het laatst. Wil je mij genezen, Chan K'in?' vroeg ik.

'Waarvan moet ik je genezen, Lady Gertrudis?'

'Van mijn jaren, Chan K'in…'

Hij lachte: 'Het kruid dat iemand weer jong maakt heb ik nooit gevonden, anders stond er nu een jongeman voor je.'

'Neem me mee naar je godshuis,' zei ik.

'Zoals je wilt, Gertrudis.'

Hij nam me bij de hand en hielp me handig over de stenen en boomstammetjes van de camino secreto tussen het hoge riet tot we bij het half ingestorte godshuis kwamen dat over het meer uitzag. Alles lag er mistroostig bij, overdekt met druiperige varens en mossen, de reuzenhoofden van de godpotten waren groen uitgeslagen, een slang gleed onopvallend weg. Aan de overkant van het meer zag ik een heuvel die met zwarte staken van dode bomen als pennen van een egel bedekt was – tot daar was de kaalslag al opgerukt. Maar het heilige meer lag daar nog onveranderd, een kleine stille wereld te midden van de vernietiging.

Chan K'in verschoof enkele stenen en het werd duidelijk dat hij hier vaker kwam want daaronder had hij benodigdheden voor de ceremonie verborgen. Hij stak de rode veer van de quetzalvogel achter in zijn wollig haar en sloeg de restanten van een half verteerde sarape rond zijn schouders waarin zwarte en rode strepen waren geweven. Zwart en rood samengevoegd betekent wijsheid. Ik ga naar het land van rood en zwart, dacht ik. Ben jij daar ook, Frans, in het land van rood en zwart? Want waar moeten wij elkaar anders treffen?

Ik verbeet de pijn in mijn reumatische knieën toen ik op de grond ging zitten; Viejo scheen daar geen last van te hebben. Ik hoorde zijn valse gebit klikken in zijn mond terwijl hij iets murmelde, verwensingen leken het, wellicht omdat hij geen zwarte rubber voor de vereiste miniatuurmensjes kon vinden. Ten slotte lukte het hem om de copal te doen ontbranden, zonder de poppetjes weliswaar, zonder boodschappers naar de goden. Gonzend klonk zijn stem: *Voltooid is de dag, voltooid is het jaar, voltooid de adem van het leven terwijl het voorbijvliedt, voltooid is het bloed…*

Ja, voltooid is het bloed, dacht ik. Hier zitten we met onze oude botten waaruit alle begeerte verdwenen is: *Mijn naakte lichaam, herinner je je dat nog – in de regens, in Yaxchilán?*

Nu scheen het me toe dat we kinderen waren geworden, stokoude kinderen, de jaren leken in cirkels van mij weg te draaien, weg te vallen, mij op de aarden bodem van het godshuis achterlatend als een kind. Chan K'in bestreek mij met de rode veer van de quetzalvogel die hij uit zijn haar haalde en het leek of ik terug was in Wimmis en met mijn vriendje een indianenspel speelde. Door de rook heen tuurde ik naar Chan K'ins slimme koolzwarte ogen om een glimp van verstandhouding op te vangen en even kneep hij zijn dikke oogleden toe in zijn maangezicht. Een ogenblik verdacht ik hem ervan dat hij deze hele show opvoerde enkel om mij te plezieren, mijn dierbare clown.

De geur van copal was bedwelmend zoet. Chan K'in sloeg zijn ogen op naar de gewassen avondlucht waarin roze wolkeveren dreven boven het dampige meer, alsof de oude goden door hun wimpers naar de aarde blikten. Bezat hij een geheim? Of slechts een leeg geheim dat oploste in de tijd? Wat betekende dit ritueel nog voor hem? Een echo van een dierbare gewoonte?

Wat is waar en wat is niet waar in de verwarrende mengeling van oeroud geloof en nieuwe twijfel? Of is waarheid misschien van korte duur, zoals wij zelf ook van korte duur zijn?

Nee, ik denk niet dat Chan K'in nog enige openbaring verwachtte. Gedurende zijn lange leven hebben zijn goden zich nooit kenbaar gemaakt, misschien hebben zij zich op hun zachte sandalen over de wolken uit de voeten gemaakt om de wereld aan haar eigen onvolmaaktheid over te laten.

Chan K'in dekte de potgod af met een steen, rochelde en spoog zijn fluim in een grote boog langs mij heen.

Hier hield Trudi's gedroomde brief plotseling op. Zij scheen in een soort luchtzak te zijn gevallen.

Bety kwam naar het ledikant en zag hoe de borst van de oude vrouw regelmatig op en neer ging. Om het naakte lichaam te bedekken trok zij er omzichtig de sprei overheen. De sprei gleed over Trudi's benige voeten, over haar benen, haar pubis, haar buik, borsten, hals, tot alleen het onrustige hoofd als een pluizige bloem boven het dek uitstak. Dat hoofd waar die nooit aflatende stroom energie uit leek te komen die haar, Bety, zo vaak van haar stuk had gebracht.

Zij sloop de kamer uit, de trap naar de patio af en ging op de blauw geschilderde bank onder de arcaden zitten. Zij kon de gevoelens die in haar opwelden moeilijk in woorden vangen, haar denken was van een beperkte orde, besefte ze, en daardoor mengde zich altijd een zweem van wrok door haar bewondering voor Gertrudis, de Lady, de ervaren bereisde vrouw, die kon denken en praten als een man, de vrouw van een ander ras.

Het water van de regens was grotendeels verdampt maar enkele plassen glinsterden nog naast de ingangspoort. Dat was een van de plezierigste dingen, schoot haar te binnen, om na een plensbui op blote voeten naar buiten te gaan en tussen je tenen het lauwe water te voelen van de plassen die zich op de door de zon verwarmde tegels hadden gevormd… Frans had haar zo eens betrapt, met haar rok omhoog blootsvoets door de plassen stappend, de tenen gespreid om beter van de lekkere warmte te kunnen genieten. Ze was toen net vijftien. Onverwachts had hij haar de vraag gesteld, naar haar glinsterende benen kijkend alsof die hem een antwoord schuldig waren: 'Hoe stel je je het leven eigenlijk voor?'

Het was haar niet gelukt om daar een antwoord op te geven, want ze wist niet hoe zij zich het leven moest voorstellen…

Of ze tevreden was? had Frans gepolst. Zoals ze hier in Na Bolom woonde tussen de planten, de dieren, de mensen?

Nee, dat was ze niet. Ze zou graag meer van de wereld willen zien, naar Mexico City reizen of misschien zelfs naar Parijs, ze zou met meer mensen willen praten, naar feesten gaan…

'Verveel je je?' had Frans toen gevraagd. 'Er is hier toch een hoop te doen. Taarten bakken, jurken naaien, Trudi helpen in de tuin?'

'Moet ik hier dan altijd blijven?' had zij tegengeworpen.

'Nee, ik denk dat je mettertijd zult trouwen en een goede moeder worden.'

'En Trudi dan? Die zadelt haar paard en gaat naar de Selva…'

'Trudi…' Hij maakte een gebaar alsof zijn hand iets probeerde te vangen of juist wegwuifde: 'Trudi? Die gaat haar eigen weg, die is bezeten door…'

'Bezeten?' schrok Bety. 'Door wat?'

'Door geesten.'

'Door geesten?'

Frans moest lachen: 'Ja, door goede geesten, misschien ook kwaaie… of beide tegelijk.'

Haar snelle zwarte blik trof de zijne en een vonk van verstandhouding groeide in hun ogen, in hun beider lichamen, een dubbelzinnige, uitdagende saamhorigheid. Voordien hadden ze samen gestoeid zoals een vader met zijn dochtertje, maar van dat ogenblik af raakten zij elkaar niet meer aan – althans niet onder het oog van derden. Er begon een spel

van signalen. De vijftienjarige, de hongerige naar meer ervaring, was daarin het meest bedreven, de ouder wordende
man voelde die attentie als een verjongingskuur, een levens-
elixer, hij besefte dat er veranderingen in het meisje hadden
plaatsgevonden: in het nimfachtige, beheksende jonge kind
dat zij geweest was hadden zich aardverschuivingen voltrok-
ken, erupties van cellen en van emoties…

Er bestaat een foto door Trudi gemaakt van Bety met haar
eerstgeborene.

Op die foto draagt Bety een laag uitgesneden jurk, een gemakkelijk kledingstuk voor een zogende moeder want haar
linkerborst puilt naar buiten als een weerstrevende glanzende vrucht. De boreling ligt er met zijn weke buikje tegenaan.
'Een zuigeling is volmaakt. Een lijk op zijn manier ook, en
daartussen hebben al die veranderingen plaatsgevonden,'
placht Frans te zeggen.

Bety op de foto: altijd nog de trotse stengelnek, glinsterende vlecht – kuis – rond het hoofd gewonden, rechte neus,
volle lippen: een prachtige menging van Maya-bloed en dat
van de Spaanse hidalgo's. Geen viking-bloed zichtbaar in
het vormeloze babysmoeltje, geen hemelsblauwe ogen,
nee… Bety had het aangelegd met een ladino uit Las Casas.
Trudi had Bety, toen zij in verwachting bleek, niet uit Na
Bolom laten vertrekken. Zij was van mening dat de jongeman die Bety 'verleid' had een onuitstaanbare niksnut was
die zijn toekomstige vrouw niet kon onderhouden.

Op 11 september 1959 was Bety achter de derde patio abri-
kozen aan het plukken toen de eerste weeën zich aankondig-
den. Trudi bracht haar meteen naar het hospitaal in Las
Casas, maar aangezien er nog weinig ontsluiting was, liet zij

haar daar alleen achter. Met een bos viooltjes toog Trudi de volgende ochtend ten tweeden male naar het hospitaal, maar het kind was nog niet geboren. Wel trof ze daar die ladino van Bety aan, ze werd zo kwaad dat ze direct rechtsomkeert maakte.

Na de bevalling nam Bety, ditmaal met zuigeling, opnieuw haar intrek in het oude Jaguar-huis want de ladino had werk noch onderkomen. Trudi was zo goed niet of ze toog, ondanks haar afkeer van de clerus, met de voltallige vrouwenschaar uit Na Bolom naar de Santo Domingo om de boreling te laten dopen. Zij begreep dat de doop voor Bety's kind onontbeerlijk was omdat de Mexicanen zonder magische bescherming tegen het Kwaad hun kind bij voorbaat verdoemd zien. Zij had zelfs eigenhandig een doopjurk voor het kleine meisje genaaid, een grootmoederlijk gebaar van aanvaarding.

Overal tussen de kerkbanken stonden witte lelies, de stoet van ouders met dopelingen bewoog zich daartussendoor, door die bedwelmende leliën- en kaarsenwereld naar de diepe grotten van de kathedraal, de buik van de mystieke wereld; tussen de rijen door van de geschilderde heiligen met hun visseogen, die een beschermend kordon schenen te vormen tegen de boosheid van de wereld. Trudi zag het kerkje uit haar jeugd voor zich, de naakte muren, Luther, Zwingli en Calvijn onbewogen kijkend vanuit de gebrandschilderde ramen. Kon je je in je leven een tweede ziel aanmeten en zou die tweede ziel beroerd kunnen worden door deze heiligen van hout? Door deze Mater Dolorosa, aangeknabbeld door de houtworm, die geschilderde tranen schreide op saffraankleurige wangen? Sommige heiligenbeelden zagen er indolent uit, andere rolden met hun ogen alsof zij in doodsstrijd verkeerden, weer andere droegen ronde spiegeltjes op hun borst waarin de gelovige zichzelf gereflecteerd zag wanneer hij zich voorover boog om te bidden. Ken u zelf, leken de beelden te zeggen. Tussen hun oogleden vandaan keken ondoorgrondelijke Indiaanse ogen die leven ontvingen van de bewegende kaarsvlammetjes.

Bij feestelijke ceremoniën plachten Azteekse priesters het op de offertafel gedode slachtoffer te villen en zichzelf in de afgestroopte huid te kleden op zodanige wijze dat hun mond zichtbaar bleef tussen de lippen van de dode en hun ogen uit de lege gaten keken. Dit ritueel, had Frans haar verteld, kondigde de komst van de lente aan: de aarde hulde zich in een nieuw kleed. Op een zelfde manier keken nu de antieke Indiaanse goden van achter het omhulsel van christelijke heiligheid op de kerkgangers neer. Gertrude ontstak een kaars en kleefde die vast op het altaar van de Virgen de Guadalupe, de populairste van alle idolen, die met haar voeten in een bed van dennenaalden, meeldraden en bloesemblaadjes stond: de Indiaanse Heilige Maagd, de reïncarnatie van de aardemoeder Tonantzin, de Azteekse godin van de vruchtbaarheid. In vermomming was de aardegodin na de Spaanse verovering haar arme vertrapte volk te hulp gekomen dat door zijn priesters en goden in de steek was gelaten.

'Tonantzin,' zei Trudi, terwijl zij de kaars vastplakte, 'geef je zegen aan Bety's eerstgeborene.' Terwijl ze omhoogkeek naar het koperkleurige gezicht van de Maagd, beving haar een gevoel van verzoening – zo er al verzoening op deze wereld mogelijk is... Hier stond de Virgen de Guadalupe als een exotische bloem, een hybride: Tonantzin en Christelijke Maagd ineen, in haar smolten twee werelden samen, twee

uiteenlopende wereldbeschouwingen, twee aan elkaar we-
zensvreemde manieren van zijn.

Uit de sacristie kwam met lichte gehaastheid een priester
aangestapt om deze wekelijkse zondagsoogst van baby's te
dopen. Hij dirigeerde de gewone kerkgangers naar de zij-
beuken (*'por favor,'* galmde zijn stem door de stenen ruimte)
en de kersverse ouders met hun kroost naar het midden-
schip. In een lange slang bewogen die zich naar hem toe,
schuifelend langs de vergulde nissen en barokke engelen en
de bleke Heiland, gekleed in een frivool met parels bestikt
zijden broekje slapend in zijn glazen kist, in de richting van
het doopvont.

Trudi zag ze gaan, de borelingen met hun waggelhoofdjes,
trappelbeentjes, neepjesmutsen, witte gebreide puntmutsen,
gekleed in organdie jurkjes, in een wollen sjaal gewikkeld –
kinderen van de armen en de welgestelden (de eersten veruit
in de meerderheid), maar allemaal hetzelfde symboliserend:
de toekomst, de steun voor de oude dag, de parels van het
leven. En alle mestiezenvaders, Indianenmoeders of deftige
ouders met Kaukasische gelaatstrekken hielden hun kind
gereed voor de veiligstelling door het christelijke doopvocht.
Witte vlindertjes, nog zo onschadelijk ogend... Ze deden
Trudi aan *Niels Holgersson* denken, het boek dat zij in haar
jeugd eindeloos gelezen en herlezen had (omdat zij zelf met
de wilde ganzen wilde wegvliegen?) en waarin Selma Lager-
löf de witte-nonnenplaag beschreef, het uitzwermen van
ontelbare tere witte vlindertjes die in de bast van dennen
hun eitjes legden waaruit larven kropen die begonnen te
knagen, te knagen... totdat de wouden in dode mastbossen
waren veranderd. Ik ben blij dat ik geen kind op de wereld
heb gezet... dacht ze. Leuzen had ze genoeg bij de hand.

Maar wie zou ze geworden zijn als haar tweelingzonen geleefd hadden? Het lot gooit zijn dobbelstenen en de geest vormt zich naar gelang de uitkomst. Hier stond ze nu, fungerend als de meter van het kind van Bety en haar ladino.

Achter het doopvont kregen de bewegingen van de priester iets geolieds, hij maakte over ieder schreeuwend of slapend bundeltje dezelfde rituele gebaren, onderwijl dezelfde Latijnse formule afraffelend. En goedschiks of kwaadschiks accepteerden de bruine en de witte baby's het zout, het water en de litanie van woorden die niemand verstond.

Jaren later kwam Bety's ladino in de gevangenis vanwege oplichterijen, diefstal en het plegen van incest met de beide dochtertjes die Bety hem geschonken had. (Het was vervelend dat Trudi het zo dikwijls bij het rechte eind had.)

Die eerste foto van Bety met haar kind: de glanzende vrucht, Bety's borst, en het weke buikje van het kind, die luidde het verhaal in, overpeinsde Trudi, van de drift van het bloed, en later zou uit dat kind, dat dochtertje, de kleine Esteban geboren worden. Een tweede foto liet Bety zien als jonge grootmoeder met dat incestkind in een mandje, als Mozes in zijn biezen kistje, zij zou hem opvoeden in haar optrekje op de derde patio.

Enkele weken na de bevalling was Bety's man zijn vrouw en kind komen ophalen – hij had werk op een suikerfinca gevonden. Trudi vroeg Bety om bij haar in de kleine salon te komen.

'Je wilt dus weg?' vroeg ze.

En Bety zei ja.

'Je zult alleen maar lijden bij die man.'

Bety haalde haar schouders op: 'Hij is de vader van mijn kind.'

'Je breekt mijn hart,' zei Trudi.

Toen Bety's ladino voor geruime tijd achter de tralies verdween, wilde Bety zich van hem laten scheiden. Het bleek dat het huis en alles wat ze bezaten op zijn naam stond zodat Bety en haar dochters geen cent hadden om van te leven. Op een dag stond ze dus weer voor de poort met de ingemetselde jaguar, met het biezen mandje en een zak met kleren. Voor het huis dat ooit aan Manuel Jesús Penagos had toebehoord.

Epitaaf voor Frans

Sommige mensen leer je pas kennen na hun dood alsof ze hun werkelijke existentie pas prijsgeven door de leegte die ze achterlaten. Zo was dat ook in het geval van Frans. Alsof de negatieve reacties op zijn reële leven opeens tot stilstand waren gekomen en er daardoor plaats vrijkwam voor een nieuwe Frans. Zo begon er bij de bewoners van Na Bolom een legendarische Frans te groeien, hij werd (vooral in de ogen van de vrouwen) een soort zachtmoedige heilige – hij die in Trudi's ogen eerder een slappeling was geweest, hoewel ze liever haar tong zou afbijten dan dit erkennen. Naar ingewortelde Mexicaanse gewoonte werd alles in de fantasie van de Na Bolom-bewoners extremer uitgebouwd, van tevoren viel niet te voorspellen – zoals niets in Mexico – of de weegschaal naar positief of negatief zou doorslaan. Maar in het geval van Frans pakte het positief uit, na zijn dood werd hij voorbeeldig. Het leek wel of de alcohol waarmee hij zich had volgegoten – een enkel glaasje voor het eten, beweerde doña América – een benevelende extatische uitwerking had op degenen die achterbleven. Trudi had het daar soms moeilijk mee. Want hoe kun je wedijveren met een geest? De helft van het echtpaar was nu dood en die had een beminnenswaardig image gekregen, maar aangezien een echtpaar ook altijd een Januskop is voelde zij al aankomen dat haar nagedachtenis minder fraai zou uitvallen. 'Hij was zacht van karakter,' zei doña Mári. 'Hij had meer begrip voor zijn mensen,' zei Hilario, 'híj beulde je niet af.' 'Hij schold je niet de huid vol,' zei América, 'zíj is een harde.'

Soms beijverde Trudi zich om ook sympathiek te lijken (die pogingen waren aandoenlijk om te zien, maar hadden tevens iets ongeloofwaardigs), ze lanceerde een vriendelijk woord hier of daar, informeerde naar de tortelduifjes van doña Mári, hoewel ze het verfoeide dat die in een kooi zaten – schepsels die met vleugels aan hun schouders geboren zijn moeten toch vrij kunnen rondvliegen? Maar als die duifjes nou het enige pleziertje van die arme verstoten Mári waren... Zelfs op hoge leeftijd kon Gertrudis het goede opeens op haar heupen krijgen, dan kocht ze speelgoed voor Esteban, Bety's kleinkind, of bracht ze etensresten naar de derde patio voor de zwerfkatten van América. Zelf wist ze ook niet goed raad met deze laat opbloeiende eigenschap. Grotesk vond zij zichzelf zoals ze met een plastic zak aan kwam zetten om die ostentatief voor dat kattengespuis op de grond uit te storten. Ze hield niet van katten.

Zij stak dikwijls haar nek uit ook als het helemaal niet nodig was. En had Frans niet veel, zo niet alles, aan haar overgelaten waar het Na Bolom betrof, de hele financiering, de organisatie, al die mensen die op haar zak leefden? Nee, hij verafschuwde het om een kudde toeristen rond te leiden voor een fooi, om souvenirs te verkopen aan onbenullen van Amerikanen die enkel uit snobisme kwamen en die liever in Acapulco aan de bar rondhingen. Hij maakte zich ervanaf door zich in de cueva op te sluiten en zich aan een of andere studie te wijden.

Mannen worden ook veel eerder 'zielig' gevonden, die arme Frans, hij werd broodmager, zijn handen trilden, hij was onhandig, maar zíj bekommerde zich niet om hem, zíj vertrok naar de Selva. Was dat passend voor een vrouw?

Toch stookte ook Trudi zelf die heiligverklaring van hem op. Het paste haar ego beter de weduwe te zijn van een beroemd jungle explorer, een door iedereen bemind man met hemelsblauwe ogen; enige tijd deed zelfs het gerucht de ronde als zou Frans de mysterieuze schrijver Ben Traven zijn geweest. Zij sprak dat tegen, maar op zo'n manier dat er een opening voor twijfel bleef bestaan.

Ook bagatelliseerde zij de geruchten dat hij al eerder drankproblemen had gehad en indertijd ontslag had moeten nemen als directeur van het Department of Middle American Research van de Tulane University omdat hij zich steeds zonderlinger begon te gedragen en op een lezingentournee herhaaldelijk zo duidelijk onder invloed verkeerde dat hij zwalkend het podium op kwam en men de zaallichten had moeten aandoen om te melden dat de spreker 'onwel' was geworden. Over deze periode waren uiteenlopende versies in omloop, maar Trudi vergoelijkte zijn gedrag omdat zij van mening was dat ieder mens recht had op een incidentele inzinking.

Er was veel overeenkomst in hun beider levensgeschiedenissen want ook hij had zich niet kunnen vinden in het milieu en het gedachtengoed van zijn ouders. Van tijd tot tijd liet hij er in summiere fragmentjes iets over los. Hij was afkomstig uit een oude Deense patriciërsfamilie in Kopenhagen, maar hij had geen zin zijn vader op te volgen in de familiezaak, hij maakte zijn studie niet af, zwierf door Europa, begon een antiekwinkel (toen al werd hij gefascineerd door artefacten uit Latijns Amerika) die failliet ging. Zijn vader moest zijn schulden betalen. De ene escapade volgde op de andere totdat zijn vader hem ten einde raad een biljet enkele reis naar Mexico gaf om daar zijn geluk te gaan beproeven.

In de beginjaren leefde hij van de hand in de tand. Hij stond benzine te verkopen bij een pompstation in Mexico-Stad. Later zou hij Trudi het huurkamertje wijzen waar hij had gewoond, onder het dak van een koloniaal gebouw in de calle Isabela la Católica. Op de parterre bevond zich een dancing – ik zou nog liever stratemaker zijn geworden dan dat ik mijn vader om geld had gevraagd, zei hij. Zij herkende die stijfkoppigheid. Hij verruilde het ene baantje voor het andere, steevast hopend op een gelegenheid om de wildernis in te kunnen trekken. Zo werkte hij in de bergen als opzichter over Indianen en muildieren die machineonderdelen naar een zilvermijn moesten transporteren, een andere keer hield hij toezicht over arbeiders die een in onbruik geraakte spoorlijn moesten repareren. In die periode leerde hij tortillas en bonen eten, werken in een verzengende zon en slapen in kille vochtige bossen. Weer later werd hij aangesteld als betaalmeester voor honderden arbeiders van de Eagle Oil Company in Minatitlán in zuidelijk Vera Cruz.

Daar vroeg hij ten slotte om een baan met meer bewegingsvrijheid en kreeg z'n zin toen hem de opdracht werd gegeven om verlaten oliebronnen te lokaliseren en in kaart te brengen voor mogelijke ontginning en ontwikkeling. Zo vertrok hij naar volstrekt onbekende streken waar zelfs de oliemaatschappij geen weet van had en huisde maandenlang in een hut van palmbladeren in Tecuanapa, waar hij eekhoorns temde en door de bossen zwierf, mijmerend over het perfecte bouwplan van de zich eeuwig vernieuwende natuur.

Ook in later jaren zou hij altijd over de jungle praten met een bezeten liefde voor haar schoonheden en gedragingen, alsof de jungle een eigen ziel en een eigen brein had. 'Niets is opwindender dan ergens je hangmat ophangen tussen een macayaboom en een sapodillo,' zei hij. De jungle gaf hem een sensatie van eindeloze tijd, bijna van afwezigheid van het concept van tijd. En hierin ligt mogelijkerwijs de verklaring van de passie die hij in later jaren ontwikkelde voor de tijdrekening van de Maya's.

Waar was het misgegaan? Wanneer was zijn drankzucht ontstaan, die gesel die hem tot in Na Bolom achtervolgd had en die zelfs zij, Trudi, met al haar inventiviteit en wilskracht niet had weten uit te bannen?

Op z'n zesendertigste werd Frans verliefd en trouwde hij met Mary Thomas, een bloedjonge gefortuneerde Newyorkse die haar kastanjebruine Isotta Frachini-sportwagen en een Steinway-vleugel had meegebracht naar zijn bescheiden onderkomen in New Orleans.

Was Mary Thomas zijn kwade genius geweest? vroeg Trudi zich meermaals af. Of zijn gemankeerde grote liefde? Zij had Frans van zijn jungle afgehouden en hem de wereld van de high society binnengeloodst, het paar had in Europa rondgereisd, in haar diverse huizen in New York en op Long Island gewoond, Frans had zich de luxe van het wereldse comfort plezierig laten aanleunen, hij leefde graag op royale voet, hij had een gat in zijn hand. Na acht jaar had Mary hem verlaten en zich in Reno van hem laten scheiden op grond van wreedheid. Dit moest een ernstige slag voor zijn zelfrespect geweest zijn.

Hij begon zich te verwaarlozen, hij verpauperde en raakte zo diep in de schulden dat de deurwaarder zijn bezittingen in beslag kwam nemen. Er volgde een obscuur jaar waarover hij nooit een mond opendeed. Uiteindelijk was het de Selva in Chiapas geweest die hem weer op zijn benen zette.

Dat verwarrende beeld van Frans: zijn geestdrift, zijn innemende glimlach, de blauwe ogen die hem een uitdrukking van alertheid gaven, met als keerzijde zijn dronken verlopenheid, zijn sarcastische tong, zijn vele plannen die op niets uitliepen (hij was eerder een padvinder dan een wetenschapper, zei hij zelf), zijn vlucht uit de werkelijkheid; de kinderloze man die met K'in en Kayum speelde en ze 's avonds zorgzaam toedekte – al die facetten probeerde Trudi te lijmen tot het totaal van zijn persoonlijkheid. Toch zouden er altijd fragmenten ontbreken, zoals scherven van opgegraven Maya-potterie.

Had hij iets met Bety gehad? Zij herinnerde zich hoe zij op weg was naar de muziekkamer toen zij hen beiden door de halfopen deur bij de tafel had zien staan. Bety moest een jaar of vijftien zijn geweest. Zij droeg een simpele witte jurk met een donkerblauwe rebozo en haar kleine hoofd balanceerde trots op haar stengelnek. Frans was bezig een cocktail te mixen en Bety boog zich voorover om in de tumblers te kijken en vroeg met een geaffecteerde kinderlijkheid: 'Wat doe je daarin?' En hij legde haar de samenstelling uit: gin, vermout en sap van limoen. Hij gaf haar een beetje pure gin op een lepel om te proeven. Bety keek naar hem omhoog terwijl zij haar lippen proevend rond de lepel stulpte.

Het trof Trudi hoe het wilde kind met het ponyhaar tot op de ogen plotseling veranderd was, alsof gedurende de nacht een of andere Cupido op haar gezicht had geblazen en zij wakker was geworden met de zinnelijke lippen van een vrouw.

'Het lijkt op tequila,' hoorde ze Bety zeggen terwijl ze haar schouders samentrok en moeilijk slikte, 'het brandt…' Frans lachte vertederd om haar aanstellerig (vond Trudi) gekuch. En Trudi zag hoe de ogen van die twee in elkaar bleven hangen, met iets onderzoekends, aftastends, terwijl Bety's gezicht warmer kleurde... Het tafereel had iets intiems, incestueus.

Later zou Bety zeggen: 'Als jij weg was naar de Selva dan kwam hij dagenlang niet uit de kleren, dan zat hij te drinken in de cueva en verbrandde papieren en stafkaarten in het haardvuur. Tegen de tijd dat jij werd terugverwacht waste en schoor ik hem zodat hij toonbaar zou zijn.'

Bleef het daarbij, was het daarbij gebleven? Hoewel ze Frans fysiek niet meer tot enerverende escapades in staat achtte... Zij probeerde die hele laatste periode van zijn verval en dronkenschap uit haar herinnering te bannen, die ellendige momenten als zij onverwacht thuiskwam en hem voor zich zag staan met een baard van zes dagen, met bemorste en kreukelige kleren, haar aanstarend alsof hij niet langer begreep wat er om hem heen gebeurde, met ogen die geen leven in zich hadden, terwijl achter hem, ergens in de kamer Bety zat te naaien... Frans vocht niet langer, hij liet zich gaan, gevangen in zijn gevoelens van falen. 'Mijn leven is een misdruk,' zei hij spottend.

Geen erepalm voor Frans. Zijn naam zou niet verbonden blijven aan opzienbarende archeologische vondsten. Hij was de verliezer geweest in dit roulettespel.

Twee uur lopen waren Trudi en hij van Bonampak verwijderd geweest, toen Frans geveld werd door malaria en er op het nippertje het leven afbracht doordat een ouwe rot van een dokter in El Cedro hem een overdosis kinine rechtstreeks in de aderen spoot. Twee jaar later zou Giles Healy meer geluk hebben en de unieke muurschilderingen blootleggen, waar zij op hun zoektocht zo dichtbij waren geweest.

Maandenlang had Frans bij Palenque opgravingen geleid en hij vertelde Trudi dat hem een merkwaardige perforatie was opgevallen in de leistenen vloer van de Tempel van de Inscripties. Had het hem aan geduld ontbroken? Aan inzicht? In 1947 ontdekte de Mexicaanse archeoloog Alberto Ruiz dat zich op die plek een sluitsteen bevond die een trap verborg die leidde naar het hart van de piramide waar zich de grafkamer van de jungle-koning Pakal bevond, de meest besproken ontdekking ooit in Midden-Amerika gedaan.

Geluk was er ook geweest, onverwacht. Hij bracht de ruïnes van Comalcalco in kaart toen plotseling een straal van de ondergaande zon de binnenmuur van een vertrek verlichtte. Hij keek en keek opnieuw. Wat was daar op die muur? Ornamenten in pleisterkalk? Zijn inheemse assistenten ontdeden de muur van stof en puinresten. Gevederde versieringen van een helm verschenen, gemodelleerd in stuc bas-reliëf. Meer veren en een deel van een gezicht… Voor hem lag een ondergrondse ruimte met delicaat gemodelleerde gestalten op de muren.

Deze stomme gevangenen in steen hielden de mysteriën geheim waarvan zij getuige waren geweest toen de tempel hoog uittorende boven de wirwar van een junglestad. Wat betekenden die grijnzende maskers, de slang- of jaguarachtige fabelwezens, de enorme hoofdtooien met een warwinkel van koppen, symbolen en veren? Frans begon zich toen al op obsessieve manier het hoofd te breken hoe men de inscripties zou kunnen ontcijferen om meer omtrent de afbeeldingen aan de weet te komen.

'Heb je ooit het gevoel gehad dat het raadsel bijna binnen ons bereik was?' zei hij tegen Trudi. 'Zo'n hiëroglief is net een hond die naar je kijkt en je iets duidelijk wil maken, maar enkel kan spreken met zijn ogen… Toch betwijfel ik of wij ooit zo iets zullen vinden als de Steen van Rosette…'

Sinds je dood, Frans, zijn er nieuwe ontdekkingen gedaan waar het het Maya-schrift betreft, maar je had gelijk toen je stelde dat er niet één enkele sleutel voor dit mysterie kon bestaan, omdat er niet één enkel slot kon zijn. Dat is een uitspraak van je die ik altijd heb onthouden: er is niet één sleutel, evenmin in een mensenleven, ook niet een die past op het slot dat toegang geeft tot het innerlijk van een geliefde, want er zijn meerdere sloten, ook in jouw leven en in het mijne. Maar jij, Frans, bekommerde je steeds minder om jouw of mijn leven of om wat ons van elkaar vervreemdde.

Toen Frans niet langer in staat was op expeditie te gaan, laat staan opgravingen te leiden, keerde hij zich steeds meer naar het verleden. Malaria en drank hadden zijn lever geruïneerd, op een dag kreeg hij heftige pijn in zijn borst die de dokter aan pneumonia toeschreef. Achteraf bleek het een hartaanval te zijn geweest. Toen het tot hem doordrong hoe beroerd zijn conditie was deed hij de deur naar de toekomst dicht. In zijn jonge jaren had zijn toekomst hem een zee van mogelijkheden geleken, maar in zijn isolement werd het juist het verleden dat talloze mogelijkheden scheen aan te bieden. Voor de antieke Maya's waren toekomst en verleden zozeer met elkaar verweven dat zij niet van elkaar te onderscheiden waren, de Maya's hadden een verhouding tot de tijd die de moderne mens wel nooit zal kunnen begrijpen. In de geest van Frans begon zich iets dergelijks voor te doen. Zijn dagelijkse werkelijkheid werd schimmig, hij leefde achterwaarts, hij ging op expeditie in een andere tijd die niet het risico van ontgoocheling in zich sloot, maar allerlei puzzels aanbood, verbazingwekkende wetenswaardigheden en kronkelpaden van gissingen en halve waarheden. Rustig whisky of aguardiente drinkend achter gesloten deuren, herschiep hij zijn papieren belevenissen tot visioenen die zich vermengden met zaken die hij ooit met eigen ogen gezien had. In het stoffige, duizenden jaren oude verleden van de Maya's vond hij zijn eigen wereld, waarin soms vaag de stem van Trudi doordrong, en haar gebons op zijn deur om hem te doen ontwaken. Zij werd degene die de werkelijke jungle in trok, terwijl hij achterbleef in zijn papieren jungle, notities makend voor een boek dat hij nooit zou schrijven.

Waar was Frans naar op zoek in die laatste fase van zijn leven? Hij was voortdurend bezig de tijd te achtervolgen, terug tot in het schemerige verleden toen ooit de Maya-kalender was begonnen op het mysterieuze tijdstip 3114 voor Christus. Wat had de Maya's aangezet om de tijd te willen indelen? Door welke obsessie gedreven waren ze ertoe gekomen om de tijd handzaam te maken voor dagelijks of kosmisch gebruik? Priesters hadden in die lang vervlogen tijd het getal nul ontworpen, de onvatbare nul die in de westerse wereld toen nog niet geconcipieerd was.

Ineengedeukt achter zijn schrijftafel zat Frans met een vergrootglas te staren naar kopieën van inscripties en oude codices, naar gliefen en tekens die eenheden van tijd vertegenwoordigden. K'in betekende één dag, maar ook: god en zon. Voor de ingewijden van de Maya-kalender waren de dagen goden die in oneindige processie door ruimte en eeuwigheid wandelden. De vroegste bewoners van deze streken probeerden al een greep op de tijd te krijgen, ze bestudeerden de sterrenhemel en bouwden observatoria, kolossale stenen constructies, alsof ze met stuwdammen de loop van de tijd beheersbaar wilden maken. Zij waren in staat geweest om de tijd terug te projecteren tot in het onwaarschijnlijke jaar 4028 miljoen – wat was daarvan de zin? – en tegelijk met een nooit eerder vertoonde precisie ver vooruit in de toekomst.

Op de codices stonden de dagen afgebeeld als bolletjes en streepjes, in magische groepjes van vijf gerangschikt; ieder streepje had de waarde van vijf, ieder bolletje de waarde van één. Zo vormden een streepje en vier bolletjes samen het getal negen. De bolletjes, rode, gele, blauwe, leken verjaardagsslingers van moleculen van tijd te vormen, die soms een hoek van negentig graden maakten om uit te monden in een groteske drakekop of in een gevederde slang met een roodbewimperd oog. Frans zat aanhoudend de namen van de raadselachtige tijdseenheden te mompelen: baktun, katun, tun, uinal, k'in…

Soms liet hij Trudi de afbeelding van een stèle zien: 'Die warrelklomp lijkt net een bord spaghetti, maar ik denk dat iedere lijn een boodschap inhoudt…'

Wanneer hij meende iets ontdekt te hebben zocht hij contact met andere Maya-deskundigen die zich met een soortgelijk onderzoek bezighielden in Mexicaanse of Amerikaanse archeologische instituten. Maar zijn ideeën over de mogelijke betekenis van de gliefen en tijdseenheden werden niet serieus genomen – wat hij niet wist, was dat zijn collega's zich zelfs vrolijk maakten over die old bastard Blom – en zijn slordig geschreven artikelen, waarin willekeurig Duitse en Spaanse woorden tussen de Engelse opdoemden, werden afgedaan als fantasieën. Na verloop van tijd werden zijn

brieven niet meer beantwoord en verdwenen in een prullen-
bak van een of andere universiteit.

In die laatste maanden zag Trudi hem op beangstigende
manier doorschijnend worden, alsof hij vervaagde, oploste
in die verre Maya-tijd. Zonder zich rust te gunnen hield hij
zich obsessief bezig met de zogeheten Lange Telling.

'Kijk,' zei hij, 'de uinal wordt verbeeld door een padmon-
ster, en ahau, de Koning, wordt ten dele bedekt door een ja-
guarvel, en dit hier is de vijfde Heer van de Nacht…'

Verontrust riep Trudi: 'Hou op met die onzin! Je maakt jezelf ziek…'

'Wat een banale woorden spreek je,' zei hij ontwakend uit
zijn droom.

Met verscherpt bewustzijn zag Trudi hem ineengedoken
zitten, haar vroegere geliefde: een zonderling – en ze besefte
hoe wijd de kloof tussen hem en haar geworden was. De
vroegere geliefde droeg nog hetzelfde inheemse roze
Chamula-hemd met een sjaal rond de schildpadnek, de voeten staken nog in dezelfde rafelige sandalen, maar de wangen en ledematen hadden alle kleur en leven verloren, de gestalte kon zich nauwelijks overeind houden.

'Heb je pijn?' vroeg ze.

'Nee, ik merk totaal niets van mijn lichaam.'

Haar ogen antwoordden: *'Maar ík lijd pijn, omdat er nu
ergens een einde is… Wordt dit ons einde, Frans?'*

'Zie je niet dat ik iets belangrijks onder handen heb?' zei
hij korzelig.

Zij zocht troost in haar boomkwekerij die ze had opgezet in
de hoop een deel van de verbrande jungle opnieuw te kunnen bebossen. Samen met Hilario werkte ze urenlang om de

kiemplantjes te verspenen. Ze kweekte bomen voor het hoogland zowel als voor het regenwoud. De vivero lag een tiental kilometers buiten Las Casas. Te paard ging ze erheen, liep verdwaasd en toch even in gelukkige vergetelheid over de kleine paadjes tussen de aanplant. Ze bestudeerde de mogelijkheden hoe ze te stutten, hoe ze te beschermen tegen houtmijt en bastrot, vraat van ongedierte, ze keek hoe de regen viel, uit welke richting de wind woei, ze besprenkelde ze, beademde ze als zuigelingen in een couveuse. Er waren er in diverse afmetingen, de grootste stonden in potten op een rij, een legertje, klaar om een nieuw territorium te gaan bezetten. Visitekaartjes aan hun voet waarop de naam van de soort: *Granadillo* (zwart gevlamd, veelvuldig gebruikt voor meubels), *Palo Sangre* (lichtroze getint constructiehout), de beruchte *Caoba*, de gesel van de caoba-mensen, die door Ben Travens pen onsterfelijk werd gemaakt, de *Jobillo*, een cedersoort die op berghellingen kan gedijen, de mangoboom: *Mangifera Indica*, waar bladsnijmieren verzot op zijn (daar moest je voor uitkijken, die kunnen de boom in een enkel etmaal ontbladeren) en niet te vergeten de *Ceiba*, de boom van het Leven, die met zijn wortels tot in de onderwereld en met zijn kruin tot in de hemel reikt...

Met haar vingertoppen beroerde zij de groene uitspruitsels van haar zaailingen alsof zij een geheimtaal met ze uitwisselde: *jullie zult groot worden, jullie zult schaduw geven, jullie zult ervoor zorgen dat de regen komt.*

Na de dood van Frans zette Gertrude zich vol piëteit aan de taak zijn nagelaten notities te schiften en te ordenen met het voornemen ze naar het Mexicaans Archeologisch Instituut te zenden. Met zijn sleutelbos opende zij de laden van zijn schrijfbureau en haalde er de papieren uit waarop hij in zijn laatste jaar zijn bevindingen had genoteerd.

Wat ze zag waren bolletjes en streepjes. De ene bladzijde na de andere sloeg zij om: bolletjes en streepjes, grotere, kleinere, ingekleurd of enkel met inkt aangegeven, een sporadische drakekop of de vogelkop van de baktum ertussen. Het leek alsof hij dwangmatig bezig was geweest kindertekeningen te reproduceren, de vormen eindeloos natrekkend, met de bolletjes spelend alsof hij zich een goochelaar had gewaand. Wat zij in haar handen hield was het dagboek van een maniak.

Ergens stond dwars over een pagina in krachtig handschrift: REBUS INCOGNITIS — BETREFFENDE DE ONBEKENDE DINGEN.

Finita la Commedia

Kromgetrokken dorre bladeren zweefden als kleine boten op de luchtstroom, tolden naar beneden, en midden in die droge bladerregen zag ze hem zitten in zijn vouwstoel die hem op al zijn expedities vergezeld had. Het bevreemdde haar dat zijn haren niet wit waren zoals zij zich herinnerde, maar blond.

Hij praatte in zichzelf in de onbegrijpelijke klanken van zijn geboortetaal, begon vervolgens met ernstige stem te zingen.

Haar ogen, haar handen, iedere cel van haar lichaam herinnerde zich hem: 'Frans, laat me je kussen, laat me je wervelstorm zijn.'

'Heute ist immer noch,' zei hij.

'Heute ist immer noch? Je hebt me dus niet verlaten?'

Haar lichaam scheen tederheid af te scheiden als vloeibare honing, het doffe gewicht dat zo lang op haar borst gewogen had, werd weggetild, ze reikte hem haar beide handen opdat hij die zou aanvatten.

'Wat doe je nu, Frans? Waarom kijk je zo?'

Zij streek langs haar ogen om de spinnewebben weg te vegen die tegen haar gezicht plakten.

Frans deed de deur van de cueva open, stapte over de drempel, maar verhinderde haar hem te volgen door haar hardhandig tegen de borst te duwen. Een koude misprijzende trek verscheen rond zijn mond: 'Woher gehören Sie? Welche Partei?' Zijn brilleglazen waren bol en zwart als de ogen van een bidsprinkhaan: 'Ueben Sie sich in Geduld.' Zij hoorde hoe de deur van binnen vergrendeld werd.

Toen ze wakker schrok vingen haar oren nog een flard op van een schreeuw geproduceerd door haar gedroomde zelf, haar trillende vingers tastten naar het knopje van haar bedlampje. 'Ach Frans, wat een wrange grap heb je met me uitgehaald,' zei ze, terwijl terzelfder tijd de droom uit haar hoofd wegdampte zodat zij zich verwonderd afvroeg wat voor wrange grap dat dan geweest kon zijn. Zij constateerde dat zij half zittend tegen opgestapelde kussens in slaap was gevallen met haar leesplankje voor zich. Dat plankje had Frans voor haar gemaakt omdat zij er in haar slapeloze nachten van hield gelijktijdig te lezen en te breien; nog altijd lag er een halve sok in het nachtkastje. Voor wie was die bestemd geweest? Voor Kayum? Esteban? Die sok kwam nooit meer af. Met de ijver van een zondagsschilder had Frans een tafereeltje van Wimmis op het plankje geschilderd: een landelijk klokketorentje, stramme sparreboompjes tegen een helling op, misbakselige koeien met een bel aan hun nek – alsof hij haar met draden van heimwee had willen vastbinden aan haar oudevrouwenbed.

Zullen de mensen in Wimmis zich afvragen of ik nog leef? dacht ze. Nee, al die mensen zijn dood natuurlijk, dat dorp is een nachtasiel voor doden geworden…

Sneeuw, dat is het enige waar ik naar kan verlangen.

Als kind hield ik ervan sneeuwvlokken in mijn mond te vangen, die zachte koude kus op mijn tong te voelen. Ik draaide om mijn as, steeds sneller, totaal vergetend wat er om mij heen voorviel, mond open om al die donkere dotjes die uit de winterlucht vielen op te happen. Ik draaide rond en rond, ik had mijn eigen draaikolk geschapen, ik was het middelpunt van de aarde, terwijl mijn zijwaarts gestrekte armen werden weggezogen door de middelpuntvliedende kracht. Soms kwam opeens mijn maaginhoud naar boven en viel ik duizelig op de grond met mijn mond vol overgeefsel. Dan bleef ik met gesloten ogen liggen en liet me ondersneeuwen, luisterend naar de wollig opgevulde stilte om me heen. Tot ik bruusk uit de sneeuw werd opgetild en een stem vroeg wat mij in vredesnaam mankeerde. Dan werd ik afgeklopt, moest ik mijn schoenen schoonschrapen en werd ik de keuken binnengeduwd met de draaiing van de aardbol nog in mijn binnenste.

Met Frans – zei ik Frans? – met Kurt schaatste ik op de bevroren Thunersee. We schaatsten naar Iseltwald en terug, je zag de bomen en huizen onder hun barmhartige bekleding van sneeuw. *Schnee vom letzten Jahr*, dat was een uitdrukking bij ons thuis voor iets dat je beter vergeten kon, dat voorbij was. Ben ik nu zelf Schnee vom letzten Jahr?

Ze keek door de ruitjesramen, zag de bloesems van de magnolia in de patio. *Als de bloesems van de magnolia vallen, moet je zaaien*, herinnerde zij zich de woorden van Chan K'in. Twee werelden dreven op de maalstroom van haar herinneringen. Ik ben in twee landen tegelijkertijd, ik heb geen vliegtuig nodig, in een wip ben ik op de Blümisalp. Ik kan het ene land in mijn geest tegen het andere uitwisselen. Is dat de essentie van ontheemd zijn, of is het de ouderdom die alles terugdraait naar het begin?

Ik schreef een brief aan je, Frans, maar ik kon er geen eind aan maken of zelfs maar een begin, want mijn woorden bleven rondcirkelen als in een groot wiel. Ik heb geen woorden meer die van mij zijn, geen taal, geen geboorteland, ik heb de steden verloren waarin ik jong was, vrienden maakte, studeerde, werkte. Ik ben alles kwijtgeraakt. Ik heb mijn eigen wereld moeten worden, mijn eigen geestelijke ruimte… De Selva werd mijn nieuwe thuis, maar ook die is verloren gegaan.

Wat doe ik hier eigenlijk nog? Mijn leven is een ongebreidelde jungle geweest, een reactie op mijn geboorte in dat koekoeksklokland, waar ze 'fatsoen' zo hoog in het vaandel hebben terwijl de bankkluizen vol liggen met het geld van de vermoorde joden en het mafiageld van de hele criminele wereld. *Geen geld geen Zwitsers*, dat tekent mijn landgenoten ten voeten uit.

Maar de farce die mijn leven is geworden is nog niet ten einde. Weet je dat ik intussen ereburger ben geworden? Niet van Zwitserland, nee, een profeet wordt nooit geëerd in eigen land. Van MEXICO. Op *grond van mijn verdienste voor het regenwoud*, staat op de oorkonde. Ik ben natuurlijk een veteraan in de regenwoud-scene, na de legio petities en brieven waarmee ik de autoriteiten bestookt heb en mijn ontelbare (zinloze?) praatjes voor tv en radio, ik werkte samen met de World Rain Forest Movement, met de Vrienden van de Aarde. Aan de boeren rondom Las Casas heb ik gratis bomen uitgedeeld uit mijn vivero, ik zie ze nog gaan, mijn kwekelingen, met hun wortelkluit in plastic verpakt, mijn Klein Duimpjes die de wereld moeten redden…

Je kent mijn zwakheid, mijn gevoeligheid voor waardering en loftuitingen. Toch betekende dit ereburgerschap veel meer, het opende een deur waarop ik veertig jaar had staan bonzen, het opende meer mogelijkheden om invloed en pressie uit te oefenen. Niet langer was ik een 'geschifte idealiste' die een onproduktief stuk bos en een handvol primitievelingen van de ondergang wilde redden, nee, mijn woorden werden eindelijk serieus genomen.

De tijd blijkt te zijn veranderd, opeens is het regenwoud 'in', het schijnt zelfs een soort sex-appeal op jongelui uit te oefenen. Dus ben ik ook 'in'. Je kunt je niet voorstellen hoeveel cassettebandjes, stickers en T-shirts met leuzen als *Stop the Wopper* en *No Time to Waste* ik heb gekregen, hoeveel brieven en telefoontjes met aanvragen of ik discussieavonden wil leiden. Lange tijd was de wereld doofstom, nu is er een kakofonie van woorden losgebarsten…

Ik reisde naar Mexico-Stad. De stad waar jij en ik als minnaars in de Zona Rosa gewoond hebben en samen met Diego Rivera en Frida Kahlo in Chapultepec Park picknickten, Frida in haar lange Tehuana-rokken die haar mismaakte been moesten verbergen en Diego, dik als een nijlpaard, ronddansend met een glas bier op zijn hoofd zonder een spatje te morsen. Wie kenden we daar niet? Trotski, Brecht, en die eindeloze stoet van refugiés, want Mexico was zeker zo gastvrij voor vluchtelingen uit Europa als de Verenigde Staten. Er was een samenballing van talent, van intellect – dat is een wereld die nu verloren is gegaan, van onze vrienden leeft niemand meer, ik ben een overjarige vrucht aan een naakte tak.

Ik had mijn roodbrokaten jak aan. Een galante heer (el Presidente? De vorige… een nieuwe?) hielp mij het zoveelste trapje beklimmen van het zoveelste podium dat ik in mijn leven beklommen heb. Ik voelde me verward, er doken herinneringen in me op aan de woelige dagen uit mijn jeugd, ik zag de jonge koppen van mijn socialistische kameraden weer voor me, ik hoorde hun stemmen: 'Wanneer gaan wij de barricaden op…?' Geen jonge koppen hier, geen barricaden. In plaats daarvan gelikte en gestrikte dames en heren. Mijn papieren dwarrelden van de katheder en de ceremoniemeester kroop met een rood hoofd over de vloer om ze voor me op te rapen. Doe ook maar eens wat moeite, dacht ik, en ik voelde een krankzinnige vermoeidheid, de vermoeidheid van mijn totale leven op mijn geest drukken. Ik probeerde de door elkaar geraakte papieren op volgorde te leggen, maar de letters schemerden voor mijn ogen en opeens hoorde ik de stem van Walter Mehring, mijn mentor, bij onze eerste grote antifascistische bijeenkomst: *Vergeet je papieren, spreek vanuit je hart.*

Ik hoorde mezelf spreken, woorden over planten die in het regenwoud groeien, planten die men worgers noemt, parasieten of klaplopers, over dieren die daar wonen en die men wrede doders noemt. Bij het samenleven overheerst dikwijls de ene plant de andere. Maar zich te goed doen aan een ander organisme is een van de natuurlijke oplossingen, een gewone vorm van voortbestaan. Waarom roept dat bij mensen altijd afschuw op? Waarom noemt men de leeuw bloeddorstig, de wolf wreed, de jakhals laf?

Dat is wonderlijk als je bedenkt dat de mens ten opzichte van de natuur de grootste moordenaar en klaploper is die er bestaat en duizendvoudig schadelijker omdat hij alleen maar neemt en niets teruggeeft: de mens dient niet als voedsel voor anderen en ook zijn lijk wordt niet aangeboden aan andere organismen behalve aan de wormen.

Ik zei: 'Jaren geleden zag ik in Chicago een schutting waarop een onbekende hand geschreven had: DE MENS HEEFT EEN BLOEDSCHENNIGE VERHOUDING MET DE AARDE. Zo is het, de mens verkracht en misbruikt de aarde.

De mensheid verdient deze mooie planeet niet.'

Ik zei: 'Hitler was tenminste iemand die je kon zien, tegen wie je kon vechten, maar dit kwaad is ongrijpbaar en gaat sluipend zijn gang. Wij bevinden ons in oorlog. Wij vechten niet alleen voor het behoud van het regenwoud, maar voor de overleving van onze planeet, de aarde zelf. Zolang de grote massa dat niet begrijpt zijn wij verloren. We moeten ons haasten. Het is een wedloop tegen de tijd.'

En terwijl al die witte handen voor mij applaudisseerden (voor mijn woorden? Of voor mij?), zei ik nog: 'Alle levende dingen zijn met elkaar verbonden, je kunt niet straffeloos het verbond met de natuur verbreken. Mijn oude Lacandón-vriend Chan K'in Viejo zegt: "Wanneer wij drinken smaakt het water naar angst..."'

Terwijl ik in die trant praatte schoot de gedachte door me heen, zoals in de jaren dertig: als ik nu door een huurmoordenaar word neergeknald zou dat een mooi slotakkoord zijn. Helaas diende er zich geen huurmoordenaar aan.

Ik kwam thuis in Na Bolom. De burgemeester van Las Casas had zijn limousine met chauffeur naar Tuxtla gestuurd om de nieuwbakken ereburgeres van het vliegveld te halen. Er lagen stapels brieven en gelukstelegrammen, er stonden bloemen. Nauwelijks heb ik me opgefrist en heeft Bety mij in mijn kamerjapon geholpen, ik zit op de bank de telegrammen te openen, of ik hoor op de radio dat de Mexicaanse regering een nieuwe kapconcessie heeft uitgegeven aan de Lumbercompany Ludwig voor een gebied van duizend vierkante kilometer in Chiapas, grenzend aan de Montes Azules Bio Reserve.

De mens is een Schweinehund, Frans.

Ik stuurde de oorkonde en andere waardeloze rommel aan eredoctoraten en dergelijke terug met de woorden dat ik het betreurde dat ik ondanks mijn leeftijd en ervaring de holle gebaren en lege woorden van de heren niet had doorzien, en dat het tijd wordt dat ik me uit deze wereld vol leugens en zwendelpartijen terugtrek.

Finita la Commedia.

Een vrijgeleide naar het land
van rood en zwart

Iemand schoof een stoel aan en ging erop zitten, maar zij kon niet zien wie dat was.

'Ben jij dat, Bety? Waarom lig je niet in bed?'

Zij moest dat zwevende gevoel in haar hoofd de baas worden, het zelfde soort weeë gevoel als wanneer je met de Cessna naar beneden zakte naar de minuscule landingsbaan bij Najá.

'Bety?'

Ja, nu zag ze haar. Bety had de kaars in de kandelaber aangestoken, er was een schichtige blik in haar ogen, haar gezicht was vol rimpels geraakt.

'Ben jij werkelijk Bety? Je zou mijn moeder kunnen zijn... Ja, je bent het. De wereld is bedrog, maar jij bent echt... Zit je te bidden?'

'Tot wie zou ik moeten bidden? Cristo? Jij gelooft niet in Cristo. Of tot een van de goden van Chan K'in soms?'

'Leg enkel je hand op mijn hoofd... Ik ben moe, alleen maar moe, overwerkt. Het enige wat ik nodig heb is een ontspannende slaap. Morgen sta ik vroeg op en laat ik Metzabok zadelen.'

'Santísima Virgen...'

'Ik droomde van generaal Emiliano Zapata, hij drukte zich tegen mij aan met zijn gloeiende ogen, hij leek op een stierenvechter, zijn Zapata-snor kietelde mij in mijn hals...'

'Dat moeten de snorharen van Pek geweest zijn.'

'Je hebt Pek toch niet in de bijkeuken opgesloten?'

'Nee, Pek slaapt bij het vuur. Je moet niet zoveel praten.'

'Generaal Zapata zei dat hij mij een brief zou meegeven voor el Presidente om mij een vrijgeleide te geven.'

'Een vrijgeleide… Waarheen?'

'Naar het land van rood en zwart… Denk je dat Frans daar op mij wacht?'

'Laten we over iets anders praten.'

'Waarom?'

'Omdat je me aan het huilen maakt.'

Zij voelde het laken plakkerig aan haar lichaam kleven, het zweet parelde op haar voorhoofd en toch had zij het koud alsof ze ingevroren zat in ijs, en die weeë stank… zou er iets uit haar darmen gesijpeld zijn of uit haar mond?

'Zo kan ik niet naar het land van rood en zwart… zo zal Pancho mij niet willen hebben. Breng een kom waswater, Bety. Geef me mijn lippenstift.'

'Het is in het holst van de nacht, Trudi.'

'Haal mijn laarzen, ik moet de rivier over… Pek gaat mee… Snij een blad af van de olifantsoor. Waarom gaap je me zo aan?'

'Er is hier geen blad van de olifantsoor.'

'Help me overeind… Heb je je tong ingeslikt?'

De oude vrouw voelde dat zij al die tijd aan het vechten was tegen een donkere overspoelende kracht. Je hebt winnaars en verliezers in het leven… ik heb altijd gedacht dat ik van nature een winnaar was, maar van dat idee ben ik teruggekomen.

Met een plof was Bety op haar knieën voor Trudi's bed neergevallen met haar hoofd op het dekbed. Zat ze te huilen of te bidden?

Zij wilde haar hand op Bety's hoofd leggen en zeggen dat zij alles kon uitleggen, dat het haar speet dat ze zo dikwijls lelijk tegen haar geweest was, dat zij zulke mooie ogen had, dat Pancho had gezegd: 'Zulke mooie ogen heeft dat meisje onder dat zwarte ponyhaar.' Maar alles zwirrelde om haar heen en die hand liet zich volstrekt niet optillen alsof die aan het bed zat vastgemetseld. Ze hoorde de klok in de cueva twaalf slagen slaan – een mooi uur om ertussenuit te knijpen. Overal sloegen nu de klokken, de pendules, de kerkklokken, de koekoeksklokken... maar ze was zo ver van haar geboorteland dat het aanbreken van een nieuwe dag in Wimmis geen enkele betekenis voor haar kon hebben. De meridiaancirkel dicteerde daar een andere tijd, Westeuropese tijd. Ze dreef als op een eilandje tussen haar twee werelden in een zee van geen tijd. Toch sloegen de klokken op een of andere manier hetzelfde uur, dezelfde tijd. De tijd van het memento mori. Ze zag haar vader op de kansel staan terwijl zijn galmende stem uit het Boek Prediker voorlas: 'Alles heeft zijn uur, alle dingen onder de hemel hebben hun tijd. Er is een tijd om geboren te worden en een tijd om te sterven, er is een tijd om te planten en een tijd om dat wat geplant is uit te roeien... Een tijd om te doden en een tijd om te genezen... Een tijd om te rouwen en een tijd om te dansen...'

Zij zag de slijtageslag van de tijd in de gebogen rug van Bety die voor het bed geknield lag, ze zag de tijd samenkomen in de twee doffe rattestaartjes die op haar rug samengebonden waren. Dat je haar zo dun is geworden, Bety... Weet je nog dat je me meenam om mij de Blanke Madonna in de Santo Domingo te laten zien? Yo soy la Luz, Ik ben het Licht, stond er in gouden letters op haar sokkel. Alles was daar van goud, in de Santo Domingo, de cherubijnen en serafijnen die tegen de gewelven en zuilen aan geplakt zaten waren allen gevangen in vergulde kronkelingen van serpentines waar geen eind aan kwam, er was een gouden staande pendule in de vorm van de zon met een gouden wijzer. Jouw Blanke Madonna stond onder een glazen stolp als een opgezette prachtvlinder, de ogen befloerst starend in een Philipsschijnwerper, haar lijf met meer edelstenen behangen dan dat van een Cleopatra, het Christus-popje op haar arm ineengedrukt onder de vracht van een loodzware bejuweelde kroon.

'Jullie zult voortaan voor mijn Lacandones moeten zorgen,' zei ik tegen het tweetal onder de stolp. 'Jullie zien er zo breekbaar uit, zo poezelig en dociel... Maar ook de krachtpatsers onder de goden hebben niks weten klaar te bakken, dus moet ik jullie misschien het voordeel van de twijfel gunnen. Misschien herkennen de mensen in jullie hun eigen zwakheid.'

Zij hoorde de laatste slag van de pendule in de bibliotheek natrillen, in die korte spanne tijds was haar veel overkomen, was ze ver weg geweest, tussen de eerste en de laatste heldere tinkeling. Zij hoorde haar hart kloppen in haar suizende oren. Dat hart klopte nog, liep met aarzelende pas door de tijd, zij was een levende klok, terwijl alles om haar heen gestold was, de seconden, de uren, alles ingedikt tot trage modder.

De Tijd – zij zag de lege klok bij het in onbruik geraakte stationnetje van Erlenbach. Alleen het frame stond er nog met de lege klokkekast en de beide ronde glazen waarachter de wijzerplaten hadden gezeten waarop de reizigers een blik hadden geworpen in de laatste minuten voor hun trein vertrok. Twee sierlijke kelkvormige lampjes bogen zich van de top van de klokkekast voorover om de tijd te verlichten die niet meer bestond. Er was niets dan lucht tussen glas. Het niets ingelijst, de eeuwigheid ingelijst… Ze droomde van spoorrails die glommen in het maanlicht, er viel stuifsneeuw, de trein zong zijn nachtlied tjoengetjoeng, hij reed door een onbekend land, passeerde geen enkele stad.

'Bety, ik droomde…' Ze probeerde de opkomende stroom van gedachten in te dammen, het leek of ze van de zwarte bedwelmende paddestoeltjes van Chan K'in had gegeten.

'Chan K'in zei altijd: "Iemand die veel droomt, leeft lang."'

Bety stond op onderwijl haar rok afkloppend, ze trok de deken recht en zei: 'Droom dus maar, droom…'

'Waarom zou ik dromen,' zei Trudi, 'als de lust om te leven mij vergaan is? Alleen dat ceibaboompje dat ik geplant heb, dat zou ik nog groot willen zien worden.'

Ze reed op Metzabok die zo soepel draafde als hij in geen jaren gedraafd had. Zo'n lichtgewicht kun je nog dragen, dacht ze, mijn lichaam weegt niet meer dan een afgedragen jas. Ik zit op de rug van Metzabok en zie hoe het licht zich gaat ontvouwen… alles wat er van mij over is, en van mijn twee werelden, zit op Metzabok, samengebald, schommelend op die eeuwige paarderug, je voelt me amper, is het niet, Metzabok?

Ze weet dat haar oudevrouwenlijf met de rondgetrokken rug nog best in staat is urenlang te rijden omdat er binnen in die verschrompelde zak met botten nog altijd taaie spieren zitten die zij nooit de tijd gegund heeft om te verslappen. Achter zich ziet ze voor het laatst de bergplateaus liggen in hun obsederende kleuren van zwart, grijs en purper. Van dit punt af beginnen de bergen traag over een afstand van vele tientallen kilometers omlaag te zakken naar de tierra caliente. Bleekblauwe rook kringelt omhoog uit de grasdaken van Indiaanse hutten, ze hoort het nooit aflatende geluid van de stenen stamper op de maalsteen waarmee vrouwen het meel voor de tortillas bereiden; huchi huchi... zoals het al in de Popol Vuh beschreven staat.

Open land, bedekt met kort gras waarop schapen grazen, rode aarde blinkt door het groene tapijt. Rood is signaal. Het rood van de laterietgrond die je door de erosie overal als bloed doorheen ziet schemeren en daaronder is het gebeente van de aarde zichtbaar, de grijze leisteen. De mulle landweg is dichtgeschroeid met asfalt. Was dat er vroeger ook? asfalt? En dat geglimmer op de weg? Een auto, een luchtspiegeling?

Eerste reisdoel: Ocosingo, waar vandaan alle expedities naar de Selva vertrokken, en dan verder naar El Real, het laatste bevoorradingspunt waar je vroeger lastdieren kon huren... In Ocosingo liet ik altijd een koffer achter voor wanneer ik uit de jungle terugkwam, met schone kleren, parfum, sieraden, een jurk om mee uit te gaan. Bety, waarom heb je mijn oorhangers vergeten? Zonder iets in mijn oren voel ik me maar half gekleed. Misschien zitten er nog oorhangers in de koffer in Ocosingo...

Is dit de tweesprong waar zij vroeger altijd afsteeg om haar pijp te stoppen? De herkenningspunten zijn verdwenen, achter prikkeldraad staan nieuwe ranches, glimmende silo's. De lucht wordt warmer, de eerste warrige pruiken van palmbomen verschijnen.

Ik verlaat mijn verleden, denkt ze. Ze voelt zich losraken van die zonderlinge familie in het Jaguarhuis, een onomkeerbaar gebeuren. Ze ziet Na Bolom, hun ark van Noach – zoals Frans het huis zo graag noemde – van zich wegdrijven. Laten we hopen dat die ergens vaste grond vindt op een tweede berg Ararat…

Witte ossen met een bult op de rug kruisen haar weg en nemen voorrang. Zij ziet hoe ieder onderdeel van hun lichaam onder de huid meebeweegt en het verbaast haar dat zo'n groot dier zo traag kan lopen. Hun manier van staren treft haar alsof ze haar aankijken, in de blik van hun ogen hangt een stilte, als tederheid, maar ook een niet menselijke wetenschap die aan haar voorbijreikt. Met een boog loopt haar paard om een doodgereden gordeldier heen dat nog gaaf op het asfalt ligt, zijn zilveren harnasje iets rozig, de pootjes bedekt met schubben, de donzige buik blootgesteld aan de zon, schijnbaar levend, maar veroordeeld om na haar passeren tot een platte pannekoek te worden gereden… Even verder ligt een vermorzelde das op het wegdek. De weg is een dierverslindende slang en eist zijn prooi… In de schaduw van een schimmig halfdood palmbos ligt een gekantelde vrachtauto in de berm.

Op de plaza met zijn onvermijdelijke muziektent zitten aan de voet van de gebochelde kerk de Indianenvrouwen achter hun eeuwige piramidetjes van limoenen en mango's. Er klinkt schrille muziek van een orkestje samengesteld uit drie kinderen en een vader zonder benen wiens romp op een dik kussen zit vastgegespt. Hij blaast op een saxofoon, een klein meisje slaat op goed geluk op een trom en dan weer op een bekken, terwijl twee jongens van miniformaat met lange messen over holle kalebassen raspen. Op de trom staat geschilderd: Los Olvidados del Destino, zij die door de voorzienigheid vergeten zijn.

Zij stijgt af bij de waarzegster María Gualares, de vrouw met de zangvogel die een toekomst voorspellende kaart weet te pikken uit het spel in haar handen. 'Qué tal?' vraagt de vrouw. En Trudi stopt een muntje in de snavel van de vogel. Water zou een grote rol spelen in zijn leven, was Frans voorspeld door de vrouw met de kaarten in Ocosingo, de manke vrouw met de vogel. De eerste keer dat Frans de vogel een kaart liet trekken stonden er een blauwe slang en vier letters op AGUA – of werd daarmee aguardiente bedoeld? (Zou toepasselijk zijn geweest.)

Kan dit Hotel Missión zijn, waarin het vroeger altijd gonsde van stemmen van rancheros, bazen van monterías en archeologen? Deze oprijlaan naar dat scheefhangende witte kavalje? Deze lege eetzaal met ventilatoren die zinloos ronddraaien, gedekte tafeltjes waar niemand aan zit, met obers die tegen de muren geplakt staan?

'Ik ben señora Gertrudis, iedereen kent mij in Ocosingo, ik heb hier een koffer staan.'

Achter de glaswand moet zich ergens in het zwart van de nacht de jungle uitstrekken, die zij zes jaar geleden voor het laatst bezocht heeft. Geïrriteerd kijkt ze naar de plantenbakken met plastic varens. Hier aan de rand van de echte jungle vol manshoge varens schijnt het hotel al vooruitgelopen te zijn op de tijd dat er geen regenwoud meer zal zijn. Missión heeft iets weg van een cruiseboot zonder passagiers, een boot die gedoemd is met zijn bemanning stuurloos rond te dobberen.

'Heerst hier misschien een epidemie?' vraagt ze, terwijl zij de maaltijd bestelt.

'De gasten blijven weg vanwege de terremoto,' zegt de ober toonloos.

'De terremoto?' vraagt ze argwanend. (Waarom heeft Bety mij niets van een aardbeving verteld?)

Zelf ben ik ook een terremoto door dat geschud op die paarderug. Alles wervelt voor mijn ogen. Wat een ongure boel is het hier... Wat zijn dat voor fantomen in de uithoeken van de zaal? En mijn koffer spoorloos, nee, ik heb geen zin om lange explicaties aan te horen... Wie is die vrouwelijke dwerg daar met die scheefhangende sombrero op haar kop en een vier maten te grote broek aan? Via het spiegelglas zie ik mezelf: señora Gertrudis, iedereen kent haar hier... Dammit, ik moet plassen. Dat je zo vaak moet plassen als je oud bent, dat is een vernederende bijkomstigheid.

De aarde lijkt doofstom geworden, zo sinister heerst de stilte. De planeet is gehuld in een wolk van as, de zon schijnt schimmig door de zwavelkleurige rook. Nog nooit is zij hier geweest. Is dit een andere planeet?

Stammen van mahoniebomen van een bovennatuurlijk formaat liggen opgestapeld langs de weg als lijken voor een massagraf, witte nummers op hun donkerglanzende huid. Overal om haar heen is rook, ver weg of dichtbij, dicht opwalmend of in geniepige sliertjes opstijgend vanuit de heuvels aan de einder. Welke weg is dit? Was het hier dat wij een hut bouwden in 1955? Niets meer te bespeuren van enig kampement. Reden wij langs deze weg met Bor Yuk op zijn makke merrie en met de kinderen samen vastgebonden op een muildier na het alligatordrama?

Roodgeschroeid struikgewas omzoomt de weg. Het eerste gras begint de vlakte te koloniseren, maar ook het gras zal geen lang leven zijn beschoren. Zij stijgt af van Metzabok en voert hem aan de teugel mee van het pad af, een landschap binnen van zwart en ziekelijk groen. Melaatsheid heeft alles aangetast, restanten van bomen en dieren zijn wittig uitgeslagen of zwart aangeroet. Verkoolde bomen vormen abstracte beeldhouwwerken of met gaten doorschoten langgerekte mensgestalten. Enkele bomen zijn door toeval gespaard gebleven, zoals die paar joden na de uitroeiing van hun volk. Schuw staan ze in de open ruimte, tastend met hun takken naar de leegte.

Nog steeds staat de zon hoog aan de hemel, een hemellichaam gestokt in zijn baan, gefixeerd op een middaguur dat een eeuwigheid blijft duren. Overal liggen stammen op de grond, nog rokend, omslingerd door geblakerd blad van lianen. En in dit surrealistisch dodenlandschap, half tussen het rommelig struikgewas en de boomskeletten, grazen roomwitte runderen waarvan de ribben en puntige schouders zich onder het vel aftekenen. Bedachtzaam scheuren zij met hun lange tongen de nieuw ontsproten vegetatie van de dunne junglebodem. Op hun schoften groeien de hamburgers voor de Verenigde Staten.

Opnieuw begint ze te lopen, op zoek naar iets of iemand. Ze moet vechten om op haar voeten te blijven. Ze loopt over een verende aslaag, die hier en daar nog warm is en zich met gloeiende draden ondergronds voortzet in de richting van de heuvels. Bladders roet tollen door de lucht en landen in haar haren of hechten zich vast aan haar huid. Metzabok zinkt met zijn hoeven in de as en hinnikt panisch maar onderdrukt, alsof hij in zijn paardebewustzijn beseft dat geluid geen functie heeft in dit dodenrijk.

Verderop is tussen de boomkadavers een eenzame scharrelaar bezig om met een stok gaten in de warme grond te prikken. Uit een zak die rond zijn middel hangt grabbelt de campesino telkens een handvol maïskorrels, waarvan hij er steeds twee in ieder gat gooit. Bleekgele korrels die in deze geroosterde omgeving voedsel moeten produceren.

Ze gaat zitten op een verkoolde boomstam en kijkt rond, ze is alleen met zichzelf. Er dienen zich zelfs geen horzels aan om haar paard te steken, de rook heeft ook de horzels naar andere contreien verjaagd. Zij zit daar tussen ontvleesde gedaanten waarvan sommige nog overeind staan op hun wortels als op stelten, van binnen uitgehold, maar de schors nog resistent. Ze lijken op torenspitsen van uitgebrande kathedralen, van andere weer steken de takken als gigantische hertegeweien uit de sompige grond omhoog. Ze loopt in de richting van een geblakerde boom om die te omhelzen. De verkoolde vorm laat een zwarte afdruk achter op haar handen en armen.

Er is geen plek meer waar ik gelukkig zou kunnen zijn, zelfs in het geheel geen plek meer. Mijn geluk is als een verre echo. Want jij, jungle, bent veranderd in rook, in sintels, je bent een groot lijk van duizenden vierkante kilometers. Ik zie je gebeente door je zwarte dode haar heen, ik zie de trage modderstromen van je bloed, de vissen zijn daarin omgekomen, de laatste alligator is gestikt met een speer door zijn keel. De muziek is vertrokken, het feest is ten einde, het verbond tussen mens en natuur is verbroken… Where shall I go? Is earth the place for those who are being sacrificed…

Zij heft haar antieke Rolleighflex omhoog en staart door de lens. Het oude instinct manifesteert zich nog in haar, ze richt de zoeker naar boomkadavers die haar het meest fotogeniek voorkomen.

'Jij bent constant bezig doden te bezoeken,' hoort ze Frans zeggen…

Ik maak een verslag van de dood. Ik ben een slagveldjourna-liste… woorden die ze tot vervelens toe gesproken heeft op podia, op congressen, tijdens interviews voor de televisiecamera's die met hun lichtogen een scan van haar ziel probeerden te maken… Bewonderaars zijn na afloop naar haar toe gekomen met tranen in hun ogen: u hebt zo mooi gesproken, uw woorden hebben mij zo diep aangegrepen… Al die gezichten drijven nu voorbij in de zwavelkleurige rook boven de as.

Ze ziet zichzelf staan als van grote afstand, het witte haar omhooggeblazen, met de camera in aanslag, dat mallotig kleine wapen in haar absurde strijd; zonder lichtmeter zoals zij al die veertig jaar gewerkt heeft, foto's schietend van dat immense stervende organisme…

Met hun klauwen naar voren gestrekt, het landingsgestel paraat en de staartveren gespreid, komen er gieren aanzweven door de vuilgele lucht en zetten zich op een naakte tak: zopilotes met blauwe gerimpelde carnavalsmaskers. – Houden jullie mij in de gaten? Denken jullie dat ik nu al aas voor jullie ben? Ik ken jullie feilloze organisatie. Wanneer er een beest in de jungle crepeert telegraferen jullie dat naar alle aaseters in de omtrek om een orgie van vreten te organiseren…

Er viel een schaduw over haar heen.

Als je van een gier droomt, hoorde ze de woorden van Chan K'in in haar geest, *dan betekent dat dat de regens in aantocht zijn. Vliegt de gier daarentegen op klaarlichte dag recht over je hoofd dan is dat een slecht voorteken, een aankondiging van de dood. Alle dingen kunnen goed zijn zowel als kwaad.*

Nawoord en dankbetuiging

Toen ik in 1985 in Mexico rondreisde raakte ik in de ban van de legendarische oude vrouw van het regenwoud: Trudi Blom, en vatte ik het plan op om op een later tijdstip terug te keren om mij langduriger in haar leven te kunnen verdiepen.

Ofschoon mij bleek dat er veel over haar leven bekend was en ik in de gelegenheid ben geweest uitvoerig met de hoogbejaarde dame te praten, werd mij al spoedig duidelijk dat het nauwelijks mogelijk was om door te dringen in de wereld van haar gedachten en emoties. Niet alleen was haar geheugen zwak geworden, maar ook had zij zich – zo kwam het mij voor – achter een façade teruggetrokken. Zij wenste met rust gelaten te worden.

Hoewel mij de mogelijkheid werd geboden allerlei documenten, artikelen en notities in te kijken, bleef veel van haar leven voor mij versluierd, al was het alleen maar door de legendevorming, de vele hiaten en slordigheden. Ook bleken er geen intieme dagboeken of brieven voorhanden te zijn. Aanvankelijk leek dit een nadeel, maar al gauw werd mij duidelijk dat hierdoor mijn fantasie de vrije teugel had gekregen. Dit boek is dan ook geen biografie geworden, maar een roman, een vie romancée, zo men wil, gebaseerd op een aantal werkelijke gebeurtenissen in een uitzonderlijk leven.

Allereerst wil ik dank betuigen aan Trudi zelf en de staf van Na Bolom voor hun bereidheid mij onderdak te verlenen en in de gelegenheid te stellen gebruik te maken van de bibliotheek en het foto- en archiefmateriaal.

Daarnaast dank ik alle inwoners voor hun hartelijke medewerking, in het bijzonder doña Bety en Kayum voor wat zij vertelden uit hun jeugd, en doña América voor de verhalen die zij mij deed, zittend in haar washok bij een emmer gloeiende houtskool (hoewel ik van het Spaans dat uit haar tandeloze mond kwam niet veel verstond) en Concha voor haar verrukkelijke Azteekse chocolademelk.

Mijn dank gaat uit naar de Lacandones in Najá, en naar de honderdjarige Chan K'in en zijn vrouw Koh de Tweede voor de onvergetelijke uren bij hen doorgebracht.

Matthias Lörtscher en zijn vrouw Marianne wil ik hartelijk dank zeggen voor hun gastvrijheid, nuttige informatie en het bezoek aan Trudi's geboortedorp Wimmis (hoewel dit bij nader inzien niet het dorp bleek waar Trudi geboren was omdat vader Lörtscher, de dominee, pas enkele jaren na haar geboorte in Wimmis beroepen werd).

Voorts ben ik Marie Schweizer, Trudi's jeugdvriendin, erkentelijk dat zij de moeite heeft willen nemen oude herinneringen uit haar geheugen op te diepen. Ten slotte dank ik Femke van der Vliet voor haar inlichtingen en assistentie bij gesprekken met doña Bety en Kayum; en Nini Lochmans voor haar geduld en de intelligente wijze waarop zij mijn slordige manuscript op de tekstverwerker verwerkte, en last but not least: mijn onverwoestbare Erik voor zijn adviezen en stimulerende begeleiding.

Woordenlijst

agouti – hoogpotig knaagdier ter grootte van een konijn

ara – grootste felgekleurde papegaaiensoort met lange staart

armadillo – gordeldier

borracho – dronken

camino secreto – geheim pad

campesino – arme, meestal landloze boer

ceiba – kapokboom. Heilige boom van de Maya's

chicle – melkachtige substantie, hars van de chicozapote, een soort rubberboom, waarvan kauwgom werd gemaakt

chiclero – aftapper van chicle

cocina – keuken

cojolite – fazantachtige vogel

comedor – eethuisje, ook: eetzaal

cueva – grot

¿dónde? – waar?

fríjoles – zwarte bonen

goean – hoenderachtige vogel die eigenaardig fluitend geluid maakt

hachero – houthakker

itzcuintli – haarloos hondje dat bij de Azteken zeer populair was, zowel in levende als in gebraden toestand; de enige inheemse hond van Midden-Amerika

Lacandón – de naam betekent waarschijnlijk: oprichter van stenen idolen, naar het Maya-woord: Acantún

ladino – Indiaan of halfbloed die zijn wortels verloochent en zich een westerse levensstijl aanmeet

lluvia – regen

machete – kapmes

mercado – markt

milpa – akker

nanacatl – zwart paddestoeltje met hallucinogene werking. Werd veel gebruikt door Maya-priesters en ook wel gegeven aan degenen die op het altaar geofferd gingen worden

no se puede vivir sin amar – een mens kan niet leven zonder lief te hebben

ocote – sterk harshoudende pijnboom

pajarito – vogeltje

pañuelo – zakdoek

pekari – navelzwijn

petén – verblijfplaats of hut

Pfrundscheune – voorraadschuur waarin de gemeenteleden van een dorp in het Berner Oberland een percentage van hun oogst brachten als deel van de jaarwedde van hun pastor

Popol Vuh – Boek van de Raad, het sacrale boek van de Quiché Maya's, waarin een soort scheppingsverhaal staat opgetekend

quetzal – schitterend gekleurd vogeltje met zeer lange staartveren die gebruikt werden om de hoofdtooi van koningen en priesters mee te versieren. Op het doden van een quetzal stond de doodstraf, want hij werd als een goddelijke vogel vereerd

¿Quién sabe? – Wie zal het zeggen? Wie weet het?

rebozo – omslagdoek van Indiaanse vrouwen

sabio – wijze man, sjamaan

sarape – doek die meestal opgevouwen over de schouder

wordt gedragen door Indiaanse mannen

tapir – aardvarken met lange snuit

tequila – alcoholische drank die gewonnen wordt uit het sap van de agave tequilana

tierra caliente – tropisch laagland. Letterlijk: het warme land

tlacuache – buideldiertje ter grootte van een relmuis dat in bomen en op daken leeft

t'o'ohil – spirituele, vaak ook civiele leider van een stam van Lacandones

vaquero – koeienjongen

viejo (vieja) – oud

vivero – kwekerij

Zapata (Emiliano) – legendarisch geworden Indiaanse rebellenleider van arme onderdrukte Indiaanse boeren in de jaren van de Revolutie. Hij werd in 1919 vermoord, maar nog jarenlang meenden zijn aanhangers dat zij hem in de nacht op zijn witte paard voorbij zagen galopperen

zopilote – aasgier uit het Caribisch gebied